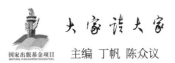

大家读大家

主编 丁帆 陈众议

国家出版基金项目

和经典保持接触

郭宏安 著

作家出版社

图书在版编目(CIP)数据

和经典保持接触 / 郭宏安著；丁帆，陈众议主编．
—北京：作家出版社,2020.4
(大家读大家丛书)
ISBN 978-7-5212-0717-0

Ⅰ.①和… Ⅱ.①郭… ②丁… ③陈… Ⅲ.①文学评
论-法国 Ⅳ.①I565.06

中国版本图书馆 CIP 数据核字(2019)第 208447 号

本书受"南京大学人文社科资助项目"资助。

和经典保持接触

主　　编：丁　帆　陈众议
作　　者：郭宏安
责任编辑：丁文梅
出 品 人：刘　力
策　　划：江苏明哲文化发展有限公司
特约编辑：倪　亮　叶　觅　张士超
出版发行：作家出版社有限公司
社　　址：北京农展馆南里 10 号　　邮　　编：100125
电话传真：86-10-65067186(发行中心及邮购部)
　　　　　86-10-65004079(总编室)
E-mail：zuojia@zuojia.net.cn
http：//www.zuojiachubanshe.com
印　　刷：河北鹏润印刷有限公司
成品尺寸：145×210
字　　数：173 千
印　　张：9.125
版　　次：2020 年 4 月第 1 版
印　　次：2020 年 4 月第 1 次印刷
ISBN 978-7-5212-0717-0
定　　价：45.00 元

……必须和经典作品保持接触。批评家就是干这个的，既是中介者，又是创造者，既隐其身，又显其形。

——让·斯塔罗宾斯基

大家来读书

世界文学之流浩荡，而我们却只能取其一瓢一勺。即便如此，攫取主流还是支流？浪花还是深水？用瓢还是用勺？诸如此类，又不是三言两语可以说得清道得明的。

本丛书由丁帆和王尧两位朋友发起，邀约了外国文学文化研究的十位代表性学者。这些学者对各自关心的经典作家作品进行富有个性的释读，以期为同行和读者提供可资参考的视角和方法、立场和观点。本人有幸忝列其中，自然感慨良多，在此不妨从实招来，择要交代一二。

首先，语言文学原本是人文的基础，犹如数理之于工科理科；然而，近二三十年来，文学的地位一落千丈。这固然有历史的原因，譬如资本的作用、市场的因素、微信的普及、人心的躁动，等等。曾经作为触角替思想解放、改革开放（在国外何尝不是这样？）探路的文学，其激荡的思想、碰撞的火花在时代洪流中逐渐暗淡，褪却了敏感和锐利，以至于"返老还童"为"稗官野史""街谈巷议"，甚或哼哼唧唧和面壁虚设。伟大的文学似乎正在离我们远去。当然,这不能怪世道人心。文学本就是世道人心最重要的组成部分和表现方式;而且"人心很古",这是鲁迅先生诸多重要判断中的一个,我认为非常精辟。再则,在任何时代,伟大的文学都是凤毛麟角。无论是文艺复兴运动时期或19世纪的西方,还是我国的唐宋元明清,大多数文学作品都会被历史的尘埃所湮没,唯有极少数得以幸免。而幸免于难的原因要归功于学院派(哪怕是广义学院派)的发现和守护,以便完成和持续其经典化过程。然而,随着大众媒体的衍生,尤其是多媒体时代的来临,学院派越来越无能为力。我这里之所以要强调语言文学,就是因为它正在被资本,甚至图像化和快餐化引向歧途。

其次,学术界的立场似乎也已悄然裂变。不少同仁开始有意无意地抛弃文学这个偏正结构的"大学之道",既不明明德,也不亲民,更不用说止于至善。一定程度上,乃至很大范围内,批评成了毫无标准的自说自话、哗众取宠、谩骂撒泼。于是,伟大的传统——马克思主义被轻易忽略。曾几何时,马克思用他的伟大发现揭示了人类社会发展的基本规律,但是他老人家并不因为资本主义是其中的必然环节而放弃对它的批判。这就是立场。立场使然,马克思早在资本完成国家垄断和国际垄断之前,就已为大多数人而对它口诛笔伐。这正是马克思褒奖巴尔扎克和狄更斯等批判现实主义作家的重要因由。同时,从方法论的角度,恩格斯对欧洲工人作家展开了善意的批评,认为巴尔扎克式现实主义的胜利多少蕴涵着对世俗、时流的明确悖反。尽管巴尔扎克的立场是保守的,但恩格斯却从方法论的角度使他成了无产阶级的"同谋"。这便是文学的奇妙。方法有时也可以"改变"立场。这时,方法也便获得了一定的独立性。在致哈克奈斯的信中,恩格斯说:"我决不是责备您没有写出一部直截了当的社会主义的小说,一部像我们德国人所说的'倾向小说',来鼓吹作者的社会观点和政治观点。我的意思决不是这样。作者的见解愈隐蔽,对艺术作品来说就愈好。我所指的现实主义甚至可以违背作者的见解而表露出来。让我举一个例子。巴尔扎克,我认为他是比过去、现在和未来的一切左拉都要伟大得多的现实主义大师。"由是,恩格斯借马克思的"莎士比亚化"和"席勒式"之说来提醒工人作家。

再次,目前盛行的学术评价体系正欲使文学批评家成为"文本"至上的"纯粹"工匠。量化和所谓的核刊以某种标准化生产机制为导向,将批评引向千篇一律、千人一面的劳作。于是,一本正经的钻牛角尖和煞有介事的言不由衷,或者模块写作、理论套用,为做文章而做文章的现象充斥学苑。批评和创作分道扬镳,其中的作用和反作用形成恶性循环。尤其是在网络领域,批评的缺位使创作主体益发信马由缰、肆无忌惮。

说到这里,我想一个更大的恶性循环正在或已然出现,它便是读者的疏虞。文学本身的问题使读者渐行渐远。面对商家的吆喝,读者早已无所适从。于是,浅阅读盛行、微阅读成瘾。经典的边际被空前地模糊。我们这个发明了书的民族,终于使阅读成了一个问题。呜呼哀哉!这对谁有利呢?也许还是资本。

以上固然只是当今纷繁文学的一个面向,而且是本人的一孔之见,不能涵盖文学的复杂性;但文学作为资本附庸的狰狞面相已经凸现,我们不能闭目塞听,更不能自欺欺人。伟大的作家孤寥寂寞。快快向他们靠拢吧!从这里出发,从现在开始……

是为序。

陈众议

2018 年 7 月 25 日于北京

目 录

1

I　人文主义者的觉醒

蒙田就是蒙田

——读蒙田的《随笔集》

人文主义的巨人

我今天给大家讲一讲蒙田和他的《随笔集》。

蒙田是法国人,生于 1533 年,死于 1592 年,距今已经四百多年了。他的主要作品《随笔集》初版于 1580 年,距今也已经四百多年了。有人不免要问:在当今这样一个高科技迅猛发展的时代,信息爆炸,弄得我们连上厕所都要带着手机,为什么一个中国人还要读一个四百年前的外国人? 很简单,因为他通过他的作品告诉我们许多人生的真谛。四百年,不算一个很短的时间,可是读过他的作品,我们发现,人类生活的许多基本问题并没有解决,甚至没有找到解决的办法。读一个外国人,对我们 21 世纪的人来说,不仅仅是一次提高文化修养和欣赏品位的机会,而且为解决我们自身存在的问题提供了一种参考和启发。一切对人生产生疑问并进行思考的人,都应该读一读蒙田。

　　自从孟子有"知人论世"的说法之后,历代中国的文艺批评家都主张把"知人论世"作为评论文学作品的重要方法,并逐渐成为我国古代文学批评的一个传统,为历代文艺批评家所遵循。评论作品必须知人论世,就是因为作家的作品和作者本人的生活、思想与它所产生的时代有密切的关系,因此要真正了解作品,就必须"知其人"和"论其世",即要了解作者的身世、经历、思想感情、为人品德,同时要了解作者所处的时代环境。对这一重要原则,章学诚在《文史通义》中有明确解释:"不知古人之世,不可妄论古人之文辞也。知其世矣,不知古人之身处,亦不可遽论其文也。"鲁迅也是坚持这一原则的,他说:"倘要论文,最好是顾及全篇,并且顾及作者的全人,以及他所处的社会状态,这才较为确凿。要不然,是很容易近乎说梦的。"20 世纪有人提出,作者作为作家的自我不等于作者作为社会人的自我,作品是作者作为作家的自我的产物,与作者作为社会人的自我没有关系,作品一经产生,作者就死了。这种观点为文学批评开辟了一条新的道路,避免了把作者作为作家的自我与作者作为社会人的自我做机械的等同,使我们对作品有了新的认识。但是,不能等同并不等于没有关系。实际上,两种自我有着千丝万缕的联系,"知人论世"仍然是行之有效的方法,只不过不要把它看成"因为所以"那样的直接、机械的关系罢了。

　　蒙田生活的 16 世纪,在法国,是文艺复兴、宗教改革和宗教战争的世纪,在思想和行动的所有领域中都是一个生命力旺盛和行动激烈的世纪,是一个文学、艺术和语言走出中世纪、经过文艺复兴运动进入古典主义的世纪。

从中世纪到文艺复兴,其过程并不是突然完成的,中间经过了一系列逐渐发展的运动,但是,到了16世纪,尤其是弗朗索瓦一世登基之后,也就是1515年,出现了一种新的思潮,反对中世纪的禁欲主义、神秘主义以及种种的观念和风俗。造成这场文艺复兴运动的原因是:一、哥伦布、达·伽马和麦哲伦的航行导致的地理大发现,开阔了人们的眼界;印刷术的流行,使书籍的流通成为可能;哥白尼的天体理论,则改变了人们对宇宙的看法。总之,科学技术的发展,使文学和精神展现了新的面貌。二、意大利提供了榜样,文艺复兴在那里已经进行了一个世纪。1453年君士坦丁堡的陷落标志着中世纪的结束,使大量古希腊的著作和古代手稿重见天日。法国的人文学者从意大利那里得到了启发,法国的贵族也在意大利学会了品尝"生活的甜蜜",法国的作家也把意大利看作"知识和缪斯的祖国"。文艺复兴运动实际上是人文主义产生并树立权威的运动。

宗教改革与人文主义具有同样的来源,即研究文本并以批判的眼光对待文本。当人们以这样的态度对待《圣经》和世俗的著作时,就形成了一种"自由研究"的精神,直指以索邦神学院为代表的所谓权威的方法。宗教改革首先是由德国人马丁·路德开始的,他要求恢复原始宗教的教义。整个德国北部都跟随了他,英国也随之脱离了罗马天主教会。宗教改革导致了大规模的分裂。在法国,宗教改革首先表现为"福音"运动,福音运动就是要回到《圣经》,因为《圣经》被看作信仰基督的唯一的、真正的源泉。但是,天主教的正统却认为,《圣经》必须由神甫的评论加以补充。福音主义的领袖是加尔文,加尔文的信徒被称为新教徒,或称胡格诺派。加尔文主张一种极端严格的道德,实际上远远地离开了天主教的自然主义和文艺复兴时期的享乐主义。这从一个侧面反映了16世纪的道德危机。

宗教上的分歧终于演化成宗教战争,信奉天主教的一方试图以武力对付信奉新教的一方。加尔文教的民主倾向,宗教的分歧造成的君主和臣民的分裂,使宗教改革具有了政治的意义,法国的独立和统一受到严重的威胁。从1562到1593年,八次战争,中间有无数小的冲突,使法国经受了一次血与火的考验,直到1598年的《南特敕令》,宣布宗教和解,法国才恢复了内部的和平。

思想文化上的文艺复兴表现为巨大的求知欲和无限的乐观主义。人们相信自然,相信为了让进步的曙光照亮大地,只须摆脱中世纪的种种束缚,解放肉体和精神。因此,"巨大"成为这一时期的代表性形象,例如拉伯雷的《巨人传》。这是早期的文艺复兴,进入中期以后,趣味变得精细,模仿意大利,模仿古代,进而有了自己的创造。以龙沙为代表的七星诗社对诗人及其使命有高度的评价,他们歌颂自然、爱情和死亡,经常表现得高贵和庄严。到了文艺复兴的晚期,七星诗社的艺术和拉伯雷的乐观主义受到质疑,文学艺术呈现出极其复杂的面貌。例如蒙田,他放弃了许多幻想,不再把科学和智慧等同起来,而去寻求有限的人的形象,追求一种适合于人的智慧。

蒙田于 1533 年 2 月 28 日出生在佩里格尔的蒙田庄园。他的父亲是一个富有的商人，于 1519 年被封为贵族。他从意大利的战场上归来，极为赞赏文艺复兴的观念，就用一种"全新的方法"教他的儿子拉丁文。所谓"全新的方法"，乃是请一个完全不懂法语的德国人，从小就让他听说拉丁文。所以，蒙田的母语是拉丁文，法语和佩里格尔方言是以后才学会的。这样，蒙田很早就能阅读古代经典著作及用拉丁文写作的现代作品。蒙田在六岁的时候，被送进波尔多的居耶纳中学学习，然后在波尔多学习哲学，在图卢兹学习法律。学校的教育似乎没有成功，蒙田把学校称为"一座不折不扣的囚禁孩子的牢房"。但是看来他的判断力并没有受到伤害，因为他一生都保持着敏锐的判断力。他主张教育孩子，不是要用知识填满他的脑子，而是要培养他的判断力。

1554 年，年方二十一岁的蒙田被任命为佩里格尔间接税最高法院的推事，此后十六年，蒙田辗转于佩里格尔、波尔多和巴黎，处理政务，解决居耶纳的宗教叛乱问题。他对政治感到失望，对他的法官生涯没有留下美好的回忆，但是他结识了拉博埃西，他在最高法院的同事。拉博埃西教他认识了斯多葛主义，使他养成了坚定不移和持之以恒的品质。1563 年，拉博埃西去世，但是他们的友谊并没有中断，九泉之下的拉博埃西仍然指引着蒙田跋涉在人生的艰难旅程上。《随笔集》中有许多歌颂友谊的语句，今天读起来仍然令人感叹唏嘘。蒙田的首次文学活动，乃是出版亡友的拉丁语诗、法语十四行诗及希腊语著作的法文译本。

1570 年，蒙田三十七岁，他卖掉了法院推事的官职，回到蒙田城堡定居。买卖官职，是当时通行的做法，蒙田并不能免俗。他看透了他的工作毫无意义，宁肯有负于法院，也不愿意愧对人类。他"厌倦了宫廷和法院的束缚"，如今可以读书、研究和思考了，可以尽情地享受他书房里的一条铭文所说的"自由、安宁和闲暇"了。但是，身为骑士和侍臣的蒙田并不能绝对地隐退，他必须对国家贡献他的一部分聪明才智，例如参加国王的军队，在第四次宗教战争中处理交战双方的关系，等等。1572 年，他开始把他的观察、经验和读书心得写下来，他说，他的脑子"就像脱缰的野马，成天有想不完的事，要比给它一件事思考要多想一百倍；我脑海里幻觉丛生，重重叠叠，杂乱无章。为了能够随时观察这种愚蠢和奇怪的行为，我开始将之一一笔录下来，指望日后会使之羞愧"。于是，1580 年，《随笔集》首次在波尔多出版，分为两卷，共九十四篇。

1580 年至 1581 年，蒙田离开妻子和女儿，出门远行，经巴黎到了奥地利、德国和意大利。在巴黎的时候，他曾经随国王去围攻拉费尔要塞，然后在苏瓦松参加了他的朋友格拉蒙伯爵的葬礼。这次旅行共耗时十七个月，旅行的原因一方面是洗温泉，治疗他的结石病，一方面是观赏风景，增加体验。要不是他被波尔多市议会选为市长，恐怕他会在意大利逗留更长的时间。旅行并未治好他的结石病，但是却大大丰富了他的人文经验。因此，他日后出版的《随笔集》第三卷比起前两卷，更加丰富多彩,更加具有个人见地。

蒙田是一个好市长,他对自己的职务有清醒的认识。他说:"到任后,我就忠实而认真地认识自己,完全如我感觉到的那样:没有记性,没有警觉,没有经验,没有魄力;也没有仇恨,没有野心,没有贪欲,没有激情。"为了评价他这一表白的意义,我们必须把他的另一个声明作为补充:"我不愿意人们对自己的职务不经心,不奔波,不费舌,不流汗,该流血时不流血。"看来波尔多市民对他们的市长是满意的,因为他们再次选他做市长,这在当时是异乎寻常的。在第二届任期内,他曾经排除了新教的威胁,表现出了果断泼辣的作风。就在第二届任期结束的时候,波尔多发生了瘟疫,他没有回波尔多主持新的选举。

蒙田又成了普通人,他开始撰写《随笔集》第三卷的十三篇文章,并于 1587 年在巴黎出版。这期间,他曾经入狱,曾经陪同国王四处流浪,并且列席了在布卢瓦召开的三级会议。他曾经寻求过各种哲学的帮助,从今而后他要顺应自然,认为"最美好的生命……是过普普通通、合乎人道的生活"。他像他的挚友拉博埃西一样,勇敢地面对死亡。《随笔集》三卷出版之后,蒙田不断地进行修改补充,直到他 1592 年去世。蒙田的干女儿德·古内小姐将他遗留下的《随笔集》新版于 1595 年整理出版。新版比旧版增加了一千多处,其中有四分之一涉及他的生活、爱好和习惯。从第一卷到第三卷,《随笔集》越来越带有他个人生活和坦白胸怀的色彩。蒙田写作随笔是在向世人暴露自己的思想,同时也是塑造自己。圣伯夫说:"蒙田与众不同并使他成为奇才的地方，是他在那样一个时代，始终是节制、谨慎和折中的化身。"这是对蒙田的公正的评价。

蒙田的生活是不平静的，但是他能随遇而安，保持内心的平静。最要紧的是要有一个独立的精神，他说："我们要保留一个完全属于我们自己的自由空间，犹如店铺的后间，建立起我们真正的自由和最重要的隐逸和清静。"在这"店铺的后间"里，我们才能享有自由和独立。这个"后间"，就是蒙田古堡拐角处的一座塔楼，那里有他的小教堂、卧室和书房。这是他的私人领地，他竭力保护他这方领地免受"夫妇、父女和家庭生活"的骚扰。他的书房里有一千册书，这在当时已算是很大的数目了。为了随时能领受永恒智慧的教诲，他从《福音书》和古代哲学著作里摘录了一些箴言，把它们刻画在天花板的隔栅上。他就躲在书房里，潜心读书，踱步沉思，为他喜爱的作者写写评注，发发议论。不要以为蒙田是一个足不出户的思想者。在他看来，人以及事件提供的教训不亚于书本。他的生活的多样性和丰富性，他的经验的广度，他所起过的重要作用，都使他的心理观察和道德思考具有一种特别的意义。

《随笔集》为我们描绘了一个全面的人，即一个矛盾的人。蒙田的生活是积极的，但是他本性上却是一个懒散的人。他是一个身躯有些笨重的人，却有着不同寻常的细腻的精神。他在农民的合乎常理的思想上，嫁接了一些极其大胆的思想。他的批评意识非常尖锐，却非常容易地接受一些似是而非的传说故事，尤其是在这些故事震动了一些传统的观念的时候。他勇敢地承受着痛苦,因为他肉体上经受着结石病的折磨,但是他激烈地反对酷刑。这些矛盾是每一个人都有的,蒙田的杰出之处是他有着清醒的意识。他不是一个激情澎湃的人,但是他有两大激情:真理和自由。

一种明快的自由思想

现在,我给大家讲一讲《随笔集》。

若不把有韵无韵作为区分诗与散文的标准,而把散文看作文学的一个品种,我们可以说,法国的散文肇始于蒙田的《随笔集》。《随笔集》共三卷,一百〇七篇,长短不一,长可十万言,短则千把字。内容包罗万象,理、事、情俱备,大至社会人生,小则草木鱼虫,远至新大陆,近则小书房,但无处不有"我"在,而且越到后来"我"的形象越丰满;写法上是随意挥洒,信马由缰,旁征博引,汪洋恣肆,但无处不流露出我的"真性情"。那是一种真正的谈话,娓娓然,侃侃然,俨然一博览群书又谈锋极健的君子与你促膝谈心,有时话是长了点儿,扯得也远了点儿,但绝不枯燥,绝不"谋财害命"般地浪费你的时间。就是在这种行云流水般的叙述中,蒙田谈自己,谈他人,谈社会,谈历史,谈政治,谈宗教,谈友谊,谈爱情,谈有关人类的一切,表现出一个隐逸之士对人类命运的深刻的忧虑和思考。

让我们首先从这本书的题目谈起。这本书的题目叫作 *Essais*,那么,蒙田为什么要把他的书称为 *Essais*?"essais"在法文中是什么意思？蒙田是第一个把这种书称为"essais"的，在他之前，这一类的著作都称为"警句""格言""谈话""争论""文集"等。在他之后，渐渐地，"essais"成为一种文体，就是我们叫作"随笔"的东西。"essais"的词根在拉丁文中的意思是"称量""重量"等，罗马诸语言接受了拉丁文的含义，有"重量的单位""重量的器具"等义，同时，它又有了新的意义，例如"食品的样品""预先品尝肉和鱼"等。在 16 世纪的法语中，也就是在蒙田所使用的法语中，"essais"的意思是：练习、预演、考验、企图、引诱、食品的样品等，而这个词的动词形式则表示：试探、检验、品尝、感觉到、从事、冒险、称量、估算、奋起等。所以，蒙田使用这个词来说明他的作品，表示的是一种方法，一种谦虚，一种说明他的生活态度和人生经验的循序渐进的、谦虚的方法。在《随笔集》中，蒙田说到他的作品时，往往称之为"我的书""我的文字""我的文章""这些回忆"等，要不就说他的作品是"破烂"或诸如此类的东西，而把"essais"一词留作他用，即表示他试图说明他的性格、意愿和看法。当时的评论，即 1584 年的评论说："题目是非常谦虚的，因为如果人们愿意把'essais'这个词当作试验或学习的话，那么这个题目是非常谦卑的，低调的……"这一切说明，蒙田并没有把"essais"当作一种文体，如果要补充他的题目的话，似乎可以说：《试论我的生活》《试论我的判断力》或者《试论我的自然的能力》等。试、试验、试图，等等，是蒙田《随笔集》的精神。正是由于有了这种"试"的精神，蒙田才得以展示他娓娓而谈、侃侃而谈、旁征博引、汪洋恣肆的叙述风格。

不过,在蒙田之后,很快有人把"essais"作为一种文体来使用,特别是英国人培根于 1597 年说:"词是新的,意思却很早就有了。""随笔"才作为一种文体或文类,风行于世。蒙田在不经意中,成了一种文体的创始人。

恩格斯在《自然辩证法·导言》中谈到文艺复兴时写道:"在罗曼语诸民族那里,一种从阿拉伯人那里吸收过来并从新发现的古希腊哲学那里得到营养的明快的自由思想,愈来愈根深蒂固,为 18 世纪的唯物主义做了准备。"蒙田的思想就是一种"明快的自由思想",它清晰、透彻,以个人经验为源泉,以古希腊哲学为乳汁,转益多师,不宗一派,表现出摆脱束缚、独立思考、大胆怀疑的自由精神,为 18 世纪启蒙运动的萌发做了准备。动荡的时代,较高的社会地位,新兴资产阶级的软弱,又使这种思想具有中庸、保守和妥协的色彩。

蒙田思想的中心问题不是宗教和上帝,而是人,是人的行为及其与周围世界的关系,尤其是他本人,通过对他本人的思想、行为、习惯等的描写来折射人类的问题。他不满意当时思想界"诠释者成群,而著作者寥寥"的状况,嘲笑那种以阐发注释神学著作为能事的哲学家,大胆地提出"我所从事的研究其主题是人",并进一步以"我"作为"书的素材"。他充分肯定了个人的存在及其价值,认为"每一个人都包含了人之所以为人的完整形态","人在兴趣上和力量上各个不同,应该通过不同的道路,根据个人的情况来谋求幸福"。蒙田看到并强调了个别的人与一般的人之间的区别,说明了人文主义以人为本的思想有了进一步的发展，不再以抽象的人作为论述的对象。这种观点更深刻、更明确地表述了资产阶级关于人的观念，即资产阶级的人生观归结为个人主义。面对着神的精神束缚，这种对个人的肯定显然比肯定抽象的人更为大胆。对神来说，这是更为现实的威胁，也更具有战斗性。

针对教会宣扬的禁欲主义和来世思想，蒙田肯定了人有追求幸福和享受现世生活的权利。他宣称，"快乐和健康是我们最好的东西"，"我们光荣而伟大的事业就是及时享乐"。他对"铺地毯、镶金玉、充斥着绝色美人和奇馔珍馐的天堂"嗤之以鼻，并且断言："为我们生丝的蚕死去、干枯，从中生出蛾，继而变成虫，如果认为这还是原来的虫，那是可笑的。某物一旦停止存在，就不再存在了。"这样，他就否定了来世思想和"灵魂不死"的观点。享乐主义贯穿了蒙田的整个思想，成为《随笔集》的基调。他所理解的享乐包括精神上和物质上的享受，他说："应该用精神的健康来促进身体的健康。……不应该把躯体和心灵分离开来。"

但是，蒙田耳闻目睹的是，人不仅为精神上的各种欲望所裹挟，而且备尝物质上的种种困苦，人在这种情况下如何求得幸福？蒙田认为，人可以通过精神上的努力，战胜生活中的磨难，超脱于命运之上，做到完全控制自己，进入自由、恬静、无忧无虑的境界。他从罗马哲人加图那里学到如何抵制情欲的疯狂、痛苦的纠缠和死亡的袭扰，而塞涅卡则教他如何摆脱情欲的奴役，如何躲在高傲的孤独中反躬自省，"如同没有妻子、没

14

有儿女、没有财产一样，以便在果然失去这一切的时候，不必再度感受匮乏之苦"。至于痛苦，"我们给它多大位置，它就占有多大位置"。说到死亡，他要人"脑袋里最经常装着的是死，不知道死在何处等着我们，我们就处处等着它"。死亡只会使无知的人感到惊慌失措，对一个学会了蔑视俗见的哲学家则无可奈何。他认为死亡本身并不可怕，可怕的是对死亡的陌生和恐惧，熟悉了它，乃至于"演习"过它，就可以战胜它。有一次，蒙田坠马竟至昏迷不醒，事后，他认为那就是一次死亡演习，是"试验和体会死亡的滋味"。蒙田差不多一生都饱受结石病的折磨，差不多一生都在战乱中度过，痛苦和死亡成了他经常谈论的题目，他所以能够战而胜之，突出地反映出他所受的斯多葛派的影响。晚年，他的态度有了很大的变化。

　　这种变化也在他对各种人的看法中得到反映。他从实际生活中看到，农民在战乱中大批死去，也曾表现得从容镇定，并不需要哲学家的学问。他深受启发，认为不读书的工匠和农民比那些不务实际的哲学家更有智慧。他说："我见过成百个比修道院院长更聪明更幸福的工匠和农民，我更愿与他们相类。""农民的习惯和言谈普遍地比我们的哲学家有条理。"他认为，人与人在精神上和道德上是平等的，帝王将相并不高于普通人，不应将他们神化以愚弄百姓。他写道："皇帝和鞋匠的灵魂出于同一个模子。"甚至，"皇帝的仪仗使您眼花缭乱，可是，看看帐子后面吧，那只不过是个普通人，有时候比他的臣民还要卑劣"。他说人的行为以自己为榜样即可，不必到大人物那里去找，因为"恺撒的生活并不比我们自己的生活为我们提供更多的榜样，皇帝的一生与平民的一生，同样是人生种种意外觊觎的目标"。他认为，衡量一个人，应该根据他本身的价值，而不应该根据外在附加的东西。"我们赞美一匹马，是以为他有力，灵活，而不是因为它的鞍辔；赞美一条猎犬，是以为它跑得快，而不是因为它的颈圈；赞美一只猎鹰，是因为它的翅膀，而不是它的绳索和铃铛。为什么我们不能根据其自身的东西衡量一个人呢?"地位、金钱和荣誉都是外在的东西，不能成为评价一个人的根据。"臣民之于帝王，附属和服从，是由于他的职务，而尊敬和爱戴，则仅仅因为他的德行。"不言而喻，没有德行的帝王从臣民那里得到的只能是轻蔑和痛恨，而蒙田对法国当代的君主是不乏微词的，他们在他的笔下是不那么神圣的。人文主义者普遍地蔑视群众，蒙田能够冲破偏见，提出这样的见解，是非常可贵的。我们不是可以从这里听到18世纪启蒙思想家提出的平等观的先声吗?

蒙田不为流俗所蔽，一反人云亦云的偏见，对所谓"野蛮人"做出自己的判断，议论十分精彩。他说:"我发现在这些民族身上毫无野蛮之处，只不过人人都称与自己的习俗不同的东西为野蛮罢了。"在"思想的明晰和敏锐""技艺的精巧"方面，"吃人生番"毫不逊于欧洲的"文明人"；在虔诚、守法、善良、正直等方面，"生番"则胜过"文明人"；而在坚强、忠实、面对痛苦、饥饿、死亡的态度方面，他们可与古代最著名的例子相比美。相反，文明人恰恰在野蛮上超过了他们，并且利用他们的无知和缺乏经验来败坏其品质。他特别对生番把别人叫作自己的"一半"表示赞赏,并希望"文明人"与这"一半"之间建立"平等和睦"的关系。与这种博爱思想相联系,蒙田愤怒地谴责了西班牙殖民者在美洲犯下的野蛮罪行。他写道:"为了获得宝石和香料,多少城市被夷为平地,多少民族被连根消灭,多少人死于兵刃,世界上最丰饶美丽的地方被搅得乱七八糟。"他把这种征服称为"卑鄙而粗暴的胜利",认为其对"文明人"毫无光荣可言。蒙田关于"野蛮人"的思想同卢梭关于"自然人"的思想有许多相通之处,不过,他在赞美"野蛮人"的优秀品质的同时,更加强调"文明人"和"野蛮人"应该存在的平等和睦的关系。他说:"我尊重一切人,他们都是我的同胞,我拥抱一个波兰人,如同我拥抱一个法国人一样。""友谊的臂膀长得足可以从世界的一角拥抱到世界的另一角。"

在人与自然的关系上,蒙田崇拜自然,号召人们遵循自然的指示,享受自然的馈赠。他把自然称作"温柔的向导""伟大而强壮的母亲"。他认为,满足自然的要求是适合于人类的唯一理想的道德,反之,"拒绝取消和歪曲它的馈赠",就是"对不住这伟大的、强有力的馈赠者",而他则是愉快地、感激地接受自然给予他的一切。对自然的尊重和崇拜,甚至缓和了他最初认为"探究哲理就是学习死亡"的观点,而认为:"如果您不会死,毋庸担心:自然(到时)会立刻充分足够地告诉您的。"他借用古罗马的一位哲人西塞罗的话说:"符合自然的一切都是值得尊敬的",而违背自然则是疯狂:"他们企图脱离自己,逃避人类。这是发疯:他们非但不能成为天使,反而变成了禽兽;他们非但不能上升,反而摔在地上。"对自然的崇拜与肯定现世生活是一致的,其矛头直接指向了天主教会所宣扬的禁欲主义。

对于人的认识能力,蒙田采取怀疑论的态度。他认为"人类的理性是一把双刃的、危险的利剑",因为理性至上论造成了人类的"狂妄和傲慢",而这正是人类与生俱来的错误。与理性相比,他更强调经验,认为经验可以弥补理性的不足,是理性的"唯一根据"。但是,无论理性还是经验,都不是万能的,因为"判断者和被判断者都处于不断的变化和运动中","不可能建立任何确定的东西"。在长文《雷蒙·塞邦赞》中,他对这种怀疑论思想进行了淋漓尽致的发挥和全面系统的阐述。那是一篇奇文,意在辩护,实则与雷蒙·塞邦的观点大相径庭。后者把人放在一切造物的中心,极力颂扬人的理性,把理性视为信仰的基础;蒙田却恰恰相反,把人视同一切生物,而且还是最软弱的一种,在力量、忠诚、聪明、友爱等方面都不如禽兽,人类引以为荣的理性非但不一定为他独有,而且还是虚妄的,靠不住的。他认为,人类的两大认识,理性认识和感性认识,都是不中用的"虚荣",如果感性不比理性更可靠,科学也同哲学一样软弱无力,事物的本质对人类来说,永远是深不可测的。人只能说"我知道什么",而不能说"我不知道",因为这仍然是一种肯定的说法,而"肯定和固执是愚昧的特别标志"。他认为最聪明的哲学家是怀疑论者,他在书房里刻下怀疑论的格言"我中止(判断)","我什么也不肯定,我不懂。我在怀疑中。我考察……"蒙田怀疑和考察的是盲目的信仰、宗教的狂热和僵死的教条。他有时似乎把怀疑论推向不可知论，其实，那不过是一种手段而已。他说，"蹂躏和践踏人类的狂妄和骄傲"，是他"压倒这种狂热"的方法，而且是"最合适的方法"。怀疑论是蒙田的思想的重要侧面，对摧毁经院哲学起了积极的作用；但是，不应该夸大怀疑论在蒙田的思想中所占的比重，也不应该忽视其消极保守的作用。在理论上，对理性的怀疑使他提出以经验作为判断的基础，从而给中世纪经院哲学以沉重的打击，把哲学从烦琐的争论中解放出来面向现实生活；在实践上，由于人们思想的多变和各民族风习的差异，又使他尊重现存的宗教和政治秩序而反对巨大的变革。蒙田的怀疑论对 17 世纪的自由思想的盛行起了直接的推动作用。

宗教作为封建制度的精神支柱，在 16 世纪的思想家们的著作中占有重要地位，或颂扬，或反对，或揶揄，人人都要加以谈论。蒙田是个天主教徒，在长达三十年的宗教战争中，他站在天主教一边反对新教。但是，他是不是一个真正的、虔诚的天主教徒，历来是受到怀疑的。他忠于天主教与其说是出于信仰，毋宁说是作为法官宣过誓。他很少谈论上帝，而他的上帝又常常和自然是一个东西，他还主张"少去介入对神意的判断"。他一方面宣称天主教是"最好的，最健康的"，一方面又表示强烈的不满，指出："我们的宗教为剪除罪孽而创，实际上，它却掩盖着它们，滋养着它们，煽动着它们。"他对宗教改革不感兴趣，因为他厌恶"标新立异"，他主张宽容，反对宗教狂热，谴责宗教迫害。他说"上帝是一种不可理解的力量",人类给予他的荣誉和尊崇,不论其面貌、名称、方式如何,他都接受。至于宗教本身,"我们只是以我们的方式,以我们的手接受我们的宗教,如同他们接受他们的宗教一样"。"宗教狂热造成的文化损失,比所有蛮族的火造成的损失都大。"在他的眼中,宗教战争是王侯们的一桩"狂暴的、野心勃勃的事业"。他看不到宗教战争掩盖下的阶级斗争,但是,他清楚地看到了宗教这件外衣,他尖锐地指出,在这场撕裂着法国的内战中,宗教问题只不过是个借口,各方面标榜"正义"不过是"装潢和饰物"而已,真正使那些王侯们行动的是"情欲和贪欲"。因此,他对这场战争深恶痛绝,呼吁交战双方"节制",并身体力行奔波于天主教和新教之间。他的呼声顺应了当时久乱思静的情势,得到了双方的欢迎。蒙田的宗教观深深地打上了怀疑论的烙印,对天主教的绝对统治构成了一种潜在的威胁。毫不奇怪,《随笔集》虽然于1580年获得罗马教廷的通过,终于在1676年被列为"禁书"。

教育问题是培养人的问题,引起了人文主义者普遍的重视,蒙田也不例外,写有专文《论对孩子的教育》陈述他的观点。他认为,"教育的目的在于使人变得善良和明智,而非使人博学",也就是培养绅士,培养判断力,这是他的教育思想的核心,与拉伯雷培养全知全能的人的思想有很大的不同。他反对教儿童许多知识,反对单纯记忆,主张精神上的培养,"教他会思想"。他根据自己的经验,强调择师的重要。他要求教师的头

脑有条理，而不是装满知识。他反对由教师施行灌输，而要求
让学生先说话。教师不但要考查学生认多少字，还要看他是否
领会和掌握了字的精神实质；学生获益的证明不是他是否记
住，而是他的行为。他反对任何强制，主张让学生自由选择判
断，如果学生不能决定其判断，则宁可存疑。"只有疯子才确信
无疑。"这是他的一句名言。他特别强调让学生博采众家之长，
加以融会贯通，变成自己的东西。他将这比作蜜蜂采花酿蜜。
他认为，不能单纯从书本上学习，还要接触外部世界，"总之，世
界是我学生的教科书"。因此，与各种人谈话，到各地去旅行，
都是学习的途径。他重视学生的自由，认为不给学生自由，就
会使他变得卑屈和懦弱。他认为，"使精神强健还不够，还要使
筋肉强健"，为此，要让儿童过艰苦的生活，锻炼身体，并要"常
常违反医学上的禁令"，"让他在户外和危险中生活"。他认为，
教育的"目的在于德行，而德行并不像经院哲学说的那样被栽
植在陡峭的高山上，道路崎岖，不可接近。相反，走近它的人认
为它是在美丽、肥沃、鲜花盛开的高原上，人立于其上，一切尽
收眼底；识途的人能够走近它，那是一条浓荫蔽日、花气芬芳、
坡缓地平有如穹顶的道路"。《论对孩子的教育》是写给一位贵
夫人的，教育的对象是贵族的子弟，教育的目的是使他成为国
王的廷臣或武士，成为有修养的正人君子。蒙田的教育思想明
显地打上了与封建贵族最接近的上层资产阶级的印记。但是，
他的教育方法中，不乏令人深思、供人借鉴之处。

　　综上所述，我们可以看到，在蒙田的思想的各个侧面中有

一条线贯穿着，这条线就是经常出现在他的笔端的节制、秩序等概念，而他正是在这个概念上建立了精神生活的主导和道德生活的准则。他主张顺从自然的安排，稳定、适中而有秩序，反对极端、狂热和动乱。他虽然思想自由不羁，常作"脱缰之马"状，却仍然觉得有加以条分缕析、实行控制的必要。他虽然赞美怀疑论者，却说"唯理论和怀疑论都是极端"，而"一切越出常规的东西都使我不快"。他认为，"灵魂的价值不在于升得高，而在于升得有秩序。……其伟大不表现于伟大本身，而表现于节制"。这种务求稳健、中庸的思想贯穿一切，表现在各个方面。政治上，他反对巨大的、突然的变革，主张尊重现存的秩序，因为"一切巨大的变动都只是震撼了国家，使之陷入混乱"，而"人类社会无论如何总能站得住，连接得住。人不管被放在什么位置上，总能自己晃一晃，堆垛整齐，如同一个口袋里杂乱无章的东西总能找到互相合适的位置，往往比刻意摆放还要来得好。在教育问题上，他不主张让儿童绝对自由，而是需要严格，"温和的严格"，强调适当的纪律以使儿童身心两健。在宗教问题上，他既反对天主教的狂热，又反对新教的标新立异，在内战方酣之时呼吁节制。在个人生活上，他主张个人以个人的方式寻找真理和追求幸福，又认为毫无限制的个人主义会导致无政府状态，人欲横流更是遭到他的谴责，"不足和过多殊途同归"，"最美好的生活是普通的、人人可及的生活，有条不紊，没有奇迹，不越常轨"。他认为，幸福在于全面地、和谐地实现人的天性，即充分而不过分地享乐。蒙田强调节制和秩序，固然表现了他思想的保守和妥协倾向,但也反映了当时人们久战思和的心理,反映了新兴资产阶级希望有一个和平的环境以利于自己的发展的愿望。

斯多葛、伊壁鸠鲁,亦或蒙田

《随笔集》中所反映的蒙田的思想十分丰富复杂,难以纳入一定的思想体系;有时却也像一匹"脱缰之马",纵横驰骋,不见首尾,加上他的思想十分活跃,不断地发展演变,初看上去,令人难以捉摸。此外,四百多年来,不同时代、不同阶级的读者又往往强调他的思想的某一特定的侧面,加以发展和引申,这就使他的思想的面貌更加复杂。综观全部《随笔集》,蒙田先后受到斯多葛主义和怀疑论的影响,最后试图形成自己的生活之道,一种以伊壁鸠鲁主义为基调的人生哲学,这样一条线索还是可以相当清楚地描述他的思想的演变过程的。但是,应该指出,上述三个方面并非截然分开、孤立存在的,它们只是在各自的阶段中占有主导的地位,并非具有排斥其他、唯我独尊的权威。

斯多葛主义是古希腊-罗马的一种哲学派别,在伦理学上鼓吹宿命论和禁欲主义,以精神生活的淡泊和严峻著称。这个哲学派别的影响主要反映在蒙田早期的思想中。促使蒙田倾向于斯多葛主义的原因是多方面的。1562 年爆发了宗教战争,带来了痛苦和死亡,蒙田个人的身家性命也受到极大的威胁,他还深为肾结石所苦，这一切都迫使他在精神上寻求力量，以适应动荡不安的生活。1563年他的挚友拉博埃西去世，其面对死亡镇定自若的态度使蒙田极为钦佩。在文艺复兴运动中形成的文化风气的熏陶下，他大量地阅读了古代作家的作品，深为斯多葛主义晚期代表人物塞涅卡的著作所折服，尤其是其面对痛苦的态度，精神上预先经受匮乏，智者应该超脱于命运之上等思想正投合了他的需要。而决定他的精神状态的更为深刻的原因，则是新兴资产阶级的事业还在草创阶段，发展十分缓慢，远未达到足以蔑视甚至不顾前进中的困难的程度。个人、社会、历史等诸方面的因素，都促使蒙田在斯多葛主义中寻求精神上的支持，汲取在世事纷纭面前冷眼旁观的勇气和在死亡面前镇定自若的力量，以期获得智者孜孜以求的高傲而俯视人类普遍的平庸。然而，斯多葛主义和伊壁鸠鲁主义虽然是两个对立的哲学派别，却有一个共同的目的，即追求个人的幸福。蒙田在把斯多葛主义精神上的严峻作为行为的准则的同时，仍然处处流露出他的懒散、享乐的倾向。他并不把痛苦看作一种虚妄，而认为人的忍耐有一定的限度。他所宣扬的"学死"也仍然是为了更舒服、更愉快地生活。可见，在他为斯多葛主义所唱的颂歌中，响动着伊壁鸠鲁的琴弦。

蒙田早期的思想并不单纯是斯多葛主义，而是潜藏着演变为不那么严峻的思想的种子，他本人的气质又推动他逐渐脱离斯多葛主义而转向一种更能为常人接受的思想。1574年，他读到阿米奥翻译的普鲁塔克的《希腊罗马名人传》，这无疑在促使他脱离斯多葛主义上起了作用。普鲁塔克是斯多葛派的公开的对手,他嘲笑该派的傲慢,主张一种平凡的智慧,这当然更合蒙田的口味。1580年,蒙田明显地表现出对普鲁塔克的偏好。如果说塞涅卡"更使我们激动,使我们感动",普鲁塔克则"更使我们高兴,给予我们的更多。一个引导我们,另一个则推拥我们"。

16世纪最后三十年的法国,教派纷争不已,战事愈演愈烈,极端和狂热动摇了理性的权威,人文主义者中间弥漫着浓厚的怀疑论空气。同时,新大陆的发现,科学的突破,殖民主义的挺进,不仅打开了人们的眼界,动摇了旧的神学体系和传统观念,也使人们对所谓"文明"的价值产生了疑问。蒙田亲眼看到了人的思想的复杂多变,亲耳听到了异国风俗的千奇百怪,痛切地感到了经院哲学家们的胡言乱语不过是"鹦鹉学舌"而已。所以,他一读到古希腊哲学家塞克斯都·恩披里柯的著作,就对他的名言"我知道什么"推崇备至,铭刻在心,并把它刻在自己的徽章上。如今这句话已作为蒙田的名言,流传于世。这说明,怀疑论在此时的蒙田身上找到了极为合适的土壤,并且被赋予了新的意义,怀疑的矛头首先针对着经院哲学的教条主义。所以,蒙田的怀疑论是积极的,进步的。

但是,怀疑论在蒙田的思想中不过是一个看问题的出发点。他怀疑一切,但不是不可知论。他怀疑的是教条,是俗见,是极端和狂热。他不否定痛苦的存在,不否认生活的享受,更不否认实践的经验,只不过他要寻求一种精神武器来抵御严格的教条和狂热的信仰的侵袭,在动乱中求得内心的平静,进而发现生活的艺术。在他对怀疑论的颂歌中,仍然响动着伊壁鸠鲁的琴弦。

因此,怀疑论对蒙田来说,并非一次思想发展过程中的突然变革,更不是一道不可逾越的鸿沟。恰恰相反,正是由于怀疑,蒙田确信绝对真理之不可求、普遍道德之虚妄以及现存秩序之不可变,进而追求一种动乱中的宁静、痛苦中的幸福和因人而异的德行。他教人以生活之道,提倡的不是英雄和圣徒的生活,而是平衡、丰满、普通人的生活。他认为中庸之道才是最难的,他的智慧是一种古代的、淳朴的、普通人的智慧。他认为,观察自己、分析自己、描绘自己,具有普遍的意义,不是供人仿效,而是给人以启发,使每个人都能反躬自省,找出适合自己的方式,发现生活的真谛,因为,"从我自身的经验中,我发现了足以使我成为智者的东西,如果我是个好学生的话"。在蒙田看来,理想的生活是田园贵族的生活,无衣食之累,无俗务之忧,不让习惯、偏见束缚自己的思想,不让贪婪、吝啬和情欲扰乱自己的心情,不让极端和狂热左右自己的行为,充分而不过分地享受自然所赋予的一切快乐。这是蒙田的思想的归宿。诚如他自己所说:"所有的世界观都如此,即快乐是我们的目的,尽管它们采取了不同的方式。"因此,斯多葛主义也好,怀疑论也好,都是为了在人文主义这块土地上,开出伊壁鸠鲁主义的花朵。

蒙田是法国文艺复兴运动晚期的人文主义者,《随笔集》的写作始终在民生凋敝、战乱频仍的广阔背景下进行,书中所反映的思想已与早期的人文主义者的思想有了很大的不同。往日的那种对人的赞美、对理性的崇尚、对爱情的颂歌、对宗教的抨击、对知识的追求,都在蒙田的笔下失去了明亮的色彩和亢奋的激情,犹如奔腾咆哮的大河化为烟波浩渺的平湖,时而掠过一抹云影,给人以苍凉、宁静,多少有些茫然的感觉,既反映了蒙田的思想的独特性,也反映了后期人文主义思潮所特有的复杂性和深刻性。恩格斯认为,资产阶级不能在英法这样的国家里长期独自掌权。这就指出了资产阶级向封建势力妥协或与之合流的必然性。蒙田思想的种种矛盾,恰恰反映了文艺复兴运动后期人文主义理想陷入了巨大的危机,以及一部分人文主义者与封建势力合流的趋势。蒙田本人是个"穿袍贵族",即上层资产阶级,他的"明快的自由思想"也就打上了变成贵族的那部分资产阶级的烙印。

蒙田属于"给资产阶级统治打下基础的人物"之列,但也是个独特的思想家。他的思想来自书本和经验。他不以哲学家自命,无意创造体系,也不想遵循某种体系,他只想博采众家的思想,用来陶铸自己的精神。苏格拉底、塞涅卡、普鲁塔克、皮浪、伊壁鸠鲁等,都曾向他提供过精神上的食粮,而都未使他成为毕生追随的信徒。诚如他自己所说:"我愿由于自己而富有,不愿借债而富有。"他像蜜蜂一样,广采众花,酿成自己的蜜了。所以,蒙田就是蒙田,不是斯多葛主义者蒙田,不是怀疑论者蒙田,也不是伊壁鸠鲁主义者蒙田。

令人头痛的随笔
——从蒙田随笔看现代随笔

随笔，今天我们是把它当作一种文体来看待的。当初，这一称谓刚刚产生的时候，人们并未把它当作一种文体，中国是这样，外国也是这样。在中国，随笔获得独立的文体地位，恐怕还是近几年的事情。

随笔·小品文

在中国，洪迈的《容斋随笔》大概是最早以"随笔"命名的，当在宋淳熙十一年（1184年），他在序中说："予老去习懒，读书不多，意之所之，随即记录，因其先后，无复诠次，故目之曰随笔。"《容斋随笔》的内容和学术成就，《四库全书总目》说得剀切："其中自经史诸子百家，以及医卜星算之属，凡意有所得，即随手札记，辩证考据，颇为精确。"明人李翰在给《容斋随笔》作的序中指出："文敏公洪景卢……谢绝外事，聚天下之书，而遍阅之，搜悉异闻，考核经史，捃拾典故，值言之最者必札之，遇事之奇者必摘之。虽诗词文翰,历谶卜医,钩纂不遗。从而评之,参订品藻,论议雌黄,或加以辨证,或系以赞繇,天下事为寓以正理,殆将毕载,积廿余年,率皆成书。"《容斋随笔》是一部百科全书式的考证精审、议论风生的文字。

《容斋随笔》之后,以随笔名其书者渐多,如明李介立之《天香阁随笔》、清王应奎之《柳南随笔》、清马位之《秋窗随笔》、清梁绍壬之《两般秋雨庵随笔》等等;现代则有曹聚仁的《中国学术思想史随笔》和丰子恺的《缘缘堂随笔》之类。《容斋随笔》的刊行距今已八百余年,这八百年间的变化,可谓大矣。中国古代文论家或目录学家的笔下并没有随笔的名目,《容斋随笔》之类皆被归为"史部杂说类"(《郡斋读书志》)、"子部小说类"(《宋史·艺文志》)或者"子部杂家类"(《四库全书总目》),并未以独立的文体目之。也就是说,南朝刘勰《文心雕龙》"论文叙笔""囿别区分",用二十五篇叙述文类,计三十三种,明吴讷的《文章辨体·凡例》称"文辞以体制为先",辨明文体五十九类,明徐师曾《文体明辨序》说"自秦汉而下,文愈盛;文愈盛,故类愈增;类愈增,故体愈众;体愈众,故辨当愈严",文体竟达一百二十七类,然而其中就是没有"随笔"的位置。在中国古代,随笔是徒有其名,而无其实的。

然而,到了20世纪20年代,事情起了变化。1921年6月8日,周作人在《晨报》上发表了一篇短文,文仅五百字,曰《美文》。他说:"外国文学里有一种所谓论文,其中大约可以分作两类。一类批评的,是学术性的。二记述的,是艺术性的,又称作美文……"又说："读好的论文，如读散文诗，因为它实在是诗与散文中间的桥。"还说："我以为文章的外形和内容，的确有点关系，有许多思想，既不能作为小说，又不适于作诗，……便可以用论文式去表它。"最后，他发出呼吁："我希望大家卷土重来，给新文学开辟出一块新的土地来……"周作人所谓"论文"，我想就是法文中的"essai"或英文中的"essay"，他的文章有首倡之功，不能不表。但是，他的文章简则简矣，而稍欠明晰，因此引起不少误解，以为他只提倡美文，弃"批评"的一类于不顾，尤其是文章标以《美文》之名，更易使人糊涂。我在《从阅读到批评》一书中说："周作人说的是'美文'，而读的是'论文'，当中有些夹缠，唯一的解释，是发生了某种误解。"这种误解，焉知不是中国人的有意的选择？周作人在《燕知草·跋》中说："中国新散文的源流，我看是公安派与英国的小品文两者所合成。""新散文"者，就是中国人的随笔；"公安派"者，就是"独抒性灵，不拘格套"；"英国的小品文"者，就是英国的"essay"。中国的新文学运动的参加者们，于中国，选的是明清的小品，于外国，选的是英国的随笔，两者合成了中国的新散文，即小品文，又称随笔。

不过，"随笔"这个称谓并不流行，据余元桂主编的《中国现代散文理论》，直到 1948 年，中国文学理论界占统治地位的说法还是小品文。就公安派与英国随笔的结合来说，周作人提出"美文"一说，王统照称之为"纯散文"或"论文"，胡梦华称之为"絮语散文"，指明法人蒙田为其开创者，其余诸人，如钟敬文、鲁迅、郁达夫、林语堂、叶圣陶、郑伯奇、陈子展、夏征农、钱歌川等等，皆称之为"小品文"。其中傅东华认为小品文乃是"东方文学所特有"的一种文体，"西方文学里并没有和它相当的东西"，陈子展则反对"公安竟陵的东西和现代小品文的发展，真有什么联系"。说到用什么词来翻译"essay"，有人翻作"试笔"，如李素伯和朱光潜，后者说："'小品文'向来没有定义，有人说它相当于西方的 essay。这个字的原义是'尝试'，或许较恰当的译名是'试笔'。这一类文字在西方有时是发挥思想，有时是书写情趣，也有时是叙述故事。"直到 1948 年，他还坚持蒙田的随笔应归到"'试笔'一类"。真正比较郑重地提到"随笔"的，是方非，恕我孤陋寡闻，竟不知他为何许人。他于 1933 年 10 月 7日在《文学》第二卷第一号上发表了《散文随笔之产生》，从文章的题目看，"随笔"已经以文体的资格登堂入室了。他把随笔与小品文视为一物，同归于"软性读物"，并说："今日中国之小布尔作者，除了少数例外，既不愿意奔走于封建阀阅和大腹商贾之门，而甘心充其走狗，又不敢投笔从事实际行动，或涉笔于由实际行动而得来的经验之文学作品；上帝又不谅解，偏偏注定他们必得以文而生；他们琐尾流离，他们徘徊瞻顾，他们不得已乃取随笔文为其文学之主要形式了。"他指出随笔的特性，洋洋五条之多，类如篇幅短小，内容无所不谈，现实的衰颓和往昔的胜概之对比，对现状不满而出以冷嘲热讽的笔调，叙述描写伦理抒情无施不可等，而其大端，或最为重要的，乃是"随笔中伦理的成分是非常少的"。当然，提到"随笔"的，非止方非一家，李素伯、鲁迅、阿英、林语堂、茅盾、林慧文和唐弢都或多或少地提到了随笔，尤其是阿英。阿英1933年编了一套《现代名家随笔丛选》，在《序记》中，他说："真正优秀的随笔，它的内容必然是接触着，深深地接触着社会生活。"但是，一年以后，他又编了一部《现代十六家小品》，在他写的序中，于"随笔"未着一字，提都没有提。我想，这其中必有深意存焉。编《现代名家随笔》，说明他有明确的文体意识；编《现代十六家小品》，说明他看到了小品和随笔之间的分别。这不啻空谷足音，然而这只是荒漠中的呼喊，应者寥寥。中国错过了仔细分辨小品文与随笔的一次机会，可叹也夫！

在整个20世纪中，虽然小品文与随笔往往并称，或者一物而两名，但是，一旦某种文体被称为小品文，而随笔之名仿佛流星一样倏忽而逝，那就说明有两种情况：一是小品文和随笔本来是两种东西，小品文占了优势地位，而随笔得不到发展，处于萎缩的状态；一是它们本来就是一种东西，随笔不过是小品文的别名而已。我想恐怕是第一种情况吧，新文化运动的参加者们实在是看错了西方的"essai"或"essay"，结果是，他们放弃了"essai"或"essay"的"讲理"的成分，只记得"幽默"和"闲适"。所谓中国散文"受了英国essay的影响"，只不过是因为英国的essay与中国的"笔记之类""很有气脉相通的地方"。出于同样的理由，周作人可以说："现代的散文在新文学中受外国的影响最少……"郁达夫则可以说："英国散文的影响，在我们的智识阶级中间，是再过十年二十年也绝不会消灭的一种根深蒂固的潜势力。"其实,英国散文的影响是通过日本完成的。日人厨川白村在《说Essay》中有一段在中国散文作家中十分有名的话:"和小说戏曲诗歌一起,也算是文艺作品之一体的这Essay,并不是议论呀论说似的麻烦类的东西,……如果是冬天,便坐在暖炉旁边的安乐椅子上,倘在夏天,则披浴衣,啜苦茗,随随便便,和好友任心闲话,将这些话照样地移在纸上的东西,就是Essay。兴之所至,也说些以不至于头痛为度的道理吧。"译者鲁迅保留了Essay的英文形式,说明他至少不主张将之径直译作"小品文"或"随笔",心中还着意于小品文和随笔之间的区别吧。厨川白村对中国散文最大的影响恐怕是"以不至于头痛为度"这句话,郁达夫的话可以为证:"我总觉得西洋的Essay里,往往还脱不了讲理的Philosophizing的倾向,不失之太腻,就失之太幽默,没有了东方人的小品那么的清丽。"这里,我想引用陆建德先生的一句话:"赫胥黎、普利斯特利新鲜活泼、不随时俗的见解并不以不至于引起头痛为度。厨川白村所理解的英国随笔未免太闲适、太安全了。"我以为他说得对,尤其是"太安全"三个字用得好,深得春秋笔法之三昧。所以,如郁达夫所说,中国的小品文还是逃不脱"细、清、真"三个字,虽然"看起来似乎很容易,但写起来,却往往不能够如我们所意想那么的简单周至"。《容斋随笔》"煞有好议论",可是到了世纪初的中国,随笔(小品文)却只剩下了公安竟陵的"独抒性灵,不拘格套"了。小品文当然有它的价值,但是它与随笔(法国的"essai",英国的"essay")的区别也是不容不辨的。

蒙田的风格

在法国,蒙田的 *Essais*——我们今天译作《随笔集》——出版于 1580 年,后来在 1588 年和 1592 年,有所增加,定为三卷,共一百〇七篇。文章长短不一,内容包罗万象,写法上是随意挥洒,但无时不流露出"我"的真性情,表现出一个隐逸之士对人类命运的深刻的忧虑和思考。《随笔集》从出版到今天,已经过了四百余年,这四百年间,其变化亦可谓大矣。*Essais* 最初与公众见面的时候,不过是表示"试验""尝试"的意思,然而,在这"不过"之中,已经渐渐有深意出焉。

德国学者雨果·弗里德里希 1949 年出版了一部著作,名字就叫作《蒙田》,如今五十多年过去了,这本书仍是蒙田研究的权威著作。《蒙田》1968 年被译成法文在伽利玛出版社出版,本文依据的是 1968 年的版本。雨果·弗里德里希认为《随笔集》的写作可以归结为三个问题:一、《随笔集》为何而写?二、《随笔集》为谁而写?三、《随笔集》采取了什么方式?

雨果·弗里德里希对这三个问题的回答是:

一、《随笔集》为何而写?他认为,"《随笔集》是一个法国绅士在四十岁至六十岁之间写作,由他本人为了度过隐居的晚年的闲暇时光,以 16 世纪后期人文主义精神进行的自由的思考和评论",因此,《随笔集》中处处从自我出发,"我自己是这本书的材料",在法国思想史和文学史上第一次出现了个体的人的形象。帕斯卡尔说他"引的掌故太多并且谈自己也太多",伏尔泰却说:"蒙田像他所做的那样朴实地描绘自己,这是多么可爱的计划!因为他描绘的是人性……"蒙田的自我是一个真实的、普通人的自我,他不惮于将自己的无论是精神上还是生理上的缺点和不足——展现,就政治、经济、文化、军事、社会、宗教、习俗、教育等一系列事物陈述"我"的观察思考和评论,从最微末的生活琐事到最重大的政治问题纷至沓来,奔涌到他的笔下。他大胆地提出"我所从事的研究其主题是人",在个人与他人、与社会、与上帝,即友谊、爱情、婚姻、社会生活、公共事务和旅行等方面,都有精彩的议论。

二、《随笔集》为谁而写?即他写作的对象是何许人?《随笔集》卷首有一篇《致读者》,他说:

> 我一上来就要提醒你,我写这本书纯粹是为了我的家庭和我个人,丝毫没有考虑要对你有用,也没有想得到荣誉。这是我力所不能及的。我是为了方便我的亲人和我的朋友才写这部书的:当我不在人世时(这是不久就会发生的事),他们可以从中重温我个性和爱好的某些特征,从而对我的了解更加完整,更加持久。

他的写作不是针对一个明确的读者群,所以他采取了一种循循善诱的、如话家常的口吻。雨果·弗里德里希说:"蒙田不是对一个社会的或职业的阶层说话,也不是对全法国说话(像杜·贝莱和帕斯吉埃非要如此那样），诉诸后世更是与他毫不相干。……他把他写出的付诸世界，后果该是什么就是什么。"《随笔集》终于成了一本名著，终于培养了一个越来越大、越广的读者群，那是后话。虽然蒙田不能明确地说出他的读者是谁，但肯定不是贵族，不是哲学家，不是宗教界人士，他们是普通人。蒙田的智慧是普通人能够接受的智慧。可见，在法国第一部以随笔命名的著作中，描写，叙事，议论，三者兼而有之。

三、《随笔集》采取了什么方式？这里说的是风格。蒙田逝世一百八十五年之后，布封有"风格乃是人本身"之说。他在1777年的《论风格》的一篇演讲中是这样说的："只有写得好的作品才能传世。知识之多、事实之奇、发现之新，都不是不朽之确实的保证；如果包含这些东西的著作只是谈论琐屑的对象，如果它们写得无趣味、不高尚、没有天才，它们就会湮没无闻，因为知识、事实或发现都很容易消失、转移，甚至被一些更加灵巧的手写成作品。这些东西都是身外物，而风格乃是人本身。风格既不能消失，不能转移，也不能变质：如果它们是高雅的、典丽的、雄伟的，则作品在任何时候都被赞美；因为只有真理是持久的，甚至是永恒的。"布封只规定了一种风格是好的，足以保证作品传世，即"高雅的、典丽的、雄伟的"风格，显然这是18世纪启蒙主义者所喜欢的，未免狭隘，但是他说"风格乃是人本身"却是真知灼见。雨果·弗里德里希认为，"面对一切皆变的世界，生活的反规范的性质，复杂的、多变的人，这些都不能采用一种规则的风格，这种风格封闭了开口，把一切归结为一种

面貌,美化了未完成的东西",所以蒙田不能屈从于流行的规
则,而采取了一种自由的、"开放的散文形式",形成了他自己的
特有的风格。风格,或蒙田的风格,乃是"无定形的、不规则的
话语,或者更确切地说,是朴实无华的语言,是无题目、无段落、
无结论的叙述,杂乱无章……",是"浑然一体",是"以变取胜,
变得唐突,变得无绪",是"蹦蹦跳跳""飘忽不定"。我们读蒙
田,只觉得满纸烟云,神龙出没,不见首尾,一轮红日不知躲到
什么地方,又不知从哪里放射出万丈光芒。怪不得蒙田说:"我
知道我在叙述时缺乏次序,但是今后在这部作品中叙述这些故
事时也不见得会遵守。"蒙田的随笔打破了当时流行的文章体
例,不守入题、正反题、结论等的框架,真正是"满心而发,肆口
而成"。苏轼在《自评文》中说:"吾文如万斛泉渊,不择地而出,
在平地滔滔汩汩,虽一日千里无难,及其与山石曲折,随物赋形
而不可知也;所可知者,常行于所当行,止于不可不止,如是而
已。"又在《答谢民师书》中说:"……大略如行云流水,初无定
质,但行于所当行,止于不可不止,文理自然,姿态横生。"唯中
国古人尚简,文章是做给利根人看的,蒙田则是"不论我谈到什
么题材,我总是希望说出我知道的最为复杂的东西",文章是做
给钝根人看的,除此以外,两人大可拊掌,相视而笑。

　　每篇随笔的题目和内容不尽一致,尤其是后期的随笔,不
仅篇幅很长,而且内容远远大过题目,确如行云流水一般,小小
的题目锁它不住,这是蒙田风格的突出体现。例如《塞亚岛的
风俗》,全文一万字,主题是"心甘情愿的死是最美的死",通篇

谈论的是出于各种缘由的自杀，文章还剩下五百字，才匆匆出现了塞亚岛的字样，这还不是最奇的，因为塞亚岛的风俗毕竟是人到老年自己结束生命，仍是"心甘情愿的死"，奇的是读者风尘仆仆，一路行来，跋涉了数十里路才找到了一个小村庄。例如《谈维吉尔的诗》，将近五万字的文章，开场白就占了五千字，谈的是老年的问题，然后进入正题，却谈的是爱情和婚姻，他认为："爱情与婚姻是两个目的，各有其不同的路线，无法融合。""婚姻是一种温馨的共同的生活，充满忠贞、信赖，以及无数相互间的有益而实在的帮助和责任"，而爱情则是"放肆、荒唐""热血沸腾、肆无忌惮"的冲动。随笔的题目叫作《谈维吉尔的诗》，实际上极少涉及维吉尔，更不要说维吉尔的诗了。那著名的比喻"笼外的鸟儿拼命想进去，笼内的鸟儿拼命想出去"，就出在这篇随笔中，其中蒙田还腾出手来，描绘了一番思想和语言的关系以及法语的优缺点。他说："我愿意说出我的思想的过程，让人看到每个想法当初是怎样产生的。"因此，他的随笔犹如一个在林中穿行的人，不时离开树林看看田野的风光：这里是溪流，那里是野花，那里是庄稼，远处又有一只鸟儿在歌唱……这就是蒙田的著名的"离题"。离题而不离意，蒙田说得好："我的思绪接连不断，但有时各种思绪从远处互相遥望，不过视角是斜的。……失去我文章的主题线索的不是我，而是不够勤奋的读者。"这告诉我们，读蒙田的随笔，是要费些脑筋的，日本人厨川白村关于随笔的"以不至于头痛为度"的说法不能用于蒙田。换句话说，读蒙田的随笔是要"头痛"的，非如此不足以带来思想的快乐和精神的享受。

蒙田还在世的时候,已经有《随笔集》的译本出现了。1590
年,有意大利人拿塞里翻译了蒙田,这是《随笔集》的第一个译
本,他用 discorsi 翻译 essai,书名为 *Discorsi morali, politici e
militari*(《道德、政治与军事的论说》)。蒙田逝世十年之后,英
国人约翰·弗洛里奥翻译了《随笔集》,于 1603 年出版。弗洛
里奥的翻译有两大功绩,一是他选取了法文的书名,径直叫作
Essay,二是对培根有很大的影响,培根原写有十篇摘记式的短
文于 1597 年出版,题为《道德与政治随笔》,但影响不大,1612
年和 1625 年两次增补扩充,仍冠以 *Essay* 之名,收文章五十八
篇,遂开一代风气,这其中弗洛里奥的翻译起了很大的作用。
Essai 除了试验、尝试之外,本无特别的意义,经过弗洛里奥的
翻译,在英伦三岛仍以本来的面貌出现,加上培根的示范作用,
随笔遂在英国植根,成为英国文学中最有特色的体裁之一。自
此,"essai"或"essay"成为一种文体,我们译作"随笔",也算与中
国古代的随笔接轨了。

蒙田是"随笔"这一文体的开创者,最终确立其文体地位的
却是培根。蒙田的随笔是"无定形和不规则的话语",是"浑然
一体",是"以变取胜,变得唐突,变得无序",是"蹦蹦跳跳""飘
忽不定",一文一意或数意,不仅有意之所之,而且有意之所由,
各章随笔的题目"也不一定囊括全部内容",往往有名不符实
者。然而,蒙田有开创之功,开花结果却落于英国的培根之手。
王佐良先生说:"培根对每个题目都有独到之见,诛心之论,而

文笔紧凑、老练、锐利,说理透彻,警句迭出","文章也写得富于诗意"。当然,培根的后继者不一定都承继了他的风格,如 18 世纪的艾迪生或 19 世纪的兰姆、哈兹里特都写得比他长,比他散漫,而且更突出个人的感情,或色彩,或才情。无论如何,随笔作为一种文体的地位最终确立了,它表明了一种著作,"其中谈论的是一种新的思想,对所论问题的独特的阐释"。1688 年,英国哲学家洛克发表了《论人类的理解力》,其"论"字用的就是"essay"这个词。伏尔泰于 1756 年发表了历史著作《论风俗》,1889 年,柏格森将他的哲学著作命名为《论意识的直接材料》,其中的"论"字用的都是"essai",这说明书的内容是严肃的甚至枯燥的,而其文体则都是灵活雅洁、引人入胜的,毫无高头讲章、正襟危坐的酸腐之气。18 世纪的思想家狄德罗说:"我喜欢随笔更甚于论文,在随笔中,作者给我某些几乎是孤立的天才的思想,而在论文中,这些珍贵的萌芽被一大堆老生常谈闷死了。"生动灵活与枯燥烦闷,这是我们在随笔与论文的对比中经常见到的现象。在当代的文学批评家中,我们可以找出诺斯洛普·弗莱作为例子,这位加拿大批评家 1957 年出版了里程碑式的著作《批评的剖析》,此书皇皇然三十万字,他不仅在书名中加上了"四篇随笔"的字样,而且在《论辩式的前言》中开篇即对"随笔"这种形式做了一番解释:"本书由几篇'探索性的随笔'组成——'随笔'(essay)这个词的本义就是试验性或未得出结论的尝试的意思——这几篇随笔试图从宏观的角度探索一下关于文学批评的范围、理论、原则和技巧等种种问题。"可见,随笔作为一种文体，篇幅不在长短，而在其内容多偏重说理，这与中国对随笔的说法多少有些距离。随笔的思想要深，角度要新，感情要真，文笔要纯。这四条皆备，才是一篇好随笔。不过，四条皆备，何其难哉！所谓"思想要深"，就是要讲出前人所未讲出的道理，所谓创新，这是最难的事情，因为我们所能讲出的道理，十之八九乃是古人或外国人早已讲过的道理，只是我们或许不知道而已，所以我不说"新"，而说"深"；思想或道理有深浅，不断地挖掘，才有可能接近事物的底蕴。所谓"角度要新"，因为思想或道理需要反复地讲，不断地讲，从各个角度讲，才能深入人心，或许能得到预期的效果；今天的随笔，要做到角度新，恐怕已经是一件不大容易的事情了。所谓"感情要真"，这里倒是要用上厨川白村的这句话了："在 essay，比什么都紧要的要件，就是作者将自己的个人的人格的色彩，浓厚地表现出来。""文如其人"的古训，在随笔这一文体中是要严格地遵守的。所谓"文笔要纯"，说的是文采，或雅驯，或简洁，或浓丽，或朴素，要的是前后一致，避免雅俗相杂。随笔要有文采，它与一般所谓的论文之区别，泰半在此。四者皆备，几乎是一件不可能的事情，所以只要具备一条，就可以说是一篇好的或比较好的随笔了。

一种最自由的文体

1983 年，瑞士文学批评家让·斯塔罗宾斯基教授获得了当年的"欧洲随笔奖"，他为此作了一篇文章，题目为《可以定义随笔吗?》,提出"随笔是最自由的文体","其条件和赌注是精神的自由",呼吁并提倡随笔这种"自由的批评"。

随笔,在法文中是一个名词(un essai),原义为实验、试验、检验、试用、考验、分析、尝试等,转义为短评、评论、论文、随笔、漫笔、小品文等。为什么原本一个普通名词会成为文体学上具有特定意义的名称呢?让·斯塔罗宾斯基采取了通常他最喜欢的做法,从词源学入手,追溯词的历史,将其来龙去脉一步步揭示出来,为随笔的界定提供了坚实可靠的基础。

让·斯塔罗宾斯基说,un essai 一词,12 世纪就出现在法文词汇中,来源于通俗拉丁语 exagium,有平衡之义,他的动词形式 essayer 则来源于 exagiare,义归称量、权衡等。与之相连的词有 examen,指天平梁上的指针,还有检查、检验、核对等义。但是,examen 还有一义,即一群、一伙、一帮等,如一群鸟、一群蜜蜂。这些词有一个共同的词源,即动词 exigo,它的意思是:推出、驱赶、排除、抛掷、摒弃、询问、强制、研究、权衡、要求等。总之,"L'essai 至少是指苛刻的称量,细心的检验,又指冲天而起展翅飞翔的一长串语词"。蒙田把他的著作取名为 *Essais*,有深意存焉。出于一种"独特的直觉",他在他的徽章上铸有一架天平,同时还镌有他那句著名的箴言:"我知道什么?"天平意味着,如果两个盘子一样高,就表明思想处于平衡状态,而那句箴言则代表着检验的行为,核对指针的状态,那句箴言还表明,蒙田对他自己和对他周围的世界采取了普遍怀疑的态度。斯塔罗宾斯基继续追寻词源学的痕迹,结果他发现,作为动词的 essayer 有一些与它竞争的词汇，如证实（prouver）、体验（eprouver）等，使 essayer 成为"考验"和"寻找证据"的同义词。这是一个语文学上的名正言顺的证明："最好的哲学是在 essai 的形式下得到表现的。"这意味着随笔具有表达思维的过程和结果的功能，绝不是"以不至于头痛为度"。

几乎像所有的文体一样，随笔有一个发展的过程，而这个过程并非一帆风顺，欣欣然高唱凯歌。随笔曾经被轻视过，甚至被否定过，这与它在中国的经历并无区别。随笔被叫作"essai"，法文中有一成语叫作"le coup d'essai"，意为"试一试""试一下"，这一文体的暂时性、随意性、肤浅性等，原本是题中应有之义，这个词的本义难辞其咎。汉语中的随笔的"随"字，有"随手""信手"的意思，《容斋随笔》也是"随即笔录，因其先后，无复诠次"，往往给人率意而为的印象，在这一点上，"essai"倒是与它的汉译相当一致的。有人如朱光潜先生曾经主张将"essai"或"essay"译为"试笔"，恐怕是出于这种考虑吧。

随笔作者，或随笔家，是英国人的发明，出在 17 世纪初。这个词刚一出现的时候，是有某种贬义的，与莎士比亚同时的本·琼森说过："不过是随笔家罢了，几句支离破碎的词句而已！"戈蒂耶说随笔乃是"肤浅之作"，蒙田也曾自嘲"只掐掉花朵"，言下之意是不及其根。但是，对蒙田的话，切不可做表面的理解，因为他的话往往是很微妙的，充满了玄机。他不愿意被人看作博学的人，体系的创造者，大量论文的炮制者，总之，他是个贵族，以能写为耻，至少不以能写为荣。19 世纪初年，大学教育发展到一个新的时代,实证主义使文学研究特别是文类研究达到了一个新的高度,对各种文类的标准和特征进行了完善的规定,像随笔这样不受任何限制的文体自然难逃厄运,它为博学者所不齿,或至少不入某些人的眼,它被打入冷宫,连同文体上的光彩和思想上的大胆,都同洗澡水一起被泼出去了。让·斯塔罗宾斯基说:"从课堂上看,根据博士论文评审团的评价,是一个业余爱好者,在非科学的可疑领域中近乎一个印象派的批评家。"当然,随笔可能失去其精神实质,变成报纸上的专栏,论战的抨击性小册子,或者着三不着两的闲谈。总之,肤浅,率意,宇宙和苍蝇等量齐观,的确是随笔的胎记,倘若一叶障目,则失了随笔的全貌。写滑了手,率尔操觚,或者忸怩作态,或者假装闲适,或者冒充博雅,或者以不平常心说平常心,或者热衷于小悲欢小摆设,甚至以为放进篮子里的就是菜,那就或浅或深地染上了让·斯塔罗宾斯基所说的"随笔习气"。让·斯塔罗宾斯基说:"某种暧昧毕竟存在。坦率地说,如果有人说我有随笔习气,我多少会感到受了伤害,我觉得这是一种责备……"

总之,"试一试",蒙田第一次用来称呼一种文学体裁,而这种体裁今天我们叫作"随笔"。让·斯塔罗宾斯基于是这样定义随笔:"随笔,既是一种新事物,同时又是一种论文,一种推理,可能是片面的,但是推到了极致,尽管过去有一种贬义的内涵,例如肤浅、业余等,不过,这并不使蒙田感到扫兴。在蒙田那里,随笔囊括了好几个领域:蛮荒和暴烈的外部世界;作为世界和主体的媒介的身体；判断的能力（观察者询问他的知识的充分与不足之处）；还有语言，不如说是写作，它承担着不同的研究的任务。这是一种谦虚谨慎又雄心勃勃的文学体裁，因为谈论自己的蒙田是唯一能够看到事物实质的人。他是他的存在的唯一的专家，他的演练是不可超越的。"

且看让·斯塔罗宾斯基是如何描述和评论蒙田的随笔的。

让·斯塔罗宾斯基首先指出，蒙田要让人知道："一本书哪怕是开放的，哪怕它并不达到任何本质，哪怕它只提供未完成的经验，哪怕它只是一种活动的开始，仍然是值得出版的，因为他与另一种存在紧密相连，这就是蒙田的老爷、米谢尔大人的独特的生存。"蒙田向他的同代人袒露了独特的个人，包括精神和肉体，在他之前从未有人这样做过，这是需要冒很大的风险的，总之，这需要勇气。让个人进入文学，包括他的思想、精神、性情、身体等，这是现代文学的自觉的开始。所以，随笔作为一种文体，乃是现代社会的产物，它在我国古代有其名而无其实，实在也是必然的事情。

蒙田的"试验"是什么？是什么实在的东西？他如何"试验"？他在什么场地上"试验"？如果我们要理解随笔的赌注的话，这是我们必须反复提出的问题。不断重复的"企图"，反复开始的"称量"，既是部分的又是不疲倦的"试一试"，"这种开始的行为，这种随笔的始动的一面，显然是至关重要的，因为它表明了愉快的精力的丰富性，这种精力永不枯竭"。它应用的场地无穷无尽，它的多样性见证了蒙田的作品和活动，这一切都在随笔这一体裁建立之初让我们准确地看到了"随笔的权利和特权"。让·斯塔罗宾斯基从四个方面描述和评论了蒙田的随笔：一、随笔既有主观的一面，又有客观的一面，其工作就在于"建立两个侧面之间不可分割的关系"。斯塔罗宾斯基指出，"对于蒙田来说，经验的场地首先是抵抗他的世界：这是世界提供给他、供他掌握的客观事物，这是在他身上发挥作用的命运"。他试验着、称量着这些材料，他的试验和称量更多的是"一种徒手的平衡，一种加工，一种触摸"。蒙田的手永远不闲着，"用手思想"是他的格言，永远要把"沉思"生活和"塑造"生活结合起来。二、随笔"具有试验证明的力量，判断和观察的功能"。随笔的自省的面貌就是随笔的主观的层面，"其中自我意识作为个人的新要求而觉醒，这种要求判断判断者的行为，观察观察者的能力"。因此，随笔具有强烈的主观色彩和个性的张扬。在《随笔集·致读者》一文中，蒙田简要地叙述了他的意图：

> 读者，这是一本真诚的书。我一上来就要提醒你，我写这本书纯粹是为了我的家庭和我个人，丝毫没有考虑要对你有用，也没有想得到荣誉。这是我力所不能及的。我是为了方便我的亲人和我的朋友才写这部书的：当我不在人世时（这是不久就会发生的事），他们可以从中重温我个性和爱好的某些特征，从而对我的了解更加完整，更加持久。

> 若是为了哗众取宠，我会更好地装饰自己，就会字斟

句酌，矫揉造作。我宁愿以一种朴实、自然和平平常常的姿态出现在读者面前，而不做任何人为的努力，因为我描绘的是我自己。我的缺点，我的幼稚的文笔，将以不冒犯公众为原则，活生生地展现在书中。假如我处在据说是仍生活在大自然原始法则下的国度里，自由自在，无拘无束，那我向你保证，我会很乐意把自己完整地、赤裸裸地描绘出来的。因此，读者，我自己是这部书的材料：你不应该把闲暇浪费在一部毫无价值的书上。

有的学者视"毫无价值"一词为"矫情"，但是把它当作"反讽"，似乎更能体现蒙田的随笔之真实的含义，斯塔罗宾斯基说得好，"作者的欲推故就的姿态十分明显：没有什么比要求放弃阅读更能激起阅读的欲望了"。他又说："在蒙田的随笔中，内在思考的演练和外在真实的审察是不可分割的。在接触到重大的道德问题、聆听经典作家的警句、面对现实世界的分裂之后，在试图与人沟通他的思索的时候，他才发现他与他的书是共存的，他给予他自己一种间接的表现，这只需要补充和丰富：我自己是这部书的材料。"如此汇总一个个个人的真实，才能表现出一般人的特征，这是现代文学的总趋势，蒙田用他的《随笔集》开了先河。三、随笔既有趋向自己的内在空间，更有对外在世界的无限兴趣，例如现实世界的纷乱以及解释这种纷乱的杂乱无章的话语。随笔作者之所以常常感到有回到自身的需要，是因为精神、感觉和身体紧密地结合在一起。把随笔的客观的侧面和主观的侧面结合在一起，这不是一件自然而然的事情，蒙田也不是一下子就做到的。让·斯塔罗宾斯基认为，至少有三种与世界的关系是通过不断反复的运动来试验的，这三种关系是：被动承受的依附，独立和再度适应的意志，被接受的相互依存和相互帮助。这是一个人和世界及他人之间的关系的三个相互依存又相互独立的阶段，它们的相互依存才是一个人的完整的存在，否则，这个人的一生将是残缺不全的。精神、感觉和身体的紧密结合乃是随笔的本质内涵。四、随笔是一种累积的试验，是考验口说和笔写的语言形式。在蒙田看来，"话有一半是说者的，有一半是听者的"。所以，让·斯塔罗宾斯基说："写作，对于蒙田来说，就是再试一次，就是带着永远年轻的力量，在永远新鲜直接的冲动中，击中读者的痛处，促使他思考和更加激烈地感受。有时也是突然地抓住他，让他恼怒，激励他进行反驳。"随笔所遵循的基本原则，或者它的"宪章"，乃是蒙田的两句话："我探询，我无知。"初读这两句话，颇为不解，为什么不先说"无知"后说"探询"呢？难道不是由于"无知"才需要"探询"吗？仔细想一想，方才明白：探询而后仍有不知，复又探询，如此反复不已，这不正是随笔的真意吗？让·斯塔罗宾斯基指出："唯有自由的人或摆脱了束缚的人，才能够探索和无知。奴役的制度禁止探索和无知，或者至少迫使这种状态转入地下。这种制度企图到处都建立起一种无懈可击、确信无疑的话语的统治，这与随笔无缘。"有一些文本可以是报告，可以是会议记录，可以是教条的注释，可就不是真正的随笔，因为它不包含随笔可能有的冒险、反抗、不可预料和个人性的成分。精神的自由乃是现代随笔的"条件",现代随笔的"赌注",也是现代随笔的精髓。

总而言之,今天的精神气候与蒙田的时代相比,已经有了天翻地覆的变化,首先是人文社会科学广泛而巨大的存在,占据了几乎所有的精神领域,但是这不应该减弱随笔的"活力",不应该束缚它对"精神秩序和协调的兴趣",而应该使它呈现出"更加自由、更加综合的努力"。我们应该以最好的方式利用这些学科,从它们可以向我们提供的东西中获益。为了捍卫它们和我们自己而采取超前的、思考的、自由的态度。简言之,"从一种选择其对象、创造其语言和方法的自由出发,随笔最好是善于把科学和诗结合起来。它应该同时是对他者语言的理解和它自己的语言的创造,是对传达的意义的倾听和存在于现实深处的意外联系的建立。随笔阅读世界,也让世界阅读自己,它要求同时进行大胆的阐释和冒险。它越是意识到话语的影响力,就越有影响⋯⋯它因此而有着诸多不可能的苛求,几乎不能完全满足。还是让我们把这些苛求提出来吧,让我们在精神上有一个指导的命令:随笔应该不断地注意作品和事件对我们的问题所给予的准确回答。它不论何时都不应该背弃对语言的明晰和美的忠诚。最后,此其时矣,随笔应该解开缆绳,试着自己成为一件作品,获得自己的、谦逊的权威"。让·斯塔罗宾斯基的话表明:现代随笔是最自由的文体,也是最有可能表达批评之美的文体。

今日随笔

张振金的《中国当代散文史》说:"随笔起于上世纪 80 年代中期,而盛于 90 年代之初。"我要补充的是,对随笔具有明确的文体意识则是 21 世纪的事了,其标志是中国散文学会主编的《2002 年中国随笔年选》的出版,编选者是青年评论家李静。整个 20 世纪,中国的散文作者和评论者都没有走出"细、清、真"的窠臼,把随笔看作散文中的一个可有可无的品种,或者等同于小品文:"随笔这种形式灵活随意、自由放达,篇幅也一般比较短小,适合现代人生活节奏紧、空闲少的特点。"总之,还是"以不至于头痛为度"。进入 21 世纪,情况开始不同了。在为《2002 中国随笔年选》写的序中,石英说:"在多少年的约定俗成中,在有识者的直感中,随笔还就应该是随笔。"我认为他说得对,是理智之言。我读书不多,中国现代随笔读得更少,不敢对此说三道四。我引用李静在《2005 年中国随笔年选·序》中的话,作为本文的结束,"今年随笔写作的问题和缺憾,仍一如既往:缺少汉语之美;匮乏清明的理性和敏锐的直觉,既缺少对世界的整体观照,又没能勘探到自我的深处;理性的自负太过强烈,以至形成了独断的语气和文风;道学气过剩,失去了真诚、自然与节制;'媒体气'和'网络气'过浓,'私人对话'语态常能让人感到旁若无人的自恋,或者硬套近乎的唐突⋯⋯"

Ⅱ "高峰"时代的大师们

那些林立的高峰

——大师巡回

随着国力的提升、经济的发展和社会的进步,中国人的物质生活有了明显的改善,但精神生活尚有欠缺,于是对文学上的"高峰"有所期待,对"高峰"的呼唤也在耳畔响了不知多少年了,然而"高峰"似乎对人们的呼唤充耳不闻,迟迟不肯现身。为什么?放眼古今中外,寻找一个"高峰"林立的时期,看看那是一番什么样的景象,是情理中的事。这样,19世纪就进入了我们的视野,而19世纪的法国文学则可能给我们提供一个具体的参照。且让我们拂去历史的风尘,看看那里究竟发生了什么?

整个19世纪,从1802年夏多布里昂的《基督教真谛》始,到历经二十三年的劳作、1893年方始完成的左拉的《卢贡-马加尔家族》止,中间有拉马丁、维尼、雨果、奈瓦尔、缪塞和乔治·桑;斯丹达尔、巴尔扎克、福楼拜和梅里美;波德莱尔、魏尔伦、兰波和马拉美;莫泊桑、凡尔纳、法朗士和洛蒂等作家诗人,有《沉思集》《命运集》《惩罚集》《幻象集》《四夜》和《魔沼》;《红与黑》《高老头》《包法利夫人》和《嘉尔曼》；《恶之花》《月光》《醉舟》和《窗户》；《羊脂球》《格兰特船长的儿女》《泰伊丝》和《冰岛渔夫》等小说诗歌，约一百年间，可谓高峰迭起，诗文并茂，时而轰轰烈烈，时而波澜壮阔，时而鱼龙混杂，时而百舸争流，好一派繁荣昌盛、百花争艳、你追我赶、欣欣向荣的景象。

夏多布里昂

夏多布里昂的《基督教真谛》是一部应时之作，它应的是革命之后社会动荡之时，是道德滑坡、信仰缺失之时，是民众大旱之后渴望甘霖之时，所以一经面世便引起轰动，一时洛阳纸贵。其中的《阿达拉》和《勒内》不仅人人争说，且几乎全社会都模仿书中的主人公，甚至教士也在讲道中大量袭用书中的词句。勒内是世纪病患者的先行者。壮丽的风景，异域的风光，难遣的忧郁，个人的情怀，一改古典主义四平八稳、规规矩矩的面貌。《基督教真谛》是夏多布里昂早期的作品，他的更重要的作品是《从巴黎到耶路撒冷纪行》《墓中回忆录》，但是，《基督教真谛》射出了浪漫主义的第一缕曙光，是一只啁啾鸣叫的报春鸟。高峰也。

拉马丁

拉马丁的《沉思集》出版于 1820 年，三年后出版了《新沉思集》,十年后又出版了《诗与宗教和谐集》,三本书的主题是咏唱逝去的爱情、孤独的时光、无解的绝望和死亡的诱惑。《沉思集》中最有名的一首诗题作《湖》,以回忆的手法描写诗人与所爱之人在月光下畅游湖上,百感交集,慨叹这样的时光一去不返。《诗与宗教和谐集》着力咏唱基督教的美,试图与诗结合,创造一个和谐的世界。《沉思集》被称为"浪漫主义的第一次表现",作者则自称:"表达上的古典主义,思想上的浪漫主义,理当如此。"拉马丁的诗表现了人面对大自然所产生的情感波动,用富于音乐性的诗句传达缠绵悱恻的情怀。高峰也。

维 尼

维尼是最早从《圣经》中汲取题材的诗人之一,塑造了一个对人类命运产生嫉妒之心的上帝的形象。他的诗表现出一种孤傲坚忍、睥睨一切的精神,认为荣誉和名声至高无上,例如他在《号角》一诗中,借罗兰之死的故事告诉人们,死并不可怕,只要死得光荣。《狼之死》是他的代表作,以低回婉转却铿锵有力的诗句咏唱道,光荣就在于服从、忍受和沉默。维尼的诗富于哲理,充满了挥之不去的留恋和绝望。维尼还写有《散-马尔斯》和《军人的屈辱与伟大》等小说作品及剧本《查铁敦》。无论是诗还是小说,都反映了维尼的浓重的悲观情绪和维护旧制度的心理,追求形而上的思考。高峰也。

雨　果

雨果是一轮众星拱之的圆满的月亮，在他漫长的一生中，贯穿始终的是诗歌。他的诗不断地跟随时代前进，反映了法国半个多世纪政治、社会的变化，抒写出人们在这个过程中共同的思想感情。他的才能没有边界，举凡诗歌、小说、戏剧、随笔，他都有令人瞩目的成就：诗集《东方集》《秋叶集》《惩罚集》《静观集》等，小说《巴黎圣母院》《悲惨世界》《九三年》等，戏剧《欧那尼》《吕易·布拉斯》等，随笔《教皇》《至高的怜悯》等。无论承认与否，雨果都是法国最伟大的诗人，也是法语诗艺的最伟大的开拓者。形象的丰富，色彩的瑰丽，想象的奇特是他的特点，他又把对照原则用于诗歌与小说，别开生面。高峰也。

奈瓦尔

奈瓦尔是一位缠绵于精神疾病的梦幻诗人，他所追求的是梦，梦幻与现实之间的距离使梦的追求者感到失望，又使现实中的人感到困惑。他最著名的诗集就叫作《幻象集》。他善于用隐去了真实含义的语言书写带有音乐的节奏和旋律的诗。他的诗跨度大，跳跃性强，朦胧晦涩，往往不可索解。他的风格是隐喻的，很少借助于实在的形象，远离浪漫主义的散漫喧嚣，例如《金色的诗行》。他的小说代表作是《火的女儿》《西尔薇》等,后者乃是梦与现实交相辉映,给人一种迷离惝恍的感觉,塑造了一个与高冷的美人相对立的农村女孩的形象,一个更可爱的形象。他的游记《东方之旅》和翻译《浮士德》也颇值得注意。高峰也。

缪　塞

缪塞是一位卓越的抒情诗人,时人称作"浪漫主义的坏孩子"。他的诗作富有青年人的敏感,充满激情,想象力极其丰富。他的诗形式完美,语言丰富多彩,形象性强,富有音乐感。缪塞最有名的诗是《四夜》,即《五月之夜》《八月之夜》《十月之夜》和《十二月之夜》。诗发表于和乔治·桑恋爱失败之后,采取了诗神和诗人对话的形式,表达了感情的痛苦对于创作的影响。缪塞的小说《一个世纪儿的忏悔》,表现了19世纪上半叶相当一部分法国青年无处立足、无所适从、疑惑一切、冷漠麻木的精神状态。所谓"世纪儿"就是"世纪病"的患者,勒内的后代,塑造出这一形象是缪塞的一大贡献。高峰也。

乔治·桑

乔治·桑是一位早期的女权主义者,作品内容丰富且多产,《乔治·桑全集》就有一百〇五卷之巨。她的作品以小说为主，其余则为戏剧、随笔和书简。散文作品较为出名的有《我的生活史》《她与他》等。小说则可分为激情小说，如《印第安娜》《瓦朗蒂娜》和《雷丽雅》；空想社会主义小说，如《木工小史》《康素爱萝》和《安吉堡的磨工》；田园小说，如《魔沼》《小法岱特》《弃儿弗朗沙》；传奇小说，如《金林美男子》《维勒梅尔侯爵》等。其中以空想社会主义小说和田园小说比较重要，田园小说尤其得到读者的喜爱，这些小说表现了作者对劳动人民的同情和对自然淳朴生活的向往。高峰也。

斯丹达尔

斯丹达尔以其鲜明的反封建复辟的笔触、对当时社会关系的深刻理解、对典型性格的塑造采用出色的心理分析方法，而在现实主义文学中独树一帜。他的代表作《红与黑》准确地描写了法国社会复辟与反复辟的斗争，在此基础上勾画了一条这样的道路：于连·索莱尔这个农民的儿子如何通过个人奋斗厕身于上流社会而终于失败并由此明白了什么才是人生的真正幸福，即他的"成功"没有给他带来幸福，反而他的失败使他走上幸福之路。他的其他主要作品是《爱情论》《巴马修道院》《吕西安·娄万》《拉辛与莎士比亚》《罗马、那不勒斯、佛罗伦萨》《意大利遗事》等，不事雕琢而意蕴深刻，精彩纷呈。高峰也。

巴尔扎克

巴尔扎克在拿破仑的小雕像下面写道:他用剑未能完成的事业,我要用笔来完成。他果然写下了九十七部作品组成的《人间喜剧》,有声有色地再现了法国从 1789 年大革命到 1848 年资产阶级取得最后胜利的历史,塑造了三千多个形形色色的人物,实现了"法国社会是历史家,我只能够充当它的秘书"的宏愿。他是小说艺术的伟大革新者,塑造形象,特别是塑造典型环境中的典型人物,是他的最大贡献,例如高老头、欧也妮·葛朗台、拉斯蒂涅、伏脱冷等,都是深入人心的人物,他的秘诀是:"最高的艺术是要把观念纳入形象。"除了《人间喜剧》,他还有大量的戏剧、政论、游记等作品。他是一位复杂深刻的作家。高峰也。

福楼拜

福楼拜是法兰西语言的冶炼师,穷毕生之力追求完美,不仅要求它明确,还要求它准确,更要求它恰当。他认为艺术的最高原则是创造形式美,而形式美的首要元素是语言,用词准确,音调铿锵,韵律悠长,认为形式和内容的关系就像灵魂与肉体,是一个整体,不可分割。他说:"没有美的形式就没有美的思想。"艺术是他的上帝。他的代表作是《包法利夫人》和《情感教育》,还有短篇小说《纯朴的心》。《包法利夫人》的主题是一个污浊的社会环境如何毁灭一个人的灵魂乃至身体。他首倡作者的非个人化,即小说的叙述者隐身于叙述之中,开辟了现代小说的先河。他与乔治·桑的争论表明,他仍然是一个现实主义者。高峰也。

梅里美

梅里美是一位不以量取胜的第一流作家,他以渊博的学者的身份进行小说创作,别具特色。他以中短篇小说著名,例如《马蒂奥·法尔哥奈》《高龙巴》《嘉尔曼》等,脍炙人口,风靡天下。《马蒂奥·法尔哥奈》以极简的笔法塑造了一个以山民的"义"对抗政府的法令的伟岸的农民形象;《高龙巴》以时而庄重时而幽默的口吻表达了他对拿破仑时代的缅怀之情和对复辟王朝的轻蔑之意;《嘉尔曼》则让一个自觉站在社会的对立面的混杂着善恶的女人向苍白、虚伪的社会投出了一把尖利的匕首。除此之外,他的长篇小说《雅克团》《查理九世时代轶事》也很有名。高峰也。

波德莱尔

波德莱尔是"现代所有国家诗人的最高楷模"(T. S. 艾略特语),瓦莱里说:"在我们的诗人当中,如果有人比波德莱尔更伟

大和更有天赋,却绝不会有人比他更重要。"他的重要性在于:
他以一本薄薄的《恶之花》开辟了向人心深处挖掘的道路,吹响
了诗歌向现代性进军的号角。圣伯夫为波德莱尔辩护道:"在
诗的领域中,任何地方都被占领了。……剩下的就是波德莱尔
所占的。"这剩下的就是人心和地狱。《恶之花》的意义是:波德
莱尔以一把锋利的解剖刀,打开了在资本主义制度的重压下、
在丑恶事物的包围中渴盼和追求着美、健康、光明和理想而终
未能摆脱沉沦和颓废的人的内心世界。他的批评文字也极可
观。高峰也。

魏尔伦

魏尔伦奉波德莱尔为老师,其诗中不可名状的哀愁颇得波
德莱尔的真髓,但是他的创作思想却有着自己的特色:他写有
《诗艺》,旗帜鲜明地主张音乐在一切之先,"不着颜色,只分深
浅",没有比灰色的歌更讨人喜欢,不要雄辩,不必过分要求押
韵,诗句应该选用意义朦胧的词句从灵魂中溢逸出,飞向另一
个天空……他的诗集《无题浪漫曲》《智慧集》《今昔集》等,韵律
自由,富有音乐性和暗示性,并且语句轻盈,朗朗上口。他不满
帕纳斯派的冰冷风格,转而向 18 世纪的艺术寻求灵感,《戏装
游乐图》画面轻松柔和,色彩精致华丽,其背后又有某种淡淡的
不安。高峰也。

兰　波

兰波"在感情和感觉方面发展了波德莱尔",这是保尔·瓦莱里的评价,但是这足以使他成为波德莱尔之后的最重要的法国诗人,开启了法国诗歌的象征主义。他以《醉舟》开始,以《彩画集》结束,与诗歌的关系仅仅维持了四年,却成为让批评家花费最多的笔墨的诗人之一。1871年5月,他写了两封著名的"通灵人的信":第一封信,他声称诗人要通过打乱一切感官来达到未知的境界;第二封信,他指出诗人要经过全部感官的错乱而具有通灵人的眼睛,指出波德莱尔是一个通灵人,但是他的诗歌形式有待改进。他的主要作品是《地狱一季》和《彩画集》,是通灵的"语言炼金术"的集中展现。高峰也。

马拉美

马拉美是最重要的象征派诗人,以"晦涩"知名,所谓"晦涩",是指他为探索语言的可能性而苦心孤诣,耗尽毕生的精力。瓦莱里说他"在诗的完美和纯粹方面延续了"波德莱尔,诚哉斯言!《青天》《窗户》《牧神的午后》《爱伦·坡之墓》等是他最有名的诗篇,通过象征的手法"唤起"读者的想象,所谓"唤起",是指诗应该暗示,不应该直接诉诸表现。他认为诗的存在是神秘的,不可捉摸的,如《纯洁,活泼的……》所言:诗人徒具雄心，不能飞上青天，但自甘受罚，高傲终生。《骰子一掷永远取消不了偶然》是他诗歌创作的巅峰之作，说的是诗人的思想如抛向虚空的骰子，不能改变由偶然主宰的世界。高峰也。

莫泊桑

莫泊桑号称"短篇小说之王"，他曾戏言："我进文坛如一颗流星，出文坛则要响起一记惊雷。"果然一语成谶，他四十三岁就告别了人世，也出了文坛。不过这一记惊雷后面是三百多篇短篇小说，六部长篇小说，三个剧本，一本诗集，二百五十多篇评论，十多年创作如此丰富的作品，在法国文学史上是不多见的。他的小说语言清澈，含义深远，以不多的文字表现深刻的思想，例如《项链》，人们只知道那是讽刺追求虚荣浮华，而不知道那只是假象，在假象后面隐藏着一个平常的真理：还清债务之后的骄傲与快乐。莫泊桑认为，一个好的小说家既是一个观察者，又是一个洞观者，即一个拥有第二视力的通灵者。高峰也。

凡尔纳

凡尔纳被公认为"现代科学幻想小说之父"，一生创作的小说有六十六部，最著名的如《格兰特船长的儿女》《海底两万里》《神秘岛》三部曲，《八十天环绕地球》《机器岛》和《拉·贝培的五亿法郎》，其他广为人知的作品还有《气球上的五星期》《地心游记》《从地球到月球》《环游月球》《十五岁的船长》，等等。凡尔纳的作品情节复杂，险象环生，富有浪漫主义气质，尤其是洋溢着现代科学技术迅猛发展的乐观精神，充满着奇丽的想象，而且大都有科学的根据，如潜艇深入海底、人类登上月球、环绕月球飞行、在海洋里建立人工岛屿等，当时的幻想在今天几乎全部成为现实。他的小说具有经久不衰的"魔力"。高峰也。

法朗士

　　法朗士的创作横跨 19 世纪和 20 世纪，前期的代表作是《泰伊丝》《鹅掌女王烤肉店》《现代史话》等，《现代史话》为四部曲，其中以出版于 1897 年的《路边榆树》最为著名。他的小说《企鹅岛》和《诸神渴了》先后出版于 1908 年和 1912 年，已是 20 世纪的事了，且按下不表。他于 1920 年摘得诺贝尔文学奖，可见他在法国文学界的地位。他的小说规模宏大，语言优美，尤以知识渊博、嘲讽辛辣见长。他笔下的人物，如波纳尔、瓜纳尔长老、贝日莱等，反映了一个从埋头读书到嬉笑怒骂到投身现实斗争的变化过程，实际上也是法朗士本人的变化过程，他是一位举世公认的进步作家。高峰也。

洛　蒂

洛蒂是继夏多布里昂之后的一位擅长描写异域风光的作家,他以一位海军军官的身份把从布列塔尼到非洲到塔希提岛到日本海的绮丽多变的海景带给了法国读者,因而大受欢迎,迅速成为最受欢迎的作家之一。他在绮丽的风光和缠绵的爱情中注入了忧郁的情调和浪漫的气质,显示了与通俗小说多少有些不同的性质,尤其是 1886 年发表的《冰岛渔夫》,显然是洛蒂创作中的一个异数。与他的一见钟情式的恋爱小说不同的是,洛蒂以平实却不乏雄伟的笔锋描写了布列塔尼渔民的痛苦和斗争,以及他们的在死亡的阴影笼罩下的欢乐,充满了一种鲜明的人道主义精神。高峰也。

左　拉

左拉于 1902 年去世,当年还完成了《真理》一书,可以说是法国 19 世纪的最后一位大师。1898 年 1 月 13 日,左拉在《震旦报》上刊登了致总统的一封信,主张德莱福斯无罪,并将几位军方人士告上法庭,此信以《我控诉!》知名,从此"知识分子"一词广为人知,一个词的流行与否,说明一种观念的兴起与衰落,《我控诉!》是标志性事件。左拉的创作十分丰富,其中以家族小说《卢贡-马加尔家族》最为著名,其创作思想的指导为自然主义。所谓自然主义，其实就是现实主义加上科学实验方法，以此来解释人的本质。他的小说《泰蕾丝·拉甘》《小酒店》《娜娜》《萌芽》《金钱》等，最为有名。高峰也。

他山之石，可以攻玉

——高峰铸就

他们的高峰

纵观 19 世纪的法国文学，探究其繁荣昌盛的原因，我们可以得出下列结论：

一、社会环境的变化，贫富差距的扩大，金钱统治的确立，贪婪欲望的膨胀，阶级斗争的深入，党派争执的激烈，科学技术的发展，思想意识的交流，殖民帝国的形成，复辟与反复辟的斗争等等，一言以蔽之，19 世纪的法国社会呈现出空前的复杂性和多样性，促进了个人的解放，动摇了社会的固有秩序，焕发出善恶并存的巨大能量，给文学艺术的创作提供了形式、内容、人物的各种可能性。

二、文学创作的内部规律决定了文学发展的走向和规模。例如，社会的巨大动荡使民众失去信仰，处于茫茫然不知所措的境地，而像盼望甘霖的大地等待着好雨之时，这时的《基督教真谛》就随风入夜了,浪漫主义于是流行,想象、感觉、个人以及自然风光大行其道。浪漫主义本身就有对于真实的诉求,但是,对想象、感觉、个人、风景的偏爱与追求真实格格不入,于是在实证主义和科学主义的影响下,就产生了现实主义。对于"真实"的观察与描写渐渐地不能满足对于无限的追求,就有了隐喻、暗示、象征等途径,不直接命名事物而诉诸人的想象,于是而成象征主义。浪漫主义、现实主义和象征主义是相继产生的三个流派,然而却不是界限分明的三个流派,它们相互重叠,相互渗透,促进了文学艺术的蓬勃发展。贯穿 19 世纪的三大文学流派延续到 20 世纪,成为现代派文学各种流派背离或攻击的对象但却依然屹立不倒,可见其生命力之强大。

三、文学的发展离不开思想的支撑和交流的滋润,19 世纪的法国文学于此获益良多。不说孔德、圣西门、马克思、尼采、弗洛伊德等思想史上划时代的名字,单说德国的瓦格纳、丹麦的易卜生、波兰的肖邦,沃盖子爵翻译的俄国小说,等等,他们或以作品,或人在法国,都在不同的领域或程度上影响过法国的文学与艺术,对于形成法国 19 世纪的文学高峰功莫大焉。与此同时,文学批评的进步与发展也为文学的繁荣提供了强大的动力,圣伯夫、勒南、泰纳等厥功甚伟,批评家的声誉,是和不断崛起的文学高峰同步的,所以蒂博代有理由说:"真正的和完整的批评……诞生于 19 世纪。"

四、巧妇难为无米之炊,如果有米了,则巧妇断乎不可少。19 世纪的法国作家是这样的一群人,他们自幼喜欢文学,长大则视文学为生命,笃信"人类的特性就是自由和自觉的行动"
(马克思语)。所谓自由,就是不受限制;所谓自觉,就是尊重
人,信任人,热爱人。自觉是自由的限制。其余的,如名利之
想,生活之享受,则在其次。斯丹达尔说过:"有才智的人,应该
获得他绝对必需的东西,才能不依赖任何人;然而,如果这种保
证已经获得,他还把时间用在增加财富上,那他就是一个可怜
虫。"站在高峰上的人,都是有才智的人,不是可怜虫。他们是
拥有"独立之精神,自由之思想"的人,那些流传青史的作品,由
他们创造出来。他们有时候不惜挑战主流意识形态,甚至写出
的作品受到法律的追究,例如《包法利夫人》和《恶之花》,但是
这并不影响其流传千古,成为后人仰望的高峰。

我们的高峰

他山之石,可以攻玉。我们回望 19 世纪的法国文学,并不
只是发思古之幽情,而是在欣赏的同时,想想这种繁荣对于我
们究竟意味着什么。

自改革开放以来,我们的社会发生了天翻地覆的变化,一
方面,我们的国家正在崛起,焕发出令人惊叹的力量,国力的提
升、政权的巩固、科技的发展、人民生活的改善和大众对国家前
途的信心等,有目共睹,举世公认;另一方面,道德滑坡,信仰丧
失,贪腐横行,金钱至上,鄙视平凡,追求豪华,欲海难填,欺骗
和造假冲击着各个领域,也是不争的事实。这种现象与 19 世

纪的法国有得一比,整个社会成了一个活跃、骚动、荒诞和充满各种机会的冒险家的乐园,它为文学的想象和表现提供了充分的可能性。就是说,出现一个文学高峰的客观条件业已成熟。

文学活动的内部规律有助于文学高峰的出现,但是这种高峰的出现取决于我们对于文学内部规律的认识。改革开放以来,我们经历了一个否定传统、唯"新"是务的过程,如今这个过程是否已经结束还在未定之天。现实主义的文学传统在西方现代派的冲击下呈现出破碎衰微的状态,但是在法国,现代派的典型表现"新小说"风靡了十几年,自 1980 年起已经不再走红,现实主义传统有效地抵制了现代派的进攻,呈现出合流的状态。我们的先锋派小说忽视人物的塑造,致力于象征、隐喻或抽象的环境构建,与社会生活渐行渐远,失去了鲜活的生活气息和惩恶扬善的道德追求,成为少数人欣赏或敞开心扉的对象或场地。回到 19 世纪,或者坚持现代派,恐怕都不是产生文学高峰的途径。

思想深度是文学高峰的必要的支撑和必然的蕴含。文学作品不是哲学的婢女,或者不是思想的传声筒,这已是从事文学创作和批评的人的共识,但是这并不意味着文学可以没有思想。今天,主流意识形态,如马克思主义,日益巩固,民间意识形态,如儒学,方兴未艾,各种外来思想,蜂拥而入,相互之间,或合作渗透,或博弈争锋,呈现出一种错综复杂的局面。无论哪一种哲学或思想指导,都可能出现传世的作品,形成文学的高峰,关键是从事文学的人要有真诚的信仰。对于域外的文学,或许有一个借鉴或模仿的过程,但是难道我们不应该有一个正确的态度吗?或者说,难道我们不应该有一个反思的过程吗?例如对于现代派文学的认识,看来有些人是过于乐观了,将新小说当成了"打通通向未来小说的道路",其实它已经"走到了尽头"。传统与创新的存在并不是以彼此否定为前提的。今天的写作要回到传统,并不是抱残守缺,泥古不化,而是相续相禅,踵事增华,灌注新的血液,这种新的血液包括了现代派(例如新小说)的贡献。

社会环境,文学的内在规律,思想的碰撞,都是产生文学高峰的外在条件,但是从事创作的人才是高峰出现的充分条件。有一批视文学为生命的、甘于寂寞或清贫的、冷静地观察民众的生活的、探索社会的深刻含义的、埋头于打造独特的语言的人,才有可能从中产生出杰出的作品。倘若我们的作家诗人中以"穷怕了"为理由而充斥着不顾廉耻、利欲熏心、追求奢侈、欲壑难填之徒的话,虽可以产生作品,若把出现高峰的希望寄托于这种人身上,则如缘木求鱼,是绝对不可能的。我们只能期望于"有才智的人",而对于"可怜虫",只能看着他们守着漂亮的公馆炮制令某些人叹息流泪的故事之类。所谓"有才智的人",就是斯丹达尔所说的"幸福的少数人"。他在《意大利绘画史》一书中写道:"幸福的少数人。在1817年,在三十五岁的一部分人中,年金超过一百路易(两千法郎),但要少于两万法郎。"1817年是《意大利绘画史》出版的那一年,那一年斯丹达尔三十四岁。他所求于金钱的,是独立和自由的保证,故不能过少,过少则可能被迫仰人鼻息;亦不可过多,过多则会逼得人成为因金钱而来的种种束缚的牺牲品,乃至"有漂亮的公馆,却没有一间斗室安静地读高乃依……","幸福的少数人"乃是具有"独立之精神,自由之思想"的人,问题是,我们有高峰崛起所需要的足够的数量吗? 须知高峰的出现是偶然的,万事俱备,只欠东风,这东风何时吹起,难以预测,不是规划、盼望、呼唤、培育、刺激、倡导,甚至制造所能奏效的。

Ⅲ　　浪漫派的激情

坏女人·永恒女性·平民女儿

——读普莱服神甫的《曼侬·莱斯戈》

摄政时代的社会投影

任何一个社会都知道维护自己的声誉和体面,并不因其腐朽和堕落而任人评说;倘若一位作家胆敢把它的真实面貌写进小说,它就会立刻摆出一副道貌岸然的模样,对他大张挞伐。此类现象在文学史上并不鲜见。在法国,早在《包法利夫人》和《恶之花》受到第二帝国法庭的指控之前,甚至在伏尔泰和卢梭的著作被列为禁书之前,就有一部小说受到政府当局的谴责和查禁。这部小说就是普莱服神甫的《曼侬·莱斯戈》。

《曼侬·莱斯戈》原名《骑士德·格里厄和曼侬·莱斯戈的故事》,最初作为《一个贵人的回忆录》的第七卷于 1731 年在荷兰出版,过了无声无息的两年,方始在巴黎发行,当年即遭查禁,罪名是"除了让当权的人扮演了不相称的角色外,恶习和放荡也被描绘得不足以让人感到厌恶",于是,格里厄骑士被称为

"骗子",曼侬·莱斯戈被称为"婊子"。实际上,法国的摄政时代(1715—1723 年,路易十五年幼,由奥尔良公爵摄政)是以腐败、奢侈、放荡著称于史籍的。整个社会,纲纪废弛,道德沦丧,骄奢淫逸,放荡不羁,达到了闻所未闻的程度。大吃大喝蔚为风气,秘密的赌场则无计其数,偷盗并非耻辱,欺诈亦可称荣耀,正如《波斯人信札》中所说:"在此地,公民们的收入,不依靠任何恒产,而全仗机敏和营谋。"淫风大炽,皮肉生意空前兴旺,许多贵妇也不耻于混迹在妓女队中。《曼侬·莱斯戈》这部小说真实地再现了这种社会氛围。格里厄骑士说过两句话,其一是:"我劝他不必比许许多多的主教和别的那些神甫还要讲究廉耻。"其二是:"在我们这个世纪,有一个情妇,从不给人当作一件不名誉的事;正像赌博的时候运用一点儿小手法骗取钱财,也不能算作丢人的行为。"这绝不是捕风捉影的臆想,而是可以找出无数实例的影射。相形之下,格里厄骑士的诈骗和堕落,曼侬的虚荣和不忠,实在不过是小巫见大巫而已。然而,即便如此,这部小说仍不见容于那个社会的统治者们,因为他们从这种不道德的、腐化堕落的社会环境中看到了自己的真实、丑恶的形象,而他们却是像所有没落的统治者们一样,喜欢一面为盗为娼,一面进行道德说教的。

格里厄骑士和曼侬·莱斯戈之间的感情纠葛是一种复杂的社会现象,历来是言人人殊,莫衷一是。有的人说,格里厄骑士所以"不顾一切地始终忠实于她",是因为"他感到被这一切掩盖着的是她无可比拟的精神上的完美,是她对真正的爱情、对母性的憧憬",而曼侬的"乖戾任性和喜怒无常"则是因为她"追求幸福，……追求被分割成一些片断分散在不同的男子……身上的肉体的、智力的和道德的完美无缺"。这种评价未免距离作品实际过于遥远了。

实际上，小说中这一对青年男女的爱情是完全符合那个社会关于爱情的理想的。这是一种以满足感官享乐为基础的爱情，金钱是它赖以存在的生命线。在格里厄骑士，是因为曼侬"生得妩媚动人"，偶然的邂逅，就使他"好像全身立刻燃烧着火一样，到了如醉如痴的地步"。为了得到她，他可以放弃自己的财产和名誉，可以去诈骗，甚至想去杀人放火，其直接的目的就是弄到钱供她挥霍。在曼侬，则是因为格里厄骑士"能够使她得到自由"，免进修道院，使"她的已经显露出来的对享乐的贪恋"，不再受到压制。诚然，基于感官享乐的爱情也有其富有诗意的时刻，纯洁而浓烈的感情使性爱升华，然而在这里，格里厄骑士和曼侬却用金钱玷污了它。曼侬的快乐包括感情的满足和物质的享受，两者都是为了满足感官的需求，而且后者更甚于前者，因此，她在为了享乐而委身于任何一个有钱的老头儿时，并没有丝毫的犹豫。格里厄骑士和曼侬的爱情始终在离而复聚的轨道上滑行，离聚的关键就是骑士能否满足她对"享乐和消遣的追求"，其代价就是骑士的堕落。有人说，他们的爱情"摧毁了封建等级的铜墙铁壁"，这是皮相之谈。从表面上看，一个是贵族的骑士，一个是平民的少女，似乎是对等级观念的冲击，但实际上，威胁他们的爱情的从来也不是"封建宗法制度对追求个人幸福的青年男女们的迫害",他们的悲惨结局也说明不了"封建等级制度的罪恶"。他们的敌人不是"封建等级制度的铜墙铁壁",而是曼侬所不能忍受的"'贫穷'这两个字"。所以,格里厄骑士和曼侬·莱斯戈的爱情并不是一种健康的、美好的爱情,它散发着一股腐朽的、堕落的气味,是不配被称为"爱情悲剧"而得到我们的赞美的。

坏女人·永恒女性·平民女儿

然而,事情竟是如此的简单吗?似不尽然。不配得到赞美并不等于不配得到同情和宽恕。感情的变化是微妙的,人也不止有一种面目。就以曼侬·莱斯戈而论,不甘贫残,做不得糟糠夫妻,自然是她的很大的弱点,并因此而干出了许多不光彩的勾当,然而,我们并不能指责她不想进修道院,也不能否认她爱的终归还是格里厄骑士,并且最终不为有利的婚姻所动,跟随他出逃,死在了路上,从而给她的行为打上了一个闪烁着某种光辉的句号。曼侬充其不过是那个社会的一个牺牲品罢了,我们不应该过于严厉,就把她看作是一个"无耻的坏女人"。

曼侬·莱斯戈只是轻浮浅薄,并非居心险恶,以害人为乐。与其说她是个"荡妇淫娃"(她并不淫荡),不如说她不懂得当时社会的道德规范,正如一位法国评论家所说,她是不道德的,但她更是非道德的。她利用自己的色相诈骗钱财,往往是为了能同自己的情人在一起而又不牺牲"奢侈和享受"。她对格里厄骑士说:"我爱你,请你相信我。……教那个落入我的圈套的人倒霉吧! 我要尽力使我的骑士富有和幸福。"得意之情,溢于言表,而她却是正在干着出卖色相的勾当! 她的爱情哲学是一种最原始、最粗鄙的哲学:"你相信在没有面包的时候,人们能够温柔多情吗?"多可爱的坦率! 只是她所谓"没有面包",就是没有"享乐和消遣"。她从不为自己的不忠辩解,但她也从不承认她对自己的情人没有真挚的感情,她只是在"没有面包"的时候才背叛他,而且还不以为耻,因为她并没有道德观念,不按当时的道德规范行事。假如她和别人没有共同的道德标准,那么,别人无论怎样严厉地谴责她,不都有些无的放矢吗? 因此,就出现了这样一种奇特的现象:她一方面可以屡次欺骗格里厄骑士,一方面又可以抱怨他两年间"不打听她的下落"。这看似不合情理,实际上完全符合她的性格逻辑。小说中说"她犯罪,却没有恶意",说"她虽然轻佻,不善检点,但是却坦率真诚",说她看上去像是"最高尚的贵妇",说她"是一个性格极为奇特的女人,从来没有一个少女比她更不爱惜金钱",这并不矛盾,也不是开脱,更谈不上美化,而是真实地再现了复杂的生活和个性化的人物。曼侬·莱斯戈是封建王朝没落颓废时期的妓女的典型。对封建贵族道德来说,她是一种威胁,令人不安,从这里,我们可以看出她是以自己的方式向那个社会进行挑战。对新兴资产阶级道德来说,她又是一种乐趣,有诱惑力,从这里,我们又可以感到她身上散发出一种腐蚀性的气味。

因此,从浪漫主义时代开始,曼侬不再被称为"婊子",而被奉为"永恒女性"了。普朗什赞扬她"对爱的永不满足的渴望",缪塞把她比作"惊人的斯芬克斯""真正的海妖""带裙环的克雷奥帕特拉",福楼拜说她"真实、可爱、可敬",圣伯夫欣赏人物的心理真实,小仲马把小说看作"妓女的祈祷书",使恶习变得"优雅、动人、感伤",莫泊桑则盛赞曼侬是个"惑人精,比所有的女人更女人"……总之,他们把曼侬看作是一种象征,象征着女性的魅力和神秘。永恒者,超越时代、阶级、民族和地域之谓也。然而,18 世纪的作家们在她身上看到的是原始的本性,19 世纪的作家们在她身上看到的是神秘的诱惑,20 世纪的作家们看到的则是逃离家庭的青年对社会的反抗。这哪里有什么永恒呢?曼侬从"婊子"晋升为"永恒女性",只不过是人们评价她的角度和立场有了变化。说她是"婊子",是要警告那些贵族子弟悬崖勒马,切不要像格里厄骑士那样不走正路,落得身败名裂,说她是"永恒女性",却暴露出资产者视女性为玩物,内心中对女性的腐化堕落怀着一种欣赏和迷恋之情。实际上,在爱情这种人类所特有的现象中,女性并不是一个生物学的概念,因此也就从来没有什么"永恒女性",就曼侬·莱斯戈来说,她始终不过是一个被剥削阶级的思想腐蚀了的平民女儿罢了。

因为她是那个腐朽的社会的牺牲品,所以她是值得同情的;因为她被剥削阶级的意识腐蚀了,所以她是可以被宽恕的;因为她最终死在情人的怀抱里,所以她是可敬的;因为她举止高贵,神情腼腆,所以她又是可爱的;但是,她追求奢侈享乐,不断地欺骗情人,利用自己的色相诈骗钱财,她又是可鄙、可耻的。曼侬·莱斯戈就是这样一个复杂的、多侧面的、灵与肉不总是一致的人物,她的这种特点来源于摄政时代这样一个特定的环境。

曼侬·莱斯戈原本不是小说的主要人物。普莱服神甫在卷首的《作者意见》中明确指出"我所描绘的是一个拒绝幸福而甘愿堕入极端的不幸中的盲目的年轻人",并没有一字一句说到曼侬·莱斯戈。作者的本意是提供一个"热情的力量的可怕事例",作为"出身良好的人"的"前车之鉴",而曼侬只是被拿来做了陪衬。所以,曼侬的形象是说不上饱满的。然而,奇怪的是,此书一出版,曼侬·莱斯戈立刻成为读者瞩目的中心,后来,她的名字竟独霸这本书的封面。岁月的洪流渐渐溶蚀了格里厄骑士的形象,而曼侬·莱斯戈却像一块五彩的石头,其复杂的纹理和斑驳的颜色被冲刷得越来越清晰醒目。在法国文学的画廊里,她成了与嘉尔曼齐名的人物,而格里厄骑士只好与唐·若瑟做伴了。这是读者的选择,是不以作者的意志为转移的。但是,读者的这种选择果真与作者的更深一层的意图相抵牾吗?恐怕未必。作者写的是一个"堕落犯罪的故事",但是由于他对激情和冲动的动人描写,读者看到的分明是一个爱情故事。作者让曼侬三次背叛她的情人,却仍然成功地让读者相信她的爱情是真诚的,用她的魅力压倒了她品行上的污点。总之,无论是女主人公的轻浮,还是男主人公的软弱,都未能冲淡笼罩在他们的感情之上的那种天真无邪的气氛,而这种气氛似乎是一种本能的、自然的、真实的激情的天然产物。这正与作者在另一部小说中说过的一句话相应:"压制激情,就是试图改变本性。"这句话可以被看作《曼侬·莱斯戈》这部小说的真正主旨,而女主人公正是这一主旨的体现。雾失楼台,月迷津渡,众多的读者果然在这里不知不觉地踏上了作者的心灵之路。搬开作者设置的向贵族子弟指明"危险"的路标,我们就会看到他的心灵之路实际上是和封建的道德、宗教的教义背道而驰的,这也正是这本书为当时的政府和教会所不容的真正原因。

北美荒原上的文明人
——读夏多布里昂的《阿达拉》

打开浪漫主义世纪的小书

宋玉论风,有"生于地,起于青蘋之末"之说,其初仅"侵淫溪谷",其势则至于"激飐熛怒"……法国的浪漫主义文学是一股很大的风,它起于一本小书,即夏多布里昂的《阿达拉》。文学史上常有这样的事,一部规模很小的作品,哪怕是一首十四行诗,却竖起了一个意义很深远的标记。例如《阿达拉》,它只有七八十页,译成中文仅五万余字,作为小说是够短的了,但拉法格说它和夏多布里昂的另一本更短的小说《勒内》"打开了浪漫主义世纪"。其碑也小,其预示的里程则远矣。

《阿达拉》发表于 1801 年 4 月初。19 世纪的第二年诞生了法国 19 世纪文学的第一部作品,这是法国文学史上的大事。其时举国争说,盛况空前。就连身为第一执政官的拿破仑也心有所动,读罢即命人将作者的名字从逃亡贵族名单上划掉。这件事夏多布里昂曾费尽心机而终不可得,虽有包括斯达尔夫人在内的若干贵妇说情也无济于事,而现在一本薄薄的小书就为他敲开了拿破仑的大门。拿破仑的用意不得而知,但由此可见,《阿达拉》不仅有魅力,而且还颇有威力呢。时至今日,20世纪的读者并未冷落了它,从它与一代人的关系来看,有的批评家甚至把它与许多当代名著相提并论。

法国人一向认为夏多布里昂是个"媚惑能手"。这当然不是说他善使障眼法,弄虚作假,扰乱视听,而是说他具有一种不可抗拒的魅力,令人着迷。

《阿达拉》确有让19世纪读者着迷的东西。

蛮荒而神秘的北美风光

首先,《阿达拉》以荒蛮的北美风光和神秘的异国情调,征服了那些刚刚度过恐怖时期、追求强烈感受的读者,使他们那种正在萌发的欣赏大自然的渴望得到了最大的满足。

在法国文学这块广阔丰饶、绚丽多彩的土地上,人们见过卢梭《新爱洛绮丝》中的瓦莱山区和日内瓦湖,那里有悬岩飞泽,幽谷深渊,明镜般的湖水,在柔和的月光下皱起银色的细浪;人们也见过贝纳丹《保尔和维吉妮》中的法兰西岛(今毛里求斯岛),海浪击打着岩礁,印度洋的风掀起阵阵松涛,槟榔树细长的叶子发出轻轻的响声。然而,有谁看到过"青蛇、蓝鹭、红鹳""吃葡萄吃醉了的熊""留着高古而庄严的长须的野牛"?

有谁听到过"山鹬栖立巢上长啸,树林里响彻阵阵鹌鹑单调的歌声,鹦鹉饶舌的啼声,野牛深沉的号叫和西米诺尔牝马长长的嘶鸣声"? 有谁闻到过"俯卧在河畔怪柳树下的鳄鱼吐出来的微弱的琥珀清香"? 更有谁领略过这样惊心动魄的景象:"霹雳在林中引起了大火,大火像烧着了的头发似的迅速蔓延,火柱和烟柱直冲云天,云天则向白茫茫火海倾吐雷电。此时,大神又以厚厚的乌云覆盖群山。于是,狂风的怒号声,树木的哀鸣声,猛兽的咆哮声,大火的毕剥声和啸啸划破长空熄灭在水中的电光所带来的频频惊雷声,汇集成一种混乱嘈杂的呼号,响彻在这一片纷乱中?"没有! 这是前所未见的景物,向所未闻的音响,从未嗅到的气味,从未有过的感受。在《阿达拉》之前,风景描写有,异国情调有,情景交融亦有,但是,就形状之诡奇、色彩之浓烈,气象之阔大,情调之神秘来说,《阿达拉》确实是前无古人的。无怪乎《保尔和维吉妮》的作者自叹弗如:"啊! 我嘛,我只有一支小毛笔,而德·夏多布里昂先生有一把大刷子。"口吻虽略带讥讽,却也离事实不远。

在当时人的眼中,这把大刷子简直是刷出了个新世界。当时有人评论说,在《阿达拉》里,"一切全新:山川,人物,色彩"。然而,就《阿达拉》来说,山川之新,并不是因为北美风光是一块前人未曾笔耕过的处女地,当时已有若干种北美游记出版行世。人物之新,并不是因为逃入丛林中的一对情人是两个土著,早在夏多布里昂亡命伦敦的时候,就已有一本名为《奥黛拉伊》的小说问世,写的也是北美蛮人的恋爱故事,后来人们索性称奥黛拉伊为阿达拉的姐姐。色彩之新，并不是因为作者使用了浓墨重彩描绘自然风光，早在贝纳丹的《大自然之研究》中，已经出现了对自然景物的细腻描摹。《阿达拉》之新，在于它向读者展示出一种蛮荒之美和孤独之美。蛮荒之美一扫田园风光的牧歌式的柔媚，充满了一种震慑人心的粗犷原始的力量；孤独之美则使人独自面对大自然，油然而起超俗绝尘之想，或陷入哲理的沉思，或遁入宗教的解脱。我们来看这一幅图画："推送我们的河水在高耸的悬崖陡壁间穿流而去，展眼望去，见落日踯躅在这群嶙峋巨岩的尽头。这深沉幽寂的景色丝毫没有被人迹的出现所搅乱。我们只看见一个倚弓伫立在山岩顶上的印第安猎人，他纹丝不动地守立着，活像一尊雕像，高高耸立在这座隐居着荒野之神的山岗上。"谁能在这幅画前不魄荡神驰，心向往之，对大自然的神秘产生一种混杂着恐惧和崇拜的感情？加尼埃-弗拉马里庸出版社 1964 年版《阿达拉·勒内》就选用了这一图景作为封面，这说明至少出版者是被深深地打动了。蛮荒之美和孤独之美使并非第一次出现的"山川，人物，色彩"焕然一新，令千千万万读者为之疯魔。尽管有的批评家指责夏多布里昂"模仿"，有的批评家力图证明他并未去过他所描绘的密西西比河两岸，有的批评家嘲笑他描写失实，用语浮夸，但读者们似乎甘愿受他"媚惑"，只当《阿达拉》所讲述的一切都是新鲜的，都是真实的。夏多布里昂是否亲自去过俄亥俄河注入密西西比河的那一片地方，至今众说纷纭，莫衷一是，仍是一桩悬案。其实，即便他没有去过他所描绘的地方，他的描绘并不与真实的密西西比河沿岸的景色一般无二,《阿达拉》的风景描写也并不因此而失去文学上的意义。从文学的角度看,《阿达拉》的所谓"描写失实"并不具有十分重要的意义,至少并不关作品的成败。夏多布里昂并不是以学者的身份写密西西比河,他是以艺术家的眼睛看他笔下的景物,其中有他的观察,也有他的想象,即便是实地的观察,他也会有他与众不同的眼光,当然也会闪射出独特的光彩。相反,倘若夏多布里昂必以亲见为准,跟在实际景物后面亦步亦趋,不敢越雷池一步,他充其量不过使法国人多了一本北美游记罢了,而且还难免受到黑格尔的耻笑:"靠单纯的摹仿,艺术总不能和自然竞争,它和自然竞争,那就像一只小虫爬着去追大象。"一个读过《阿达拉》的读者可能永远也不会在密西西比河沿岸看见一只"吃葡萄吃醉了的熊",但他完全可以在夏多布里昂的笔下领略那种令他沉醉的蛮荒之美和孤独之美。这种近乎病态的美,正好投合了当时的风尚。那时的人,正如拉法格所说,"兴奋热烈,绷紧了全身力量,为了离开他们的处境,为了冲到实际世界那一边去,借以消耗在他们脑袋里沸腾着的、对于活动的热情"。

两个野蛮人在荒原中的爱情

此外,《阿达拉》中的爱情悲剧也足以打动那些"认为对于爱情的任何抗拒,统统算是罪孽"的人们,使他们个个为阿达拉洒下一掬同情之泪。同时,这些人多年来被一种充满了凶杀、恐怖和幽灵的英国小说压得透不过气来，夏多布里昂讲述了两个野蛮人天真纯朴的爱情，不啻酷暑中吹来一股清凉的风，使他们在为他人洒泪的同时，也能喘一口气，自己来品味一下那种为宗教所扼杀的激情。

　　阿达拉和夏克达斯相爱而未成眷属，是小说的中心情节，小说的副题就叫作《两个野蛮人在荒原中的爱情》。酋长的女儿阿达拉爱上了俘虏夏克达斯，两人双双逃入丛林。但是，阿达拉并非酋长的生女，她的母亲是印第安人，生父却是西班牙人。母亲在弥留之际让她发誓将自己的童贞奉献给"天使的王后"，这种欧洲人的宗教信仰使她不能成为崇拜偶像的异教徒夏克达斯的妻子。结果，阿达拉在宗教和爱情的冲突中吞下致命的毒药，饮恨而死。夏克达斯"悲痛欲绝，答应她有朝一日定将信奉基督教"。这故事极简单，和他们的爱情一样简单。然而，夏多布里昂用层次分明的心理活动，时隐时现的情绪变化，富于暗示的背景调度，把这个简单的爱情故事变成了一出令人扼腕的人间悲剧。宗教狂热腐蚀了一个印第安姑娘的灵魂，断送了她的爱情，毁灭了她的幸福，这就是这出悲剧的主旋律。奇怪的是，正当这主旋律进行到高潮的时候，突然闯进了一种不谐和的音调，那是夏多布里昂本人的声音：他在赞美基督教，赞美基督教的诗意、魅力和文明。这种不谐和的音调在两个野蛮人的本来是天真纯朴的爱情中增添了一种矫揉造作的成分，不免使人感到有些浮夸。夏多布里昂在这一点上受到指责完全是理所当然的。但是，他试图用这种不谐和的音调来取代已经展开得相当充分的主旋律,却并未因此而获得更多的成功,因为无论他在奥布里神甫的脸上和手上增添多少道皱纹和伤痕,无论他让阿达拉死得多么安详宁静,无论他把阿达拉的葬礼写得多么庄严隆重,他总掩盖不了这样的事实:阿达拉死而有怨。读者在书中看到,尽管阿达拉信仰基督教,准备为宗教信仰而牺牲爱情,但她是怀着怎样的遗憾吞下那致命的毒药啊!她"抱憾当初没有献身于"夏克达斯。拉法格说得好:"这一呼声,使这位处女不知不觉地摧毁了她的自杀的道德效果。"当她听说可以撤销她的誓愿时,她又流露出多么惊人的痛苦啊,因为她自知她要在"本可以幸福的时刻死去";直到临死,她并不后悔自己爱上了一个异教的青年,甚至还要表示:"倘若我能重新开始生活,我还是宁可舍弃在家乡过一辈子安乐宁静的生活,而要在一次不幸的颠沛流离中得到爱你片刻的幸福。"可见,阿达拉至死不愿意以身殉教,她的死是宗教狂热的结果,连奥布里神甫都不能不说那是"愚昧无知"。至于夏克达斯,他只不过是答应皈依基督教,其实他始终都不曾是基督徒,直到七十三岁的高龄,他还没有弄清楚,文明人成为野蛮人,野蛮人成为文明人,在"这种社会地位的变更中,究竟是谁更有所得或更有所失"。当他得知阿达拉是为了履行宗教誓言才服毒的时候,他不禁冲着神甫喊道:"这就是您刚才向我大肆吹嘘的宗教!让从我身边夺走阿达拉的誓言见鬼去吧!让违背自然的上帝见鬼去吧!当神甫的庸人,你到这茫茫丛林中来干什么?"这才是他内心深处的呼声,一个真正的野蛮人的灵魂的显露。

因此，爱情虽然被宗教扼杀了，夏多布里昂所追求的"道德效果"却被阿达拉和夏克达斯的爱情悲剧"摧毁"了。"字句的闪光、风景的奇幻"并未能迷惑读者的眼睛，著名批评家儒勒·勒麦特就指出过："阿达拉的故事可能与许多 18 世纪的故事一样，只不过是一个例子，证明无知的狂热是多么危险。……人们看到，说到底，如果宗教用一些音调和谐的话语安慰了阿达拉和夏克达斯，宗教也造成了他们的不幸，断送了阿达拉的性命。"

天才的灵机一动

拉法格关于《阿达拉》有过许多深刻的见解和精彩的议论，但是，他却把夏多布里昂"将读者运到大西洋彼岸、梅夏塞贝河边上去"看作是"由于天才的灵机一动"，这种说法未免令人失望。自然景物、异国情调进入或退出文学，并不是一种可以随时随地任意发生的现象，它是人类自我意识深化的结果。人类对大自然产生了审美的要求，标志着人类的物质生活和精神生活发展到了一个新的阶段，说明它已经摆脱了对大自然的依附状态，而成为环境的对立面，对自然界采取了一种欣赏或改造的姿态。异国情调的出现并能得到欣赏，则是人类在调整自己与环境的关系的基础上试图扩展甚至超越自身的一种努力。因此，夏多布里昂能够把那样多的笔墨给予自然风光和异国情调，并不是他突然心血来潮，想出了讨好读者的妙计，而是文学发展过程中的一种带有必然性的结果。正如布吕纳蒂埃所说：
"诗意的描写，尤其是浪漫派的描写，本身就是其存在的理由，
是其目的，是其手段，是其结果。"但是，如果我们说夏多布里昂
"由于天才的灵机一动"，使《阿达拉》蒙上了一重浓厚的宗教色
彩，那却是十分恰当的。夏多布里昂是一个贵族之家的少子，
本已失去财产继承权，更兼家道已经衰落，所以大革命一来，本
来就不牢固的宗教信仰一下子又"被连根拔起"。他在瞬息万
变的境遇中形成了自己的政治道德："我们这些罗马人，在这重
视德行的时代，只要我们存在一天，我们大家都备有几套政治
服装，随着剧情的变化，并且只要给看门的半个艾居，各人就可
以得到扮演一个角色的乐趣：或者穿上长袍，演加西于斯；等一
会又披上制服，演一个听差。"他可以在《革命论》中说"上帝只
不过是荒谬可恶的暴君"，也可以试图用《基督教真谛》唤起对
基督教的美感，可谓"变化之妙，存乎一心"。他自称母亲之死
是他的"大马士革之路"："我哭了一场，于是恢复了信仰。"他的
这种"从眼泪里出来的信仰"受到不止一个人的揶揄。他在《阿
达拉》初版序中说："《阿达拉》是在荒原和野人的茅屋里写的。"
如果此话当真，那正是他的"宗教信仰被连根拔起"的时候。这
部小说原本属于散文史诗《纳契人纪事》的范围，后来才被收入
美化颂扬宗教信仰的《基督教真谛》，并被作为"试探气球"首先
单独发表。这样，夏多布里昂在信仰恢复之后匆匆发表信仰失
去之际的作品，而且带有那样浓厚的宗教色彩，就不能不说是
"天才的灵机一动"的结果了。这也就是说，夏多布里昂"由于

天才的灵机一动",改换了政治服装,由卢梭的钦佩者一变而为复活基督教精神的鼓吹者。就小说本身来看,以奥布里神甫的出现为界,前后判然有别。在前,是阿达拉的动情,逃跑,突然的沉默,忧郁,惊惶,犹豫,心事重重,欲说还休的无言的痛苦,这一切都分明预示出某种悲惨的结局。在后,则是奥布里神甫的援救,阿达拉的平静、安谧、超脱的死,夏克达斯精神上的皈依,阿达拉的洋溢着基督教精神的庄严而神秘的葬礼,这一切都冲淡了结局的悲剧气氛,而充满了所谓"基督教的诗意"。据此,法国有的批评家认为,夏多布里昂对《阿达拉》临时进行了修改,加强了颂扬基督教的部分,以使它接近《基督教真谛》的主旨。虽然此后并没有发现什么《阿达拉》的原本,但根据作者主观的意图和形象本身的逻辑之间存在的矛盾来看,这种说法是有一定的道理的。

两种文明的冲突

今日西方的读者早已失去了 19 世纪读者的悠闲,他们无暇顾及大自然的美,他们用走马看花式的旅游寻觅异国情调,其感觉的神经却远不如他们的前辈敏锐。风景已退出文学,昔日必须从阅读中获得的感受,今日可以通过各种方式亲历。但是,浮光掠影般的亲历,其实并没有给他们带来深刻强烈的感受,因此,《阿达拉》对他们仍然具有吸引力。同时,眼界的开阔毕竟促使他们认识到,欧洲并不是世界的中心,欧洲人并不是得天独厚的骄子,他们的文明并不是世间唯一的文明。所以,对于《阿达拉》,他们反而可能有比当时的人们更为客观的看法。著名小说家米谢尔·布托尔说:"夏多布里昂发现印第安人不能被视为通常意义上的野蛮人,而应被视为另一类的文明人。在这方面,他距离蒙田远较距离卢梭或狄德罗为近。从现今'原始文明'一词所具有的含义来说,他是其第一位伟大的诗人。"我们知道,16世纪的蒙田把野蛮人看作是"人类的另一半",说他们在"思想的明晰和敏锐""技艺的精巧"方面,毫不逊于"欧洲的文明人",而在虔诚、守法、善良、正直等方面,"生番"则胜过"文明人"。夏多布里昂最受人指责的是,他在《阿达拉》中写了两个欧洲化的野蛮人,阿达拉被称作英国密司或法国小姐,夏克达斯被称作乔装打扮的勒内,用拉法格的话来说,就是:"……最容易不过的就是在奥布里神甫身上看出一个逃避革命的迫害而逃入树林的教士,在夏克达斯与阿达拉身上发现1801年的巴黎人——脸上不刺花、头发上不插野鸡毛、鼻孔里从不挂玻璃球的巴黎人。"这样的评断固然深刻,却不全面。我们已经知道,阿达拉并不是一位纯粹的印第安女郎,她从母亲那里接受了她并不理解的基督教的信仰,夏克达斯也在一位西班牙老人那里生活了三十个月,有"各类师长教导"他。与其说他们是欧洲化的野蛮人,不如说他们身上表现了两种文明的冲突。他们本质上都是印第安人,基督教在他们身上并未曾真正地扎下根。他们的精神是与北美诡奇壮丽的荒原气息一致的,而一经有基督教文明的侵入,就酿成了悲剧。夏克达斯所以

"抵御不住要重返荒野的欲望",阿达拉所以至死也不过是成了宗教狂热的牺牲品,其源盖出于此。所以,夏多布里昂说:"我明白了为什么没有一个野蛮人成了欧洲人,却有好些欧洲人成了野蛮人。"野蛮人的特征不必尽是脸上刺花,头发上插野鸡毛,鼻孔里挂玻璃球,他们的感情也不必尽是直来直去,横冲直撞,也会有某种细腻的层次。何况作者明白指出,阿达拉和夏克达斯究竟是受过一些欧洲文明的影响的。他们作为野蛮人固然有其不纯粹的地方,可他们是两个名字叫阿达拉和夏克达斯的印第安人,作为具体的、个性化的艺术形象,这两个人物的塑造仍然是成功的。至于夏多布里昂在他的人物身上灌注了自己的一部分思想和感情,这在浪漫主义小说中几乎是通例,不足为怪。人物语言的个性化是现实主义小说的特征,不可苛责于浪漫主义小说,因此,阿达拉或夏克达斯的谈吐有一些欧洲人的腔调,也就不必受到过多的指责了。当然,这并不是说所有的浪漫主义小说都没有做到人物的声口毕肖,这里只不过是说,两类小说对人物的语言有不同的要求罢了。

斯丹达尔曾经做过一个有名的预言,说:"我梦想在1860年或者1880年左右,我也许要得到若干成功。"历史证明,这个预言应验了。但是,他也做过另一个预言,说到了1913年,就没有人读夏多布里昂的书了。历史证明,这个预言没有应验。今天,《阿达拉》不仅仍然是法国人学习法语的范文,而且还作为法兰西精神历史发展的见证被广泛地阅读着。

暗影和光辉的混合

——读雨果的《九三年》

1793 年，"残酷的年代"，"喝血的年代"，反动势力说。

1793 年，"紧张的年头"，"史诗式斗争的时代"，雨果说。

雨果的话出自他的长篇小说《九三年》，这中间既包含着肯定和颂扬，也浸透了疑虑和矛盾。

能够使读者陷入沉思的作品不是很多，《九三年》可算得其中的一部。

论人物刻画，《九三年》的主要人物不是十分丰满，缺乏立体感；论心理分析，《九三年》更多地注重政治观念的冲突，往往流于空泛；论情节构设，《九三年》的故事时断时续，常使读者有"雾失楼台"之叹。然而，《九三年》却是一部对读者的灵魂具有强大冲击力的作品，令人感奋、激动、不忍释卷。其奥秘在于场面、气势和哲理。广阔的场面反映出历史前进的脚步不可阻挡，磅礴的气势包孕着雨果对人类进步事业的赞美和对反动逆流的鞭挞，而这一切又都贯穿着雨果对巨大的历史变革所进行的深沉思索。雨果的沉思充满了忧虑，他的忧虑包含着深沉的矛盾，而正是这种矛盾使读者也陷入沉思。

1793年的两幅巨画

请看这样两幅巨画：一边是人民权力的化身，伟大的新的一页，无与伦比的巨大事变；一边却是"两千年以来，暴政在征服、封建制度、宗教、捐税等各种方式之下追迫这个可怜和惶惑的布列塔尼"，是"一种无情的围猎"。一边是人民审判路易十六；一边却是保王党用死刑强迫农民反叛。一边装饰着自由神像，《人权宣言》《共和元年宪法》；一边却是砍倒自由树，一只黑猫就能煽起叛乱的情绪。一边是革命，进步和光明；一边却是反动，倒退和黑暗。总之，一边是巴黎；一边是旺代。

这是法国在1793年呈现出的两幅巨画，这是雨果在《九三年》中用浓墨重彩描绘出的两幅巨画。对比何等鲜明，视野何等广阔！

正是在这阔大、深远、对比强烈的背景上，雨果用欢快的节奏、明丽的色彩再现了"那时候巴黎的街景"。最细小的场景、最微末的细节，都散发着革命的气息。雨果又以高昂激越的笔调热情地歌颂了那些为保卫共和国而战的人。红帽子联队就是他怀着崇敬的心情、史诗般的气魄着力刻画的一个英雄集体。严酷的战斗使这支五六百人的部队只剩下十二个人，而就是这十二名赤着脚的士兵，在道尔战役中，由司令官率领，加上七名鼓手，奇兵突袭，打得为数六千的叛军四散奔逃，溃不成军,彻底粉碎了他们建立据点以迎英军的企图。拉杜曹长是这些普通士兵的代表,他那粗犷剽悍的外表下面是一个有政治觉悟、警惕性高、对穷人充满同情的革命士兵的灵魂。他并不是书中的主要人物,却被塑造得最生动,最真实,形象最为丰满。雨果通过塑造这样一个人物,表现了他对普通士兵的钦敬,对穷苦人民的同情,揭示了资产阶级革命的胜利是建立在普通士兵的战斗和劳苦大众的支持之上这样一个历史事实。

然而,雨果的沉思,他的思想最深刻的矛盾却是通过三个主要人物来体现的,他们是:郭文、西穆尔登和朗德纳克侯爵。

革命时代的两颗明星

郭文出身贵族。他自幼深受启蒙思想的教育和熏陶,脑子里被装进了"人民的灵魂",在历史的风暴中背叛了自己的阶级,站到了革命和进步的一边。他是一个革命年代特有的那种驰骋疆场、战功赫赫的青年将领的形象。他具有军事指挥官所必需的一切品质,沉着果断,智勇双全,帷幄中妙算决胜,战场上身先士卒。他有崇高的理想,坚定的信念,在战场上划清了革命和反革命的界限,发誓捉住朗德纳克侯爵立地枪决。战斗中他像狮子一样勇猛,战斗过后却像羔羊一般温良。他既是一位叱咤风云的军事领袖,又是"一个思想家和哲学家,一个年轻的圣人"。他唯一的"缺点"是"宽大",然而,恰恰是这个"缺点",使他成为一个讲宽容,行恕道的人道主义者,成为雨果理想中的英雄。

西穆尔登出身平民，"父母是庄稼人"。他当过教士，又"怀着热情回到人民中去"。"他从教士变成了哲学家，又从哲学家变成了一个战士"，"他憎恨撒谎，憎恨专制政体，憎恨神学政体和他的教士的法衣"。他向往革命，呼唤革命，怀着"崇高的动机"奋勇投入到革命的洪流中去。他是道德的化身，人民的公仆，"在巴黎的贫民区非常受人拥戴"。他具有英勇献身的精神，绝对忠于革命的原则。他是革命中那种铁面无私、不可腐蚀的革命家的形象。"西穆尔登是崇高的，可是这种崇高是和人隔绝的，是在悬崖峭壁上的崇高，是灰色的，不亲近人的崇高；他的崇高的周围被悬崖深谷包围着。"他是雨果又敬仰又害怕的英雄。

郭文和西穆尔登像天上的两颗明星，彼此辉映。相形之下，郭文显得暗淡了些，西穆尔登的形象更丰满，更有实感。雨果对于革命军队的景仰和赞颂，主要是通过描绘拉杜曹长和那些赤足战士的光辉形象来表现的，而郭文和西穆尔登则更多地做了作者思想的传声筒。所以，这两个主要人物一方面固然是革命军队的灵魂，另一方面却更集中地体现了雨果思想的矛盾和错误。

雨果让一个贵族和一个教士"肩并肩地为伟大的革命战争而作战"，是有着深刻的寓意的。他们都是本阶级的叛逆者，都走上了历史的必由之路，但是，他们却又代表着"两个不同形式的共和政府"，代表着真理的两极，一极是天使，另一极是凶神。

实际上，一极是吉伦特派，一极是雅各宾党。作为天使，郭文"不跟女人打仗"，"不跟老头儿打仗"，"不跟小孩子打仗"；作为凶神，西穆尔登却认为"只要有了仇恨，一个女人就抵得上十个男人"，"白发苍苍的人来宣传叛变就更加危险"，"必须跟小孩子打仗，如果这个小孩的名字叫路易·卡佩"。作为天使，郭文放走了叛军的首领，因为"不应该杀死一个趴在地上的人"；作为凶神，西穆尔登却认为救了叛军的首领，就给共和国增加了敌人。作为天使，郭文主张"打掉一切王冠，但是要保护人头。革命是和谐，不是恐怖"；作为凶神，西穆尔登却认为"革命在为世界开刀"，"革命在文明身上割开一道很深的伤口，人类的健康就要从这个伤口里生长出来"。天使和凶神之间"这场暗中进行的战争是不会不爆发的"。然而，意味深长的是，他们"却在做着同一件工作"。雨果的矛盾恰恰在这真理的两极的统一和对立中表现出来。读者看到，天使的优势在于辩论，而凶神的天下则是战场。当雨果进行抽象的说教时，是天使战胜了凶神，宽大的共和政府战胜了恐怖的共和政府。当雨果进行具体的描绘时，是凶神战胜了天使，恐怖的共和政府战胜了宽大的共和政府。作者公开表露的见解和他的现实主义的描绘之间出现了明显的分裂和矛盾。

反叛祖国的人不能称为英雄

　　雨果对反动营垒的描绘并没有采取漫画式的手法，也很少用褒贬判然的词汇和笔调,而是通过具体的行动和言论,勾勒出一幅幅生动逼真的场面和肖像。在雨果的笔下,英勇、豪爽、冷酷、残暴等词语,只代表着某种抽象的品质,并无革命与反革命的区别。因此,反动营垒之黑暗、腐朽、残暴,主要不是通过其人物的外在特征来表现的,而是看他在历史的进程中如何动作。运送反动贵族德·朗德纳克秘密登陆的英国军舰克莱摩尔号沉没的场面,在小说中写得相当悲壮而富于英雄气概,然而雨果用了极其严厉的判词,一笔抹倒:"这只克莱摩尔号军舰像复仇号军舰一样沉没了;可是光荣榜上没有它的名字。一个反叛祖国的人从来不能称为英雄。"这是对反动势力最严厉的宣判,最深刻的否定。

朗德纳克侯爵就是这种反动势力的代表。他象征着黑暗、专制、强暴的王权,体现了封建贵族的反动性、腐朽性和顽固性。雨果在塑造这个人物时,着重从政治上加以否定,而在其性格特征上,则在揭露其凶残暴虐的本质的同时,又赋予他某些正面的素质,使得这个人物具有鲜明的个性,也加强了政治上的批判力量。

朗德纳克第一次出现在读者面前时,是一个高大庄严的伟丈夫形象,"有四十岁人的精力和八十岁人的威仪"。他在紧要关头当机立断,帮助失职的水手制了滑脱的大炮,然后以"勇敢必须奖励,疏忽必须惩罚"的原则,先授之以圣路易十字勋章,后处之以死刑,显示了叛军领袖所需要的铁腕作风。更令人惊讶的是,雨果描绘了这样一个惊心动魄的场面:茫茫的海

上,孤零零的两个人相视而立,一个是年逾花甲、手无寸铁的朗
德纳克,一个是身强力壮、腰挂刀枪的阿尔马罗;一个要登上旺
代的土地煽起叛乱,一个要杀死面前的老人为兄长报仇。然
而,朗德纳克一篇庄严而神秘的说教,充满了上帝、皇上、法兰
西、布列塔尼、正直、荣誉等堂皇字眼儿,竟使得一个剽悍的水
手扔下手枪,跪倒在地,成为他的死心塌地的走卒。朗德纳克
一出场,就表现出狂热而顽固的反动政治信念和冷酷强悍的性
格力量。

枪毙失职的水手,还不足以显示他的残忍。他的凶残暴虐
的阶级本性是在对红帽子联队的袭击中暴露出来的。他亲自
指挥,命令焚烧村庄,枪毙俘虏和伤兵,连女人也不放过,扣留
三个小孩作为人质。烧杀完毕,策马而去,"朗德纳克侯爵一向
享有残酷的名声,大家知道他是毫无怜悯心的"。

然而,这只是他的面貌的一个方面,他还有另一个方面。
他是个有经验的军人,深知农民军的游击战达不到消灭共和国
的政治目的;他是个勇敢的军人,战斗失利的时候总是最后一
个退却;他也是个以身作则的统帅,与众人一起修工事。总之
一方面,朗德纳克是一个花天酒地的好色之徒,另一方面,他又
是一个"真正的将军",两个方面交融在一起,就出现了一个具
体的、活生生的、既有阶级共性又有个人特征的反动贵族形象。

如果说郭文和西穆尔登这两个英雄人物的形象略显单薄
的话,朗德纳克这个主要的反动人物的形象却是相当丰满的。
其丰满不单是由鲜明的外部特征和多样化的具体行动造成的,

更重要的是，他具有深刻雄厚的思想基础。朗德纳克英勇的举动和威严的仪表之所以不能使读者产生钦敬的感情，主要是因为雨果揭示了他的丑恶的精神世界，在政治上否定了他。牢房一场，集中而全面地暴露了他的反动的政治观念。他面对共和国志愿军的司令官，这个他曾发誓逮住后要当作一条狗似的杀掉的侄孙，既疯狂又绝望，淋漓尽致地发泄了刻骨的阶级仇恨，彻底暴露出他内心中对革命又恐惧又仇视的心理。他缅怀封建王朝逝去的"光荣"，在他的眼中，革命前的法国是"有着完整秩序的国家"，拥有绝对权力的国王，贵族的特权，森严的等级制度，都是非常"完好而高贵"的东西，他污蔑革命是"愚蠢的把戏"，"把一切都破坏了"，"对任何人都是有罪的"；他恶毒咒骂人民是"贱民"，民族是"污泥"，革命产生了断头台；他悔恨没有"把所有舞文弄墨的人都消灭掉"，把启蒙思想家和百科全书派视为洪水猛兽。仇恨，遗憾，悲哀，傲慢，绝望，疯狂，各种阴暗的感情在他的胸中翻腾。这一切构成了这个形象的最坚实的思想基础。"一个反叛祖国的人从来不能称为英雄"，雨果用生动饱满的形象做了最好的注解。

人道主义的奇迹

郭文，西穆尔登，朗德纳克，这三个人物都是非凡的，他们也都有一个非凡的结局：朗德纳克因救三个孩子而自投罗网；郭文在良心获胜的同时自知对革命有罪，泰然引颈就戮；西穆

尔登监斩了自己心爱的学生，痛不欲生，也饮弹身亡。在这非
凡的结局中凝聚着雨果最深沉的思索。

　　然而，雨果的沉思是建立在这个虽在意料之中、却在情理
之外的结局之上的。这个结局之所以在情理之外，是因为朗德
纳克侯爵这样一个死心塌地顽固到底的反革命匪首居然会在
逃跑成功的时候，突然良心发现，置最高的政治利益于不顾，反
身去救那三个他本来打算烧死的孩子，因而违背了他自己的阶
级本性和性格逻辑；其之所以在意料之中，是因为郭文和西穆
尔登思想上的矛盾并未充分展开，其斗争亦无任何结果，雨果
需要某种特定的景况最终肯定他理想中的英雄。

　　那个在情理之外的"奇迹"是雨果为了宣扬抽象的、超阶级
的人道主义而精心编造的。在雨果的笔下，人道主义具有一种
能够战胜一切的神秘力量，它可以打败"一个凶猛的灵魂"，使
"这个充满着成见和奴役他人思想的人突然转变"，使"一个英
雄从这个恶魔身上突然跳了出来"，使"拿着屠刀的人变成了一
个光明的天使。地狱里的魔鬼又变成了天上的晓星"。救小孩
的场面被渲染得极为庄严：一个舍身救人的老者，威严而高傲，
面对着四千名恐惧战栗的共和军士兵。顿时，血与火的旺代不
见了，共和国志愿军不见了，反革命匪首不见了，浴血奋战的士
兵也不见了，只剩下人了，救命的人和对其表示感激钦佩的人。
胜利和失败被颠倒了。胜利者不是共和国志愿军，而是朗德纳
克侯爵，因为他从烈火中救出了三个孩子；失败者不是旺代的
叛军，而是共和国的士兵，因为"四千人没法子救三个孩子"。

是什么促成了朗德纳克的胜利呢？是人道主义，因为在他的良心中发生了上帝和魔鬼的斗争，善战胜了恶。朗德纳克为了救三个孩子而"自愿地、自动地、完全根据自己的选择，离开了森林、阴影、安全、自由，回到最可怕的危险里去"，从而"回到人道的圈子里来了"，革命将如何处置这个"偷来"的俘虏呢？放走他，还是处死他，这是雨果提供给他的两个英雄人物的抉择。郭文和西穆尔登，一个认为"恕"字是"人类语言之中最美的一个字"，一个却认为"在严峻的法律之外，再也没有别的"；一个认为"恐怖政治会损害革命的名誉"，一个却认为"革命会证明这种恐怖政治是正确的"；一个认为"仁慈的观念被残暴的人们使用错了"，一个却认为"在我们所处的时代中，仁慈可能会成为卖国的一种形式"。一个是雨果理想中的英雄，一个是让雨果恐惧的英雄。一个要放走朗德纳克，一个要让他上断头台。雨果显然站在郭文一边。他赋予郭文许多"高尚的思想和动机"，使他在良心与责任的斗争中，既考虑到朗德纳克的义举，因此，革命不应该"用野蛮的手段去回答一种慷慨的行为"；又让他忧虑法兰西的命运，于是，他"模糊地看见他的面前出现了这样一个问题：放虎归山"。但是，"在绝对正确的革命之上还有一个绝对正确的人道主义"，斗争的结果是良心战胜了责任，他情愿在一种犯罪的心理中背叛革命的利益，否定自己的光荣历史，放走朗德纳克，实践人道主义。雨果为郭文的动摇和背叛行为所做的辩护还不止于此。他让西穆尔登，这个绝对忠于革命原则、在人民中享有崇高威望的人，在监斩了对革命有罪的郭文之后,开枪自杀,"一个的暗影和另一个的光辉混合起来了"。也就是说,在另一个世界里,雅各宾党和吉伦特派彼此拥抱了。这无疑是用另一种方式否定了革命的理想和原则。西穆尔登是"九三年"的象征,否定了西穆尔登,就是否定了"九三年"。绝对正确的人道主义战胜了绝对正确的革命,这就是雨果沉思的结论。这样的沉思自然会引起读者更深广的沉思。

小说的结束部分所进行的说教与全部小说提供的形象描绘之间,存在着明显的矛盾,这不是偶然的。年轻的雨果深受母亲的影响,是个保皇主义者,曾经歌颂过旺代的领袖,直到1830年,他对他们仍然怀有钦敬的心情。1851年路易·波拿巴发动政变,雨果流亡国外,开始称颂"1793年的巨人"。但是,在他所有的颂扬中,从来不包括革命所采取的手段。他只是接受了革命的目标和理想,而对革命所必需的暴力手段却多有微词。所以,当他对事件进行现实主义的描绘时,形象告诉读者:大革命是进步的,手段也是合理的;但是,一旦他以浪漫主义的手法展示自己的思索和抒发自己的感情时,思想就告诉读者:大革命是合理的,而手段应予摈弃。思想与形象的分裂和矛盾造成了英雄人物的悲剧结局,也反映了雨果的人道主义在现实斗争面前是多么苍白,多么有害。

雨果是一位资产阶级人道主义作家,当他写作《九三年》的时候,思想还停留在1848年资产阶级共和主义的水平上。他看不到无产阶级的发展和壮大,不理解现代两大阶级生死搏斗的伟大意义。他对无产阶级和广大劳动人民的悲惨处境表示深切的同情,因为他们是弱者;他谴责资产阶级的压迫和社会的不公正,因为他们拒绝实行 1789 年提出的"华美约言"。他反对过凡尔赛对巴黎公社的血腥镇压,他也曾经收留过流亡的公社社员,为他们的大赦奔走过,但是,他从来没有为巴黎公社本身辩护过,而是在不加区分地谴责双方的暴力之余,暗中将巴黎公社比作当年的旺代叛乱,写出了《九三年》来鼓吹宽容和恕道,以冲淡革命,调和阶级矛盾。然而,雨果的天真打动不了梯也尔的铁石心肠。他可以让郭文和西穆尔登以死来殉人道主义,却不能阻止朗德纳克侯爵再度燃起一片叛乱的火海,屠杀更多的妇女和儿童。

Ⅳ　现实主义的丰碑

一个有许多窗口的房间

——读巴尔扎克的《高老头》

《高老头》是巴尔扎克《人间喜剧》中最主要的作品,它的主题不止有一个,而且它的主人公也不止有一个。有些评论家但凭书名,就认定主人公是高老头。但是,他们只要认真仔细地考察一番,也许会把主角这顶桂冠送给拉斯蒂涅,因为这个贫苦的大学生是贯穿全书,沟通各个社会阶层的关键人物。也有的批评家把伏脱冷认作主要人物,那显然是因为这个苦役监逃犯的宏论中包含着更多的真实以及他给人的印象最为强烈和深刻,也最能引起人们的震惊和思索。因此,我们可以说,《高老头》没有什么中心人物,只有三个主要人物和一系列形象同样鲜明的次要人物。如同在生活中一样,人人都可以成为特定的小天地中的主角,而并不需要一个无所不在的、众星拱之的月亮式的绝对主角。

《高老头》像是一个有许多窗口的房间,读者从不同的窗口望去,看到的是不同的天地,有不同的人物在其中活动。这些小天地之间有道路相连,道路是金钱铺就的;于是读者面前出现了一个完整的世界——复辟时代的法国社会。

高老头的悲剧

从一个窗口望去,我们看到了伏盖公寓。从前做面条生意的高里奥老头,原是一个普通的面条司务,在大革命中靠粮食买卖成了巨富。他所以在晚年流落到了伏盖公寓,是因为老婆死得早,对女儿的疼爱在他心中"发展到荒谬的程度"。所以"荒谬"是因为高老头的所谓"父爱"其实是一种混合着父亲的爱、母亲的爱和情人的爱的极端感情。这种极端感情就是巴尔扎克说的"情欲"。被情欲控制的人可以置道德、法律和习俗于不顾,做出成人所不能理解的事。情欲既可成就一个人,也可毁灭一个人。高老头就是这样,他可以让女儿奢华得"像一个有钱的爵爷养的情妇",可以让女儿分光他的财产,一个嫁了伯爵,一个嫁了银行家,可以为了看一看女儿而甘愿忍受女婿的欺辱,可以倾其所有为女儿偿还为追求享乐而欠下的债务,甚至可以为女儿找情夫充当介绍人,等等。他把一切给了女儿,结果却是:"柠檬榨干了,那些女儿把剩下的皮扔在街上。"高老头在弥留之际方始明白:"钱能买到一切,买到女儿。"但是,高老头的"惨剧"不应该被简单地理解为子女不孝或对父道的维护,即便是理解为他对金钱的腐蚀作用的揭露,也仍然是不完全的。实际上金钱成了一种被盲目崇拜的偶像。因此,高老头的父爱其实是一种感情的异化。巴尔扎克是怀着深刻的怜悯、

愤怒的控诉和沉痛的批评的复杂感情来描写"这场暧昧而可怕
的巴黎悲剧"的。一方面他同情高老头的悲惨结局，赞美他的
父爱是"最美的天性"，另一方面，也明确地指出，高老头把"疼
爱女儿的感情""发展到荒谬的程度"，是"没头没脑地疼爱女
儿"。高老头的悲剧，在那个以金钱为杠杆的社会中，既是个人
的，又是普遍的。

伏脱冷的逻辑

　　从这个窗口，我们还看见了伏盖公寓里最神秘的人物，在
逃的苦役犯伏脱冷，他对社会、对人生，都有一套坚定而深刻的
看法。他是受过教育的人，有着复杂的经历，洞悉这个社会的
秘密，他看穿了这个社会，但是，伏脱冷对金钱的态度显然更为
实际，他深信"人生就是这么回事。跟厨房一样腥臭，要捞油水
不能怕弄脏手，只消事后洗干净"。伏脱冷并不是一个普通的
强盗，而是一个冷酷的逻辑学家，"他对社会的揭露是冷静大胆
的，切中肯綮的"。

贵夫人的厄运

　　换一个窗口。我们看到了圣·日耳曼区的鲍赛昂子爵府。
这是全巴黎资产阶级妇女瞩目的地方，然而鲍赛昂太太的高雅
的客厅里却酝酿着"厄运"，这位巴黎高等社会的"王后""到了

被遗弃的关头",她的情人,"葡萄牙最有名最有钱的贵族"居然为了"20万法郎利息的陪嫁"准备牺牲"天真无邪的交情"。封建贵族虽然由于波旁王朝的复辟而再度获得特权和荣耀,却再也恢复不了往日的力量和尊严了。贵族的风范败于资产阶级女子的金钱。

拉斯蒂涅的挑战

再换一个窗口,我们看到了……不,在所有的窗口外面,我们都看到了欧也纳·特·拉斯蒂涅。他是《高老头》中的一个特殊人物,一方面,他充当了作者的眼睛,迈动双脚奔波于几个小天地之间,用他的观察、分析和体验将其连接成一个真实的世界。他又是一个发展中的人物,高老头生命的终点,恰恰成为拉斯蒂涅的奋斗生涯的新起点,也是他"气概非凡"地向社会提出的挑战。因此,拉斯蒂涅这个形象较之高老头更复杂,更深刻,也更丰满。

然而,巴尔扎克的同情和悲哀并不止于拉斯蒂涅。在拉斯蒂涅的堕落中,他看到的是"穷苦的大学生跟巴黎的斗争"这一"现代文明最悲壮的题材",是一代青年的悲剧命运,拉斯蒂涅当然是"较量"中的优胜者,但他是"抹去良心,走邪路,装了伪君子而达到目的"的。这正是真正的资产阶级英雄的最本质的品格。小说最后一句话说:"然后拉斯蒂涅为了向社会挑战,到特·纽沁根太太家吃饭去了。"这是何等绝妙而辛辣的讽刺!

他那对着巴黎社会所发出的豪言壮语"现在咱们俩来拼一拼吧!"顿时显得十分可笑而可悲,原来拉斯蒂涅的所谓"挑战"不过是与罪恶的统治阶级同流合污罢了。他的奋斗史(虽然刚刚开始)表明:那一代青年要想"成功",即获得金钱和权力,就得入"地狱,而且得留在地狱"。

高老头说:"世界并不美。"伏脱冷说:"这年头真没出息。"拉斯蒂涅说:"咱们这个(世界)太混账了。"鲍赛昂子爵夫人说:"社会不过是傻子和骗子的集团。"这些人的话虽各有所指,但无一不触到了这个社会的痛处,即"隐藏在金银珠宝底下的丑恶"。《高老头》的许多窗口恰恰是朝着这些"丑恶"敞开着,读者置身其中,各种悲剧,惨剧,痛史,无不历历在目,尽收眼底。

谁是"幸福的少数人"

——读斯丹达尔的《红与黑》

怎样读才能解其中味

子曰:"五十而知天命。"现今五十岁上下的中国知识分子,很少不知道有一本法国小说叫作《红与黑》的,因为他们当中的许多人都在年轻的时候读过这本书,都怀着激烈昂奋甚至矛盾的情绪对待过书中的主人公,无论他们是喜欢他还是讨厌他,是同情他还是鄙视他。他们后来也都被教导过怎样读这本书,怎样看这个人。于是,喜欢这本书、同情这个人的许多人改变了态度,有的是心悦诚服,有的是阳奉阴违,有的则是缄口不言了,当然也有人为这本书这个人付出过代价。一本书让一些人激动,让一些人愤怒,让一些人恐惧,也让一些人不惜兴师动众口诛笔伐强迫另一些人改变看法和态度,这就是《红与黑》在中国的命运。

不过,平心而论,对一本书提出"怎样读"的问题,本身并非别出心裁，更不是发明创造，当然也无可非议，这是所有可以被称作伟大的小说的共有的品格。例如《红楼梦》，有人读出了革命，有人读出了政治，有人读出了爱情，有人读出了人生，等等。或者就如鲁迅先生所说的那样，"经学家看见《易》，道学家看见淫，才子看见缠绵，革命家看见排满，流言家看见宫闱秘事"，似乎亦无不可。只是请这些种种的"家"勿强迫别人见他们之所见，以"怎样读"为由在别人的灵魂里动刀动枪的。《红与黑》也是一样。自 1830 年以来，近两个世纪中，人们从中看出的东西绝不比从《红楼梦》中看出的少。有学者说，关于《红与黑》的研究已经成为西方的"红学"，这不是夸大其词。在中国，关于曹雪芹的《红楼梦》，有所谓"红学"和"曹学"；在西方，关于斯丹达尔（他的名字曾经被译作司汤达）的《红与黑》，则有"红学"和"贝学"，因为斯丹达尔本名叫亨利·贝尔。这里把两本书扯在一起，并没有打算作一篇比较文学论文的意思，这两本书的因缘不单单在它们都有一个不寻常的命运，而实在是因为它们都有一个不寻常的"怎样读"的问题。曹雪芹写道："满纸荒唐言，一把辛酸泪。都云作者痴，谁解其中味。"斯丹达尔则坚信五十年后《红与黑》才会有读者，他说："我将在 1880 年为人理解。""我看重的仅仅是在 1900 年被重新印刷。"或者做一个"在 1935 年为人阅读的作家"。看来，怎样读才能解"其中味"，乃是这两本书面临的共同的问题。

研究者已经用丰富的事实证明了，《红与黑》真实地再现了法国波旁王朝复辟以后的历史氛围。斯丹达尔是个旅行家，足迹遍及巴黎和外省的许多地方,他利用细腻的观察和切身的体验,准确生动地描绘了外省生活的封闭狭隘和被铜臭气毒化的心灵。在小城维里埃,耶稣会横行霸道,资产阶级自由派虎视眈眈,封建贵族则感到危机四伏。不过,从上到下,从贵族到平民,最高的行为原则只有一个:"带来收益。"巴黎的上流社会则以烦闷无聊为特征,花天酒地,寻欢作乐,夸夸其谈,但都掩盖不住他们对拿破仑的仇恨和恐惧。在巴黎,在外省,复辟的贵族和反动的教会都一样地害怕再来一次革命,这是一个停滞、萎缩、丧失了活力的社会。自由资产阶级也不见有更多的光彩,他们与封建贵族既相互对立又相互勾结。斯丹达尔在小说中设置了许多准确的时间参照,例如选举的时间,话剧《爱尔那尼》和歌剧《曼侬·莱斯戈》的演出,秘密宗教组织"圣会"影射"信仰骑士联合会"等,诸如此类的史实,都令当时的读者一眼便可看出那是查理十世的治下。研究者还为书中的许多人物找出了可能的原型,例如德·莱纳市长的原型是卡里克斯特·德·皮纳侯爵,斯丹达尔早年的一个同学;年轻的阿格德主教的原型是红衣主教德·罗安公爵,不到四十岁就当了贝藏松的大主教;总理德·奈瓦尔先生的原型是德·波利涅克亲王,1830年的外交部长,当年又担任了总理;德·拉莫尔侯爵的原型则是爱德华·德·菲茨-雅姆公爵,贵族院议员,国王的亲信;等等。这一切都使《红与黑》具有一种历史的真实感。

研究者利用斯丹达尔本人的文字和当时报刊的材料,揭示出《红与黑》的副题《1830 年纪事》并非虚言,确为"七月革命"前夕山雨欲来风满楼的政治形势的真实写照。他们早就把目光投向了书中有关"秘密记录"的四章,认为是作者以真实的政治事件为蓝本写出的,即 1817 年保皇党人密谋请求外国的军事保护,以对付日益迫近的革命危机。晚近的研究则抛弃了这个"蓝本",径直指出斯丹达尔于 1829 年和 1830 年写给朋友的信中就站在共和党人的立场上谈论 1830 年的内战危机,几乎用的就是小说中的语言。在当时报刊中的文章中已经出现了"密使""秘密记录"的字样,有的文章甚至列出了参加秘密会议的人的名单,其中就有刚刚上任的总理德·波利涅克亲王。有案可稽,查理十世的政府确有企图废宪的活动,而且把希望寄托在莱茵河的彼岸。著名的极端保皇党人维特罗尔在回忆录中透露,保皇党人在 1830 年企图发动政变,用君主专制取代当时的君主立宪制。有的研究者甚至认为这几章是"全书的关键",这当然是一种以阶级斗争为纲的观点,似乎是模仿第四回《红楼梦》的"总纲"的说法。

研究者无一例外地怀着极大的兴趣关注于连·索莱尔的悲剧命运,因为他是小说的主人公,全部《红与黑》就是他浮沉升降兴衰荣辱的过程。一个孱弱腼腆的平民青年只靠着自己的聪明才智和坚忍不拔的毅力在一个等级森严的社会里奋斗,为了实现他那巨大的野心,他不仅要处处显示知识和能力上的优势,还要采取种种不大光彩的手段,例如虚伪、作假和违心之举。然而正当他爬上一定的位置,自以为踏上了飞黄腾达的坦途时,一封信就打断了他上升的势头,让他明白他仍然是一个"汝拉山区的穷乡下人"。他曾经试图摆脱自己受欺凌、遭蔑视的地位,以为在贵族社会里爬上高位就是实现了自己的抱负,然而他终于不曾放弃他最后的防线,即他的尊严。在这个人物形象的身上,作者打上了或深或浅的个人印记,读者也倾注了最复杂、最矛盾也最激烈的感情。有的研究者在于连的身上看到的是心灵的诗意和社会的平庸之间的对立和冲突,是社会对个人的戕害以及个人对社会的反抗。有的研究者认为,于连的全部心灵都体现着一种与封建观念相对立的思想体系,一种以个人为核心的思想体系,这种思想体系决定了他和那个行将灭亡的社会之间的不可调和的冲突,也决定了他无可挽回的悲剧命运。有的研究者则认为,于连的悲剧是小私有者盲目追求个人利益的悲剧。于是,于连究竟是个个人主义野心家,还是一个反抗封建制度的资产阶级英雄,他是值得同情,还是应该受到批判等,就成了人们争论不休的问题。

研究者怀着同样强烈的兴趣关注于连的爱情,因为于连的成功以同两个女人的恋情为标志,他也是在这两个女人的爱情中走向死亡的。于连和德·莱纳夫人的爱情始于于连的诱惑,止于德·莱纳夫人的征服;于连和德·拉莫尔小姐的爱情则始于德·拉莫尔小姐的主动争取,止于于连的消极排拒。一个是"心灵的爱情",一个是"头脑的爱情",结果是心灵战胜了头脑。对于连来说,爱情是手段,飞黄腾达、社会成功才是目的。然而于连毕竟是善良的,他不能在爱情中始终藏着心计,反而极易动真情。在试探中,在缠绵中,在痛苦中,在激情澎湃中,在感情的种种波折中,他都有真情的流露。他真诚地爱过德·莱纳夫人,也真诚地爱过德·拉莫尔小姐。当他一旦明白社会成功并不就是幸福的时候,他离开了德·拉莫尔小姐,投入了德·莱纳夫人的怀抱。于连的两次爱情经历,对于连来说,是破除迷障走向清醒;对斯丹达尔来说,则是一种爱情观的呈现,爱情不仅仅是肉体的接触,更是两颗心灵的融合。德·拉莫尔小姐的感情固然也从造作走向真实,但其支柱始终是一种思想,为斯丹达尔所不取;德·莱纳夫人的感情则始终是一种心灵的呼唤,是自然的,为斯丹达尔所赞许。如果说把《红与黑》称作爱情小说会给人一种偏狭之感的话,毕竟还是比将其称作政治小说更为自然,不使人感到窒息。

　　喜欢考证的研究者提供了大量的材料,证明了《红与黑》和两宗刑事案件的联系:一宗是于 1828 年 2 月宣判的贝尔德杀人案,一宗是于 1829 年 3 月宣判的拉法格杀人案。贝尔德的生活经历和于连的大体相似,斯丹达尔大概是拿来做了小说的框架,但是他显然不满意贝尔德在法庭上的表现,因为他试图获得法官的同情以求免于一死。斯丹达尔把拉法格在法庭上的表现移植到了于连的身上。拉法格是一个细木匠,他残忍地杀死了他的情人,被判处五年监禁。然而他在法庭上极为镇静,坦然叙述犯罪的详细经过,斯丹达尔读过报道极表钦佩,多次在他的《罗马散步》中提及,并比之于奥赛罗,甚至将其与罗兰夫人、拿破仑等并列,称他"有高贵的灵魂"。然而,这种联系毕竟是在写作的过程中发生的,而不是斯丹达尔看了案情的报道才有了《红与黑》的创意。早在 1827 年出版的小说《阿尔芒斯》中他就表达了描绘当代风俗的愿望,继而在 1829 年 10 月 25 日夜里萌生了以一个年轻人的命运为中心写一本小说的念头,当时他给这本未来的小说起的名字是《于连》。那两宗刑事案件只给他提供了故事的骨骼,而生气灌注的血肉,诸如历史氛围、社会现实、风土人情、人物心理等,则完全出自他的艺术创造。应该补充的是,斯丹达尔本人从未提及《红与黑》和这两宗案子的关系,而在思想的高度和哲理的深度上,两者显然不可同日而语。

上述种种,就是研究者在《红与黑》中看出的主要东西,区别大约只在程度和色彩上,如有的人看出了复辟和反复辟的阶级斗争规律之类。只看到其中一点,显然难逃以偏概全之讥,然而面面俱到,来个大汇合,是否就解了《红与黑》的"其中味"呢?我以为未必。因为读者看到上述一个或几个方面,甚至全部,并不是一件十分困难的事情,然而斯丹达尔却反复申明:他五十年后才能得到理解。当然,斯丹达尔五十年后甚至一百五十年后是否"为人理解",看来仍旧是个问题,但这究竟意味着,《红与黑》必然有一个超越上述一切的东西存在,它超越了复辟贵族的倒行逆施,超越了反动教会的严密控制,超越了小城维里埃的"三头政治",超越了巴黎十二人的秘密会议,超越了于连的爱情,超越于连的死,总之,超越了"1830 年纪事"。

献给少数幸福的人

在《红与黑·卷上》的卷首，斯丹达尔引用了假托丹东的一句话"真实，严酷的真实"作为题词；在《红与黑·卷下》的卷首，他引用了圣伯夫的一句话"她不漂亮，她不搽胭脂"作为题词，其意也在真实。《红与黑》的真实，如果单说历史的真实的话，那是有目共睹的，当代人也是承认的。然而斯丹达尔还有一句题词，置于全书总目录下，即用英文写的"献给少数幸福的人"，这可以理解为：《红与黑》这本书是为少数幸福的人写的，这就是说，幸福的人总是少数，只有这少数才能理解《红与黑》这本书。按照法国图书的习惯，目录是置于正文之后的，这样，三句题词在空间上就有了距离，这种距离会对读者提出一个具有冲击力和挑战性的问题："您是少数幸福的人之一吗？您能看出这本书的真实吗？您看出了本书历史和现状、行为和动机的真实，您就是少数幸福的人吗？"这是三句题词之间隐含的矛盾，这种矛盾能够激励读者深思，倘若他是或者想成为"少数幸福的人"。这就是说，要理解《红与黑》，必须通过两道大门：一是"真实"，一是"少数幸福的人"。斯丹达尔所说的"真实"，不仅仅是《红与黑》的历史氛围、政治形势、人物行为等，更是一种不能为所有人一眼即能看出的真理和智慧。斯丹达尔所说的"少数幸福的人"，不是那种有钱有势的人，如市长、主教、侯爵之流，当然也不是关在收容所里的乞丐，不是受到父亲欺凌、市长轻视、侯爵指使的于连，而是入狱以后大彻大悟的于连，此刻的于连具有了"少数幸福的人"的基本品格。因此，要通过那两道大门，必须从于连开始，还必须再回到于连。这一圆圈的中心将是《红与黑》这个书名的神秘含义。

自《红与黑》问世以来，直到今天，这个书名究竟象征着什么，研究者一直没有一致的看法，聚讼纷纭，莫衷一是。或者认为"红"是指红色的军装，代表军队，"黑"指教士的黑袍，代表教会；或者认为"红"是指法国大革命和拿破仑战争的英雄时代，"黑"是指复辟王朝的反动统治；或者认为"红"指以特殊方式反抗复辟制度的小资产阶级叛逆者于连，"黑"指包括反动教会、贵族阶级和资产阶级在内的黑暗势力等。其他种种看法大体上可以分别归入以上三类。三种看法之中，第一种符合斯丹达尔本人的意见。有朋友问他，小说的题目是什么意思. 他解释说："红"意味着于连若出生得早，他会是个士兵；然而他生不逢时，只好披上道袍，这就是"黑"。不过，这里斯丹达尔也只是给了一个看问题的起点，并不能穷尽"红"与"黑"的全部含义。实际上，上述三种看法无论有多大的分歧，它们总有一个共同的基点，即把"红"和"黑"看作是对立的、矛盾的、水火不相容的，尤其是后两种看法。因此，第一种看法只是表面上符合斯丹达尔本人的意见，实际上仍是未解"其中味"。在斯丹达尔的解释中，"红"（士兵）和"黑"（道袍）不是对立的，而是平行的。其所以不同，乃是因为时过境迁，历史环境变化了。这不仅更符合于连的实际行为和他所处的真实环境，也可以从根本上解释于连的悲剧命运，从而呈现出那个超越一切的智慧和哲理。

《红与黑》的全部故事是按照时间的顺序展开的，然而斯丹达尔给出的时间参照，例如季节、物候、节日、着装等，却相当模糊，粗算一下，从于连的出场到被处决，大约有四年的时间，也就是说，于连快到十九岁时到德·莱纳先生家当家庭教师，二十一岁左右进德·拉莫尔府当秘书，二十三岁前后入狱，两个月后死。这四年中，于连唯一的念头是"发迹"，是"飞黄腾达"，进军队还是进教会，只是机缘问题。于连的方针已定："在有利的条件下，按照那时法国实行的风尚，当兵或当教士。"在当时，两者都不失为一种好出路，例如，德·莱纳先生就打算让他的三个儿子，"老大进军队，老二进法院，老三进教会"。因此，"红"与"黑"，对于连来说，不过是熊掌和鱼罢了，得到哪个都行。实际上，于连自打"很小的时候"看见几个从意大利归来的威风凛凛的龙骑兵，从而"发疯般地爱上了军人的职业"，后来在"十四岁时"又眼看着一个儿女成行的治安法官败于一个三十岁的副本堂神甫，就绝口不谈拿破仑了，立志要"当教士"。此后八九年当中，他实际上一直在士兵和教士之间游移徘徊。用他的话说，就是："在拿破仑治下，我可能当个副官；而在这些未来的本堂神甫中，我则要当代理主教。"总之，于连是"宁可死上一千次也要飞黄腾达"。

不过，细心阅读的读者可以注意到，于连口口声声"成功""发迹""飞黄腾达"之类，时时处处羡慕有钱人的"幸福"，却从来没有说清楚他究竟要什么。金钱他当然是要的，他动辄想当今一个主教比当年一位将军多挣多少法郎，然而他关心和谁一起吃饭胜过拿多少薪水，他拒绝过和爱丽莎的有利的婚事，他不肯走富凯那样的稳妥的发财之路，他也从不接受没有名分的馈赠……总之，于连不是一个爱钱的人，这是他和当时一般渴望成功的人之间的很大的区别，包括贵族和资产者。再说社会地位，他当然常想三十岁当上将军，看见阿格德主教比他大不了几岁就"为他的马刺感到羞愧"，得到"第一次提升"就"欣喜若狂"，当了轻骑兵中尉、有了骑士的封号就"喜出望外"……然而这一切给他带来的首先是荣誉，是平等，是自由，其次才是金钱、财富和享受。于连不是一个有政治经验的人，他"不属于任何沙龙，不属于任何小集团"。这一点德·拉莫尔侯爵看得最清楚："他没有一个不失去一分钟、一个机会的律师所具有的那种机灵、狡猾的才能。"可以说，于连想到或感到的幸福很少有物质的成分，多为贵妇的青睐、自尊心的满足、能力的实现甚至读书的自由，有时候哪怕远离男人的目光，也能让他有一种幸福之感。总之，说于连是一个个人主义野心家固然不错，但不如说他是一个追求个人幸福而不幸走上歧途的年轻人更来得准确。这里的"歧途"不是说他采用了为社会道德所不容的手段之类，而是说，于连在社会通行的规范中无论成功与否都不能获得幸福。于连的所作所为甚至他的所思所想和他的心灵呼唤在本质上是矛盾的。

于连是一个成长中的形象，死的时候才二十三岁。如果说"在到达（虚伪）这个可怕的词之前，这年轻农民的心灵曾走过很长的一段路",那么他的死意味着他只不过在一条更长的路上刚刚迈出了第一步,这一步他是在监狱里走完的。内容丰富、分量沉重、寓意深远的《红与黑》实际上写的是一个年轻人在追求幸福的道路上如何从迷误走向清醒,说到底是写了一个"悟"字。陶渊明《归去来兮辞》有句云:"既自以心为形役,奚惆怅而独悲! 悟已往之不谏,知来者之可追;实迷途其未远,觉今是而昨非。"这是人类永恒难题的唯一的解,也正是《红与黑》中于连处境的真实写照。斯丹达尔的高明在于,他只在"迷"字上用力,似乎曲径通幽,柳暗花明,谁都说是从胜利走向胜利,而在仿佛登上了座高峰时却突然两记枪响,让主人公重重地跌在地上,犹如一声断喝:"此路不通!"于是主人公恍然"觉",而后在回想中大彻大悟,从此走上了新的道路……于连在押两个月后赴刑,这条新的道路实际上是留给读者走的,这读者就是斯丹达尔心目中的"少数幸福的人";换句话说,唯有看出并走上这条新的道路的读者,才是斯丹达尔心目中的"少数幸福的人"。因此,《红与黑》的主题乃是人怎样才能够幸福。

人来到世界上,没有不追求幸福的,贵为帝王,贱为囚徒,概莫能外,整日忙于政治的德·拉莫尔侯爵也把"享乐"看作"高于一切的事情"。然而,金银财宝、醇酒妇人、高官厚禄,千钟粟、黄金屋、颜如玉,或者,与世无争、清心寡欲、难得糊涂、外离相内不乱、平常心地说了几千年,什么是幸福,如何得到幸福,仍然是一个使人类至今感到困惑的问题,于连的"迷"与"觉"正在对于这个问题的反思和回答之中。

于连的幸福之旅

于连首先是把社会的或他人的标准作为自己获得幸福的标准，追求所谓社会成功和他人承认。他的虚伪，他的心计，他的警觉，他的"作战计划"，他的种种防范措施，无一不是为了在社会上"发迹""出人头地"和"飞黄腾达"。然而这一切并非与他内心的呼唤没有冲突矛盾，因此他总是处于草木皆兵、风声鹤唳的紧张状态，虽然他实际上确是马到成功、步步高升，却不曾品尝到片刻的快乐。即便他在巴黎节节胜利，每每感到快乐"到了极点"，也常常是"骄傲多于爱情"，"是一种野心实现后感到的狂喜"。他的社会成功从未给他带来过幸福，反而湮没了他的真实自我，为表象而牺牲了本质。但是，于连毕竟是"一棵好苗子"，本性善良，这使他的伪装总是露马脚，他的计划总是漏洞百出，他的做作总是泄露真情，他的趋奉总是引起怀疑，最终使他永远被视为异类，因"与众不同"而陷入无穷无尽的痛苦之中。于连的这种悲剧乃是一切出类拔萃之辈的永恒悲剧，无论是在专制社会，还是在共和社会，还是在民主社会，都是如此。所以，于连不仅和复辟贵族是矛盾的，和反动教会是矛盾的，和资产阶级也是矛盾的，甚至和资产阶级共和派也是矛盾的。于连的悲剧体现了个人和社会的矛盾，这就意味着，社会乃是个人幸福的障碍，或者说，追求社会成功使渴望幸福的人踏上歧途。

　　然而哪一个人能够脱离社会与世隔绝呢？就是荒野中的柱头隐士也还要有弟子送饭送水。所以，人还是要在社会中、在人际关系中求得幸福，那就只有两条路可走，一是反求诸己，追求精神价值，一是承认并享受平常的幸福，于是就有古希腊的犬儒学派，就有颜回的"箪食瓢饮"，就有贺拉斯的"平凡的幸福"，就有斯丹达尔的"生活在巴黎，年金一百路易，读书写字"。于连固然四面树敌，"把虚伪和泯除一切同情心作为获得安全的通常的手段"，但是他究竟还有快乐的时候。于连的第一个快乐就是读书，读他自己的《古兰经》：卢梭的《忏悔录》、拿破仑的《圣赫勒拿岛回忆录》及大军公报，拿破仑的榜样"给自以为极不幸的他带来安慰，又使他在快乐的时候感到加倍的快乐"。于连的第二个快乐是摆脱了父兄的欺侮和虐待，虽然还不是离开维里埃，但已差不多是"飞黄腾达"的第一步了。于连在德·莱纳市长家里的快乐有两类：一是履行了某种"责任"之后而感到的报复的快乐；一是"远离男人的目光"，毫无恐惧之心地和德·莱纳夫人相处，"尽情享受生活的快乐"。他也有满足虚荣心的快乐，但是他也因不能真诚而败坏了更多的快乐。当于连在德·莱纳夫人面前"把野心抛诸脑后"的时候，斯丹达尔指出，"从未爱过也从未被爱过的于连觉得做个真诚的人是那么甜蜜愉快"，然而，斯丹达尔又立刻指出，于连恰恰"缺的是敢于真诚"。这种种的快乐，大多是贺拉斯所说的"平凡的幸福"。于连在野心勃勃的时候往往感受不到，而这正是斯丹达尔在描写上升中的于连时常常流露出嘲讽的原因。斯丹达尔对人生的三大信条是"自我、幸福、精力弥满"。然而他所追求的幸福却并非"发迹""出人头地""飞黄腾达"等。他固然崇拜拿破仑，有建功立业的抱负，但是他坚持不懈地追求的乃是贺拉斯的"平凡的幸福"，所以他说："人们能够获得的幸福乃是一种免除一切后顾之忧的状态。"这是一种什么样的状态呢？他不止一次地说："六千法郎的年金"，"一百路易的年金"，或者"两千法郎以上两万法郎以下的年金"，其含义是独立、自由、不受制于人，能随心所欲地从事自己喜欢的事情，例如写作、恋爱、欣赏歌剧等。例如书中的一个人物所说："我喜欢音乐、绘画，一本好书对我来说是一件大事。"此所谓"少数幸福的人"也。做一个"少数幸福的人"并不容易，在法国只能到住在五层楼以上的人当中去找。所以入狱之前的于连虽然步步高升不断胜利，却不是一个"幸福的"人，那么入狱之后的于连呢？

斯丹达尔说过："一个人的幸福不取决于智者眼中的事物的表象，而取决于他自己眼中的事物的表象。"入狱之前的于连是在社会这根"竹竿"上攀登，以他人（智者就是他人）的眼睛看待事物，所以他要"三十岁当上司令官"，或者当上年薪十万的大主教；他要受到巴黎美妇人的青睐，以诱惑和征服贵族女人为"责任"；他要挤进上流社会，要按照给他十字勋章的政府的意旨行事，并且准备干出更多的不公正的事情；他为自己的种种社会的成功和虚荣心的满足而沾沾自喜，甚至真的以为自己本是个大贵人的私生子。凡此种种，都是"智者眼中的事物的表象"，即他人的承认，社会的承认，也即所谓"抱负"和"野心"

之类。于连并非不能成功，他其实已经成功了，即便他犯罪入狱之后，他仍有可能逃跑，他的上诉仍有可能被接受，他若抛弃尊严表示屈服仍有可能做德·拉莫尔侯爵的女婿……这就是说，福利莱神甫言之有理，于连在法庭上的辩护的确是一种"自杀"的行为。然而，看看于连在狱中的表现，读者不能不认为，于连的"成功"并没有给他带来幸福，反而是他的失败促使他走上幸福之路。

　　于连若果真满脑子"发迹""往上爬""飞黄腾达"的念头，或者，于连若果真具有清醒的阶级意识，代表着"一个阶级的年轻人"，即"虽然出身于卑贱的阶级，可以说受到贫穷的压迫，却有幸受到良好的教育，敢于厕身在骄傲的有钱人所谓的上流社会之中"的农民反抗封建贵族，那么，他一定懊悔一时的冲动使自己进了监狱，既坏了个人的前程，也误了阶级的大事。然而不，他的内心是平静的，他睡得着觉，他还有心欣赏监狱里建筑的"优雅和动人的轻盈"，并注意到两道高墙之间有一片"极美的风景"。他坦然地等着死。他也悔恨，但是他的悔恨不再是为了自己，而是为了德·莱纳夫人。他自己都感到奇怪，原以为她的那封信永远地毁了他未来的幸福，而他竟在十五天里认识到"安静地生活在韦尔吉那样的山区里"是"幸福的"。他拒绝上诉，他开始反思。他希望让蜉蝣延长五个钟头的生命，让它"看见和理解什么是夜"，他也希望再给他五年的时间，让他"和德·莱纳夫人一起生活"。往日的野心、幻想、奋斗以及为此而设计的种种伪装统统失去了迷人的光彩，于连终于在死亡的面前知道了"什么是幸福"。他对德·莱纳夫人说的那番话是真诚的:"你要知道,我一直爱着你,我只爱你一个人。"他果然如"久在海上颠簸的水手登上陆地散步一样",从容赴死,"没有任何的矫情",他恢复了真正的自我。

狱中的于连终于从社会角色的束缚中解脱出来,获得了自由。他在短短的一生中为自己规定了许多角色,例如"拿破仑的副官""代理主教""司令官""指导教师",甚至"风月老手"……为了演好这些角色,他不能不虚伪、装假,直至做出违心之举。这一切都戴上了"为了幸福"这一堂皇的冠冕,实际上却使他否定了自己的原则,即个人才智的优越。死亡的临近给了他一次机会,让他卸去一切伪装和面具,露出一个真实的、美好的自己。死亡会给每一个人这样的机会。但并非每一个人都能抓住,因为向命运和暴力屈服,陷入消极和虚无,或者为了某种原因而死不瞑目等,都不能说是抓住了"这样的机会"。于连抓住了,因为他毕竟是"一棵好苗子","他不曾像大多数人那样从温和走向狡猾,年龄反而给了他易受感动的仁爱之心,那种过分的狐疑也会得到疗治"。所以,于连在狱中才能够真诚地对待情人、对待朋友,甚至对待敌人。

于连和玛蒂尔德的爱情是他的一次巨大的社会成功,玛蒂尔德的出身、社会地位、在侯爵心目中的位置以及她自身的聪明才智还将保证他有更大的成功。然而,这两个出类拔萃的人之间的爱情却是一种最复杂、最曲折、充满了征服反征服的爱情,是发生在两个都不那么自然的人之间的理想化的爱情。玛

蒂尔德多少有些做作,但是,追求理想,不甘平庸,好学多思,目
光敏锐,却使她成为一个颇有吸引力的不寻常的女性。于连不
能不受到她的吸引,但是也不由自主地怀着某种恐惧,因为他
在个性上不如她强悍,在追求上不如她坚韧,在反抗上不如她
彻底。于连对玛蒂尔德的爱情虽然出于征服却仍然演变为一
种精神上的强烈而真诚的吸引和钦佩,其中并不缺乏真情实
意,尤其是玛蒂尔德有了身孕以后。然而他们之间少了那种时
而热情如火时而柔情似水但是永远不设防的感情上的融合,这
是他们的爱情的阿喀琉斯之踵。那位英国旅行家说他和一只
老虎亲密相处,手边却永远有一把上了膛的手枪。这正是于连
的状况。直到于连进了监狱,他才能冷静地反省他和她的关
系,也才能公正地对待她的感情。这时的于连"已对英雄主义
感到疲倦。要是面对一种单纯的、天真的、近乎羞怯的爱情,他
会动心的",不幸的是她仍然"需要时时刻刻想到公众,想到别
人",试图"用她那爱情的过度和行动的崇高让公众大吃一惊"。
等到玛蒂尔德有一天"像住在六层楼上的穷姑娘,温情脉脉,毫
不做作",为时已晚,因为于连已经和他那充满了英雄主义气概
的过去连同那个他想在其中一试身手的社会最后地告别了。
然而,卸下了所有包袱的于连却终于能够理智地对待玛蒂尔德
了,并且合乎情理地为她设计了将来的道路。我们不能妄断玛
蒂尔德的前途,但我们可以相信她将在内心深处为他保留一个
至高无上的祭坛,而不仅仅是把那个"蛮荒的山洞用花巨款在
意大利雕刻的大理石装饰起来"。在这一点上,于连也许并没

有完全地理解她。然而,无论如何,狱中的于连是生平第一次真诚地把她当作了一个朋友,没有怨恨,没有谴责,有的只是内心深处的歉疚。这对玛蒂尔德来说也够了,她究竟体验过一次崇高。她"独自坐在她那辆蒙着黑纱的车子里,膝上放着她曾经如此爱恋过的人的头",这不是做作,不是疯狂,这是她对眼前这个平庸乏味丧失活力的贵族阶级的挑战。

在感情的天平上,于连舍弃了有思想、有才智、不安于室的德·拉莫尔小姐,投入了平凡、无知、温柔善良的德·莱纳夫人的怀抱,这常使一些读者感到愤慨,为德·拉莫尔小姐鸣不平。其实,于连的弃取,正是斯丹达尔的弃取。斯丹达尔曾就《红与黑》的构思给友人写过一封信,将德·拉莫尔小姐构想的"头脑的爱情"和德·莱纳夫人经历的"心灵的爱情"做了对比,认为后者才是"真正的、单纯的、不自己看着自己的爱情"。他在1822年出版的《论爱情》一书中盛赞"自然",指出:"如果有了完全的自然,两个人的幸福才能融为一体。由于有了我们的本性所具有的感应及其他一些规律,我们才会有唯一能够存在的最大的幸福……"不难看出,于连入狱以后,抛弃了幻想,走出了假象的陷阱,恢复了真实的自我,能够以"自然"的态度对待过去和所爱的女人。德·莱纳夫人的淳朴、天真、善良和"本性天成"的风度,在金钱世界中的洁身自好,还有那一颗尚未被小说等读物污染过的心灵,于连过去只是偶尔有所感觉,他的心几乎完全被野心占了去,斯丹达尔不禁叹道:"唉!这就是一种过度的文明造成的不幸!一个二十岁的年轻人,只要受过教育,其心灵便与顺乎自然相距千里，而没有顺乎自然，爱情就常常是一种最令人厌烦的责任罢了。"然而于连入狱以后，这种种顺乎自然的品质就纷纷涌上心头，并被赋予真实的价值。于连和德·莱纳夫人在一起，感到的是平等、自由和独立。他知道她想些什么，甚至先于她、比她更清楚地知道她想些什么。而德·莱纳夫人则是从不在小说中寻求榜样，她一旦爱上了，就一心只想如何给情人带来幸福，在危难的时刻比情人具有更大的勇气。她不但是个可爱的女人，也是可敬的女人，是斯丹达尔心目中理想的女人。于连只有在不带丝毫伪装的时候，才能彻底地认识德·莱纳夫人究竟给他带来了什么，他终于向她说出了真话："从前我们在韦尔吉的树林里散步的时候，我本来可以多么地幸福啊，可是一种强烈的野心却把我带到虚幻之国去了。不是把这近在唇边的可爱的胳膊紧抱在胸前，却让未来的幻想给夺去了。我为了建立巨大的财富，不得不进行数不清的战斗……不，如果您不来监狱看我，我死了还不知道什么是幸福呢。"德·莱纳夫人给于连带来了幸福，于连也给德·莱纳夫人带来了幸福。

斯丹达尔的幸福

　　于连对德·莱纳夫人，始于诱惑，终于热恋，其间种种迷误和梦幻最后被两记枪声惊破。两个月的"甜蜜"勾销了十年的"奋斗"，这是"生活和爱情"战胜了"野心和财富"，也可说是曲终奏雅了。于连的最后两个月清算了左冲右突的二十三年；《红与黑》的最后十章含纳了惊心动魄的六十五章。研究者大多在前六十五章上费心思用笔墨，而较少注意最后十章，或竟视而不见，故一部《红与黑》往往变成了一部法国复辟时期的阶级斗争史。其实，斯丹达尔的小说也是可以不这样读的。斯丹达尔固然是一个关心政治、关心时局的人，但他首先是一个关心个人自由、关心个人幸福的人。他的主人公无一不是在各种社会集团中寻觅一方乐土的人，无一不是在前往幸福的圣地朝拜的旅途上颠沛流离的人。瓦莱里说："在我的眼里，亨利·贝尔不是个文人，而是个聪明人。他太个人了，不能局限于当一个作家。他因此而讨人喜欢或者让人生厌，我是喜欢的。"此话说得好极了，《红与黑》当作如是观。斯丹达尔动了写作《于连》的念头时，已经四十七岁，是一个曾经沧海饱尝风霜的人了。他不想告诉人们怎样做，他只想说说他认为什么才是幸福。其实他在二十二岁时就已经说过："几乎所有的人生不幸都源于我们对所发生的事情有错误的认识。深入地了解人，健康地判断事物，我们就朝幸福迈进了一大步。"他把《红与黑》献给"少数幸福的人"，那么谁是"幸福的少数人"呢？他在《意大利绘画史》一书中写道："少数幸福的人。在 1817 年，在三十五岁以下的一部分人中，年金超过一百路易（两千法郎），但是要少于两万法郎。"他所求于金钱的乃是独立生活的保证。于连的迷误正在于他那"宁可死上一千次也要飞黄腾达"的决心。斯丹达尔让于连从顶峰跌落下来，不是说他已经失败了，而是说他开始走出误区。加缪讲过屡败屡战的西绪福斯的故事，说他是幸福的。我们不妨袭其意而反用之，不说追求中的于连是幸福的，而说醒悟了的于连是幸福的。

波德莱尔赞赏斯丹达尔的这句话："有才智的人，应该获得他绝对必要的东西，才能不依赖任何人（斯丹达尔的时代，是一年六千法郎的收入）。然而，如果这种保证已经获得，他还把时间用在增加财富上，那他就是一个可怜虫。"于连曾经是这样"一个可怜虫"，但是他毕竟当了两个月"有才智的人"，不再把时间用在推"飞黄腾达"那块必定要从顶峰上滚落下来的巨石了。于连没有失败，他胜利了，他获得了幸福。

都云作者痴，谁解其中味？现今五十岁上下而又在于连那个年龄读过《红与黑》的那些人，如今重读这本书，该解得了"其中味"了。现今正值于连那个年龄的那些人，第一次读这本书，该如何解"其中味"呢？好在眼下不大会有人自认有资格或有责任告诉他们该怎样读这本书、怎样看这个人了。不过，我们仍然可以向自己或向别人问一回："谁是少数幸福的人？"

想象与真实的平衡

——读梅里美的《高龙巴》

一篇真实的科西嘉神话

1834 年 5 月 27 日，普罗斯佩尔·梅里美被七月王朝任命为历史文物总督察，从此开始了为期十年的纵横法国的考察活动，作为历史学家、考古学家和语言学家，他写出了《法国南方纪行》《法国西部纪行》《奥弗涅纪行》和《科西嘉纪行》等著作。历史文物总督察的职务，他一直保留到 1860 年，期间他在写完《科西嘉行》之后，立即写下了萦绕脑中多年的中篇小说《高龙巴》，一个以真实的事件为基础的想象的故事。在此之前，他写过短篇小说《马蒂奥·法尔哥奈》，塑造了疾恶如仇、视名誉为生命的科西嘉山民的形象，那是一篇完全出于想象的作品，因为他还从未踏上过那一片土地。《高龙巴》1840 年 7 月 1 日发表在《两世界评论》杂志上，两个多月之前，《科西嘉纪行》刚刚出版。

科西嘉是法国南部地中海中的一个岛屿，被热那亚政府1767 年卖与法国，从此成为法国的领土。科西嘉岛野蛮强悍的民风、独立自由的精神、紧密的家庭关系、强盗出没的丛林、睚眦必报事关荣誉的家族复仇等，在大陆法国人的眼中渐渐成为一种神话。拿破仑是科西嘉人，他的兴起、辉煌和衰败从正反两个方面加剧了科西嘉岛的神秘和诡异，到了 1815 年，拿破仑兵败滑铁卢，科西嘉终于在法国人的眼中成为一个富于浪漫情趣的、强盗出没的、盛行家族复仇的地方。从这一年开始，直到《高龙巴》发表的 1840 年，"科西嘉神话"成为文学的一个主题，自由、丛林、强盗、家族复仇等几乎成为有关科西嘉的小说、戏剧、诗歌、散文的唯一内容。但是，想象多于真实，神秘出于好奇，科西嘉岛及科西嘉人的形象伫立在法国人的心中，仿佛一座高山，只见雄伟险峻的表面，而对内里的千变万化则所知寥寥，或缺乏了解的兴趣。《高龙巴》的发表，是科西嘉的文学表现的一个分水岭，它一方面固定了岛民的形象，满足了大陆法国人的好奇；另一方面，真实地描绘了岛民的风俗习惯，对所谓的家族复仇给予了合情合理的解释，即如有人所说："如此责备于科西嘉人的家族复仇不过是一个引起纠纷的名誉攸关的问题，……对一种被视为神圣、几乎是法律的责任的完成而已。"

1839 年 8 月 16 日到 10 月 7 日，梅里美用了差不多两个月的时间，或骑马，或乘驿车，跑了近一千公里，把科西嘉岛从南到北从东到西地走了个遍，历史文物和古迹没看到多少，倒是就近观察了岛民的风俗，记录了几首民歌，尤其是挽歌女在葬礼上的即席之作。从文学创作的角度看，梅里美作为小说家，最大的收获是遇见了高龙巴·巴尔托里夫人，他拿来做了小说《高龙巴》的女主人公。1839年9月30日，他在一封信中写道："我还看见了一个女英雄，高龙巴·巴尔托里夫人，她精于制造子弹，并且很想射向那些不幸使她不快的人。我征服了这位仅有六十五岁的杰出的女人，分别时，我们以科西嘉的方式亲吻，就是说用嘴。同她的女儿我也是同样幸运，她也是一个女英雄，不过只有二十岁，极其漂亮，长发拖地，嘴里三十二颗珍珠，非常美的嘴唇，五法尺三法寸（相当于一米七）高，十六岁时就痛揍了敌对阵营的一个雇工。人们称她为莫加娜（不列颠神话中的一个仙女，慷慨，善于治病），她也的确是一个仙女，因为我被她迷住了；不过这是十五天之前发生的事。"据考证，梅里美可能读过瓦勒里出版于1837年的《科西嘉岛、厄尔巴岛、撒丁岛游记》，其中有对这位夫人的更为详细的描绘："对于愤达他（家族复仇），女人并不逊于男人。我拜访了高龙巴·巴尔托里夫人，尽管名字很温柔（高龙巴为音译，意为鸽子），她可曾经是一位真正的女战士，很善于长枪射击。巴尔托里夫人年纪六十，仍很健壮，拥有橄榄田和麦田，她的家族与另一个家族有仇，在1833年12月30日的一次冲突中失去了唯一的儿子，在那次冲突中，有四个男人死，一个男人伤。年轻人看起来是进犯者之一，因为他的对手被宣告无罪，痛苦的母亲指责判决受了贿赂，巴尔托里夫人对我说：'巴斯蒂亚的司法像其他东西一样，是可以出卖的。'她为失去的儿子建了一座小教堂，她让她的女儿卡特琳娜领我去看了看。她的女儿是一个漂亮姑娘,白皙,健壮,也像她的母亲一样打得一手好枪,一身丧服让人想起那次不幸的使她的哥哥丧命的遭遇。"梅里美有了高龙巴·巴尔托里夫人为底子,加上他"这里那里听来的故事和几乎所有有关科西嘉的报道",做了一幅"拼贴画":高龙巴·巴尔托里夫人变成了高龙巴·台拉·雷皮阿小姐,一位二十岁的美丽村姑,死去的儿子变成了台拉·雷皮阿小姐的父亲琪尔福岂沃·台拉·雷皮阿上校。台拉·雷皮阿的仇家瞿第斯·巴里岂尼暗杀了他,于是高龙巴决心为父亲复仇。高龙巴有一个哥哥奥索·台拉·雷皮阿,她怂恿他为父亲报仇。最后,奥索一枪打死了巴里岂尼的两个儿子,为父亲报了仇。所谓"听来的故事",其中有 1833 年发生的两宗家族复仇事件:1833 年 2 月 20日,在萨尔台纳,冲突中死了两人,攻击者伤了左臂;1833 年 12月 30 日,在佛查诺,冲突中死了四人,其中包括高龙巴·巴尔托里夫人的儿子,冲突源于这位夫人的鼓动。小说写作的时间是 1840 年,书中叙述的故事发生在二十年前的复辟时期,大概是梅里美为了免生物议吧,因为家族复仇早已被政府禁止,一切要经过成文的法律裁断,虽然它的最终终止是在第二帝国时期。小说在家族复仇的背景上,增加了一段奥索与爱尔兰小姐丽第亚的恋爱故事,穿插以奈维尔上校的颟顸和不谙世事以及高龙巴处心积虑的撮合,以两人结为连理告终,使整部小说的肃杀之气大为减弱,加上作者明里暗里嵌进丰富的法国和外国的文学、艺术、地理和历史的掌故,使这部小说读来妙趣横生,极富幽默和讽刺的意味。

一篇完美的中短篇小说

从文类上说，《高龙巴》一向被法国人称为"la nouvelle"，
"la nouvelle"或可译为"中短篇小说"，与长篇小说（le roman）
在结构和宗旨上有很大的不同。法国文学批评家儒勒·雅南
1834 年就指出："中短篇小说和长篇小说不一样。中短篇小说
是归心似箭。总是飞奔，不顾障碍：穿越长满荆棘的灌木丛，
跨过壕沟，冲破墙壁，折断骨头，故事不完就继续前进。"比利
时文学批评家乔治·布莱尤其重视中短篇小说的结构，他说：
"中短篇小说以其结局作为结构的中心。这个结局经常是出
人意料的，此前的一切都是为了这个结局来组织的。"法国作家
萨德更加注重故事的连贯，他在《论小说》中说："我基本上只要
求一点，那就是直到最后一页都要保持兴趣；如果你用意外打
断叙述，或者过于重复，或者与主题不相干，那你就达不到目
的。……结局要与事件的发展一致。"波德莱尔这样概括了中
篇小说的特点："中篇小说更紧凑，更凝练，享有束缚所带来的
永久的好处，即它的效果更强烈；而由于阅读一篇中短篇小说
所花的时间远远少于消化一部长篇小说所花的时间，它的全部
效果因此一点儿也不会失掉。"总之，中短篇小说要有一个首尾
相续的故事，环环紧扣，勿生枝节，迅速地直奔结局，相比之下，
人物性格的塑造倒不是第一等要务，长短也在其次，长可十余

万字,短则一两千字,如《高龙巴》,长达十一二万字,可它被法国人视为典型的"la nouvelle"。可见,结构和宗旨是区别中短篇小说和长篇小说的根本,长达十万字的,可以称作中短篇小说,短至五万字的,如加缪的《局外人》,可以被叫作长篇小说。从这个角度看,《高龙巴》可以说是一篇"完美"的中短篇小说。

一场千回百转的兄妹博弈

用丽第亚小姐的话说,高龙巴是个"代表高斯(即科西嘉,科西嘉是意大利人的读法,法国人读作高斯)古风俗的少女",而奥索"这个野人已经太文明了"。在野蛮与文明之间,奥索游移反复,辗转不已,而"狡猾"的高龙巴则循循善诱,把他往复仇(岛民的古老风俗)的道路上引,直到把他逼到墙角,没有退路,正如他所说:"我的妹子懂得她还没有把我完全抓在手里,所以在我还能溜走的时候,不愿意把我吓坏了。一旦带我到了悬崖边上,等我失掉了理性,她就会把我往万丈深渊推下去的。"奥索的犹豫,高龙巴的诱导,这两者之间的张力成了小说的结构的基本框架,而丽第亚的观察和介入则一方面成就了小说的地方色彩,使故事显得丰腴滋润,另一方面使小说免除了过于暴烈的氛围,满足了读者对于英雄美人的阅读期待。

小说的开场是英国上校汤麦斯·奈维尔带着女儿丽第亚,从意大利旅游归来,路过马赛,下榻于鲍伏大旅馆。鲍伏大旅馆,犹如我们中国人所说的北京饭店,是一个真实的所在。小说进入情节,有了适当的铺垫,不那么突兀,也少了先声夺人或咄咄逼人的气势。尤其是意大利"缺少地方色彩,缺少个性",无形中使丽第亚小姐产生了一种渴望,科西嘉岛这时很自然地滑进了她的视野。作者对丽第亚小姐的旅游观感进行了评论,不失时机地讽刺了一下浪漫主义标榜的所谓的"地方色彩"和"个性"。他说:"至于何谓地方色彩,何谓个性,还得请读者自己揣摩,几年以前我还懂得这些名词,现在可完全不了解了。"我们于是知道,1840年的梅里美与1830年的梅里美已经不同了:1820年代,在浪漫主义风气的浸染中,他在写作中追求神秘、怪异甚至恐怖,成了为《艾纳尼》呐喊的青年才俊之一,正如他所说:"1827年左右,我是一个浪漫派。……我们说的地方色彩就是17世纪人们所说的风俗;但是我们对这个词很骄傲,以为想象出了词与物。"1840年,他已经摆脱了浪漫主义的影响,在现实与想象之间找到了一种平衡,《高龙巴》显示出他是一个社会的"观察者"和人性的"心理分析师"。上校以前的手下埃里斯上尉是个无足轻重的人物,却起了一个举足轻重的作用,他在饭桌上讲的科西嘉的故事,打猎的引起了上校的兴趣,强盗的引起了小姐的兴趣,尤其是愤达他的故事,"使丽第亚小姐听得津津有味"。上校父女决定赴科西嘉一行,这一举动为《高龙巴》的整个故事点了火。小说起得平平,于不知不觉中缓缓进入情节。小说共有二十一章,其主人公高龙巴在第五章才出现,但是她的性情的轮廓已经在奥索的犹豫中露出了端倪。风"起于青蘋之末",到它"蹶石伐木,梢杀林莽"的时候,中间不知经过了多少折冲回转，这种折冲回转就表现为奥索和高龙巴兄妹之间的博弈。

科西嘉岛的家族之间"结仇的原因"，由于年代久远，"往往是说不清的"。梅里美在《科西嘉纪行》中对科西嘉的复仇有相当深刻的说明："确切地说，科西嘉的复仇是一种决斗的古老而野蛮的形式。……在科西嘉，复仇曾经是一种必要，因为在热那亚的万恶的统治下，穷人受了凌辱而不能伸张正义。甚至在今天，几乎一桩判决之后总是跟着一桩谋杀。在岛上，复仇一直有，但是作为一种习惯，一种偏见。……我再说一遍，习惯，残忍的偏见使一个人带着一支长枪躲起来杀死他的敌人，这是一种决斗，和拿剑与手枪一样，无论这种偏见多么可恨，也不应该以效果来评判，尤其是当它被当作一个民族的特点的时候：倒是应该追溯到它的原因，看看它是否人性的罪恶之一。应该后悔没有把决斗这种人性的形式引进科西嘉。岛民的勇敢和虚荣很可能使它迅速地被接受，而且一切迹象表明，这些形式会使争吵变得不那么血腥。"科西嘉的家族复仇称为"愤达他"，梅里美在书中讲到"株连远亲的愤达他"，译者傅雷先生为此做注，现引述如下："愤达他（vendetta）为意大利语，意为复仇；但在高斯人另有特殊意义，即一人受辱，及于近亲，故近亲均有报复之责，报复对象亦不限于仇家本人，并及其近亲。大多先有家族会议决定，然后通知仇家，表示警告。此风在高斯渊源甚古，因高斯素受海盗侵扰，又受热那亚邦的专制统治，故家族及部落的团结特别密切。此处所谓株连远亲的愤达他，乃指仇人本身故世而无近亲时，则以仇家远亲为报复对象。"作为文明的法国人，梅里美当然维护大陆的法律，但是他对所谓家族复仇并不是简单地否定了事，而是在分析的基础上表明了深切的同情和理解。

"在大陆上，高斯人极容易团结，岛上可完全不是这样。"台拉·雷皮阿和巴里岂尼寄居在意大利的时期，还是"一对知心朋友"，但回到家乡，一个务农，一个当了村长，"虽然住着同一个村子，却难得见面了；他们死的时候，有人说已经五六年没说过话"。台拉·雷皮阿一天傍晚突然被人暗杀了，巴里岂尼矢口否认他和他的两个儿子介入其中，法院推事根据台拉·雷皮阿在一个小本子上写的名字，认定凶手是一个强盗，但是，高龙巴把那个小本子翻来覆去看了半天，突然伸出手来指着村长，嚷道："他才是凶手！"于是，高龙巴正式指控巴里岂尼一家为杀人犯，发誓等着哥哥回家为父报仇，因为科西嘉的教育使她相信，"报仇的事不但应当归当家长的"哥哥"担任"，"并且与"哥哥的"名誉攸关"。否则，根据她的性格，她不必等着哥哥，她自己早就出头了。这时她的哥哥奥索正在法国当兵，她每三个月就给他写一封信，把她的所谓证据"重新说一遍"。奥索读了妹妹的信，就相信巴里岂尼父子是凶手；读了全部卷宗的附件之后，就差不多推翻了妹妹的怀疑。不久，拿破仑垮台，奥索成了一个拿半饷的退伍军人，准备回到故乡嫁妹，处理家产，然后到大陆生活。在确信与怀疑之间延宕的奥索终于在高龙巴的引导下对巴里岂尼父子产生了仇恨，认定他们是杀害父亲的凶手。这实际上有两个奥索，在两个法律之间徘徊：一个是大陆法国人的法律，一个是岛上科西嘉人的法律；一个是由政府施行的法律，一个是由传统施行的法律；一个是文明的法律，一个是血腥的法律；总之，一个是法律，一个是习惯。这个故事脉络清晰，曲折有致，从开始到结束，虽然千回百转，但始终朝着既定的结局迤逦前行：

奥索·台拉·雷皮阿中尉是怀着满腹的疑虑登船返回科西嘉的，但是他害怕人家给他一个"仑倍谷"，说他不报杀父之仇。他谴责科西嘉人的冤冤相报的野蛮风俗，认为愤达他乃是"穷人之间的决斗"，幻想通过决斗解决两个家族的仇恨。此为一转。他疑神疑鬼，认为州长所说的"风俗"暗指他回乡的目的。当丽第亚小姐道破州长的暗示时，奥索的脸不由得"白得像死人一样"，生怕丽第亚小姐一样的文明人以为他"有朝一日会杀人"。此为二转。有些时候，乡土的本能在他的心中觉醒，想起他的父亲，"种种可怕的念头"就来跟他"纠缠不休"，但是，丽第亚小姐的一番话可能会使他"抵抗周围的诱惑"。此为三转。高龙巴善于等待，绝口不提为父报仇的事，奥索却不敢面对高龙巴的"异样的悲哀的表情"，"仿佛故意要回避妹妹那句默默无声而他心照不宣的问话"。此为四转。他和上校打猎回来的时候，听船夫用土话对他说："你将来会发觉奥朗杜岜沃·巴里岜尼比你打猎打得更好。"认为是说他"不会有勇气打死奥朗杜岜沃"，心中不禁"郁郁闷闷"，重起杀机。此为五转。上校赠枪，高龙巴大喜，眼中闪出"一点狡猾而得意的光"，"非常骄傲地昂着头,嘴唇弯弯地堆着狰狞的笑容",奥索就这样被她带上了一条复仇之路。此为六转。奥索要高龙巴放弃"那些没有根据的猜疑",他自己则不走小路而要大大方方地穿过广场,被高龙巴视为"有血性",父亲的仇"一定报成了"。此为七转。晚饭的时候,高龙巴"赔着小心","保持沉默","想给他充分的时间定定神",可是他不能"像同乡人一样抱着那种荒谬的成见",不能"相信巴里岂尼父子是杀人犯",心中暗下决心,一定要战胜这种偏见。此为八转。高龙巴给他看父亲的"血迹斑斑的衬衣",要了父亲的命的"两颗生锈的子弹","她发疯般地搂着他,吻着子弹,吻着衬衣;随后她走出房间,让哥哥坐在椅子里呆若木鸡"。"仿佛是一个命定的,无可逃避的神示,要他杀人,杀一些无辜的人作血祭",此时的奥索"头脑像疯子一般搅成一片"。他想到军队里的同僚,巴黎的沙龙,尤其是丽第亚小姐,又想到妹妹的责备,种种念头在他胸中交战,难解难分,最后他想了一个调和科西嘉人的观念和法国人的观念的办法:和村长的儿子"借端寻衅,跟他决斗"。这个策略使他如释重负,"狂乱的心绪终于平静了"。此为九转。在邻人的追悼会上,高龙巴唱了一首挽歌,"她越唱,脸上的表情越庄严;皮肤染上透明的玫瑰色,格外衬托出她牙齿的光泽和滚圆的眼珠的火焰:宛然是一个古希腊神庙中的女巫"。奥索也被深深地感动了,这时,村长和他的两个儿子出现了,"那时奥索的心情简直不容易说得清;但父亲的仇人一出现,他立刻有种厌恶的心理,而他长期压制着的猜疑也在胸中抬头了"。此为十转。巴里岂尼试图讲和,奥索虽然不相信巴里岂尼父子杀了他的父亲，但相信是他写了那封恐吓信，而这封信便是他父亲"被害的原因"；然而，检察长给州长的信使他不得不承认确实是一个叫作托玛索的强盗写了那封信，他应该为父亲的死负责，奥索答应州长，到村长家里去说明情况，但是，高龙巴以出走相威胁，"说着跪在了地下"，最后，奥索应允待高龙巴检查一番父亲的文件之后，第二天去村长家。此为十一转。奈维尔上校父女即将来访，丽第亚小姐的信使奥索"把一切都看作光明灿烂，既没有猜疑，也没有仇恨"，"不想再和妹子讨论对巴里岂尼家的仇恨有无根据"，"长久以来，这是他第一次感觉到精神这么轻快"，却不知高龙巴正暗中策划着什么。此为十二转。高龙巴假称奥索蹩了脚，不良于行，州长与村长只好到他家里，他们即将言归于好的时候，高龙巴却拿出证据，说那封恐吓信是巴里岂尼伪造的，奥索也觉得"这件事情里头的确有些卑鄙龌龊的把戏"。结果两家不欢而散，奥索给巴里岂尼的长子奥朗杜岂沃写了一个条子，决心通过决斗解决问题。此为十三转。高龙巴趁黑夜割了奥索的坐骑的耳朵，但是奥索认为那是敌人干的，纵使如此也决计洗刷不了所受的耻辱，反而使他更加瞧不起仇人。他相信"法律"会替他报仇，只需等法官来，"要手下那般闹哄哄的人放弃厮杀的念头"。此为十四转。奥索前去迎接奈维尔上校父女，一路上思绪万千，一会儿想到在美丽的风景中与丽第亚小姐相会，一会儿想到答应州长的话，一会儿又想到"关于父亲的回忆，黑马的受伤，巴里岂尼父子的恐吓，把他的怒火又煽动起来，只想找到敌人，向他挑战，逼他决斗了"。此为十五转。直到他受到对方的第二次射击，左臂受了伤，才开始打枪，"两颗子弹去了弟兄两个"，一箭双雕，终于为父亲报了仇。可以说，奥索是在被迫的情况下才举起枪来，并非从根本上归依了科西嘉人的习俗，仇家的行为恰恰帮助高龙巴实现了她的意图："一旦带我到了悬崖边上，等我失掉了理性，她就会把我往万丈深渊推下去的。"此为十六转。凡此十六转，成就了对于一桩愤达他的描绘，显示了习惯对于法律的抵抗或胜利；次第转折中表明了高龙巴完全掌控着故事前进的方向，也完成了对于人物性格的展示：奥索不愧为科西嘉人的后代，但他是游移的，他成为小说情节发展的枢纽；高龙巴则是狡黠而优雅的科西嘉妇人，她是坚韧的，她是推动这个枢纽向前转动的动力，那个农妇的话表明：高龙巴的"眼睛里一定有什么凶神恶煞的魔力"。

一位真正的高斯少女

丽第亚小姐说，高龙巴是"真正的高斯人"，奥索中尉说，高龙巴"竟是魔鬼化身"，两种说法合在一起，才是真正的高龙巴。她第一眼给丽第亚小姐的印象就是一位"姿容绝世"的科西嘉少妇："她似乎有二十来岁，高大身材，嫩白皮肤，深蓝眼睛，粉红嘴唇，一口牙齿像细瓷。"这见出她的美丽。吃东西以前，她照着虔诚的旧教徒的规矩先画了个十字，这使得丽第亚小姐满心欢喜，以为见到了"古风俗"，这见出她的传统。但丁的诗使她"圆睁大眼,射出一道异乎寻常的火焰;脸一忽儿红,一忽儿白,坐在椅子上浑身抽搐",活画出她对于诗的敏感,"根本用不着老学究来替她指出诗歌的美",这见出她的才华。高龙巴见到哥哥,绝口不提父亲,绝口不提凶手的名字,因为她还没有把他"抓在手里",她要一步一步地让他甚至逼他确信她的怀疑,这见出她的冷静。她设下圈套,诱使丽第亚小姐说出她对奥索的感情,这见出她的狡黠。为了激怒奥索,她趁着夜色,套了一双大鞋,手持利刃,割了黑马的耳朵,嫁祸于对手,这见出她的机心。她教给丽第亚小姐持刀的方法,"据说那才会致人死命",说道:"唉,用不着这种武器的人才有福呢!""据说"一语透露出她没有杀过人,也不想杀人,这见出她的善良。她叫来土匪,证明村长写了匿名信,村长的大儿子掣出匕首猛扑过来,却被"高龙巴抓住手臂用力扭过来",他的小儿子"掣着武器回进屋子","高龙巴却纵过去抓着长枪,教他看到双方并不势均力敌",果真是一副巾帼不让须眉的气概,这见出她的勇敢。她准备给奥索带孩子,教他科西嘉话,并且说"匕首从此不用了",这见出她的贤惠。奥索送给高龙巴"几件衣衫,一条披肩,和别的一些少女用的东西",她一见之下,禁不住嚷道:"哎唷! 这么多漂亮的东西啊! 我得赶快藏起去,免得弄坏了。"这见出她的天真。雷皮阿上校的死因,出自一封匿名信,而匿名信的作者是一个叫作托玛索的强盗;高龙巴却凭着写信的日期推翻了州长的论断,指出这是村长的儿子买通托玛索所为,这见出她的聪慧。高龙巴"理解"丽第亚小姐有碍于"体统"不敢单独去见奥索,但是她可不放过怂恿她的机会:"你们城里人老是顾到体统,我们乡下女人只问事情对不对。"这见出她的单纯。奥索去迎接奈维尔上校父女,高龙巴在家里等待消息,听说巴里岂尼弟兄到了野外,只见她"在屋里上上下下地乱跑",虽然她天性刚强,总归没有办法"掩饰不安的心绪"。上校说听见了四声枪响,不过没有注意两声较响的声音是前是后,这下子又"引起了她的疑心"。广场上有一点声音,她就"愁容满面地赶到窗前",可是马上"愁容满面"地退回,还"愁容满面"地和客人搭讪,直到听见契里娜说"他活着呢",关于"他们",又看到"契里娜用拇指和中指交叉着做了个十字",她的"惨白的脸上立刻泛起一片红晕,眼睛火辣辣地对巴里岂尼的屋子瞅了一眼,笑容可掬地招呼客人:'进去喝咖啡罢。'"又见出她的情绪的变化,爽朗中有着少女的率真。她见到饱尝丧子之痛、已经日薄西山的巴里岂尼,对他说:"枝条砍落了;老根要不是已经烂了,我也要把它拔起来。"除恶务尽、痛打落水狗的气魄跃然纸上,这见出她的冷酷。直到小说结束的时候,老巴尔岂尼"嘎着嗓子嚷道:'得留一个给我啊……留一个啊……奥朗杜岂沃是不相干的……'"我们才确信,是巴尔岂尼父子杀害了台拉·雷皮阿上校,证明了高龙巴不是无端地猜疑,这见出她的坚毅。总之,只有把"美丽""虔诚""敏感""才华""冷静""狡黠""机心""善良""勇敢""贤惠""天真""聪慧""率真""单纯""冷酷""坚毅"等词汇合在一处,才能完整地描绘高龙巴,这里用得上丹麦批评家勃兰兑斯的一句话了:"她的性格特征可称之为凶残的优雅。现在我们很容易看出,这个南国小岛种族里的清新活泼的姑娘,比起那些借厄勒克特拉、安蒂贡或伊菲琪尼亚的名义,穿着希腊悲剧演员的厚底靴,在法国舞台上走来走去的所有公主们,是多么更接近古希腊的女性人物啊！但是,她也许更接近遥远的北方岛国的异教徒女儿,冰岛史诗中的女性,她们以不共戴天的固执态度念念不忘家族的世仇,并迫使那些勉强从事的男子以血还血。"

"凶残的优雅!"高龙巴未尝不是梅里美面对人欲横流、金钱至上的七月王朝而潜藏在胸中的一个理想。

梅里美在塑造高龙巴的性格时考虑到她的行为的自发性,他在一封信中写道:"在故事结尾的时候,我没有跟随开始制订的提纲。我想在高龙巴身上写出你们岛上如此强大的家庭之爱。报了父仇之后,我想写她一心想要确保她的哥哥的幸福,设计了某种陷阱以强迫英国的遗产继承者嫁给他。也许这样会更真实。我把这个结尾给一位夫人看,她对我说:'到目前为止我理解您的主人公,而现在我不理解她了。如此高贵的感情与一些个人利益的打算结合在一起,我认为不可能。'我非常尊重这位夫人的鉴赏力,如您所见,我改变了结尾,让高龙巴小姐的意图处在模糊之中。但是,我对这种关于卑劣和利益打算的指责仍感到某种不安,为此我在结尾的场面中夸大了家族复仇的激情。不过,您知道,在她的眼中,老头是最大的凶手,似乎你们那里是不大讲宽恕的。我很后悔把我的第一个结尾付诸一炬。我会把这个结尾寄给您,听听您的意见。"今天的读者也许不像那时的科西嘉人(例如高龙巴)那样感情强烈、是非分明，反而拥有一份更为圆融的宽容，会觉得高龙巴的行为有些夸张乖戾，从而接受不了。其实，怀有这种感觉的读者当时就有了，圣伯夫就指出："在最后一章中，高龙巴在比萨遇见垂死的老巴里岂尼，在他的耳边说了最后一句复仇的话，在某些读者看来是过于夸大了，流于小说化了。"圣伯夫对此的解释是："事情总要结束；目的已经达到，科西嘉已经被描绘了；作者不怕最后现身，不怕让人看到秘密。好像在演戏的最后，所有的演员上台，诗人也不再隐藏了。"在"更真实"和性格逻辑之间，梅里美选择了后者，我认为他的选择是对的，因为读者不能决定作者的选择，他要做的就是接受然后给予解释。遗憾的是，我们不知道梅里美的最初的结尾是什么，只知道高龙巴为了重振家业而设计了某种圈套，迫使英国的遗产继承人丽第亚小姐答应嫁给她的哥哥。

一个"他者"眼中的科西嘉世界

与高龙巴相比，丽第亚小姐的形象未免苍白，但是她的地位却相当重要：她是一个"他者"。有他者的存在，或者以他者的眼睛看去，科西嘉的地方色彩，岛民的视金钱如粪土的个性，高龙巴的"凶残的优雅"，奥索的优柔寡断，愤达他，挽歌女，土匪，绿林等，才显示出与别的地方的不同，甚至法律与习惯的对立也具有了特别的意义："收服这野蛮的山民，要他把那个引他回乡的可怕的计划丢开。"总之，"能说服一个高斯人归化对她也是莫大的光荣"。而奥索则把她当作一个倾诉的对象,毫无遮拦地把自己对本乡的习俗或赞同或保留地倒了个干净。阿雅佐湾附近的"阴森森的树林""荒瘠不毛的山""亡人的祭园和家庭的墓园","总之,全部的风景都带有一种严肃而凄凉的美"。街上几乎没有人,偶尔有十来个"全副武装的乡下人玩着纸牌",赌得紧张了,只听见"手枪的声音"。"岛上的居民都站在自己的屋门口,好像老鹰蹲在窠上防着敌人。"奥索世家"班长"的出身,使奈维尔上校父女不胜惊讶,由不屑转为钦佩。他的家族与拿破仑的家族有隙,引起了丽第亚小姐极大的好奇。那个"穿着棕色衣服,背着长枪,骑着一匹小马在险陡的山坡上飞奔"的岛民,不是土匪,而是附近村镇上的老百姓。丽第亚小姐不禁想入非非:将来回到圣-詹姆斯广场的时候,可以给人看看她画的速写,画的是一个高斯有名的土匪,给她当过向导的。高龙巴赠她"一件古怪的礼物":一把匕首,"丹沃陶王赠给"她母亲的祖父的"一件古董",匕首毕竟是一件凶器,"高龙巴为了被除不祥,要丽第亚小姐给她一个铜子作为买价"。丽第亚小姐心中暗想:"奥索大爷准备杀死两三个犯嫌疑的凶手。"于是,在她的心目中,奥索"一变而为英雄了。那种落拓不羁的神情,心直口快,嘻嘻哈哈的谈吐,先是使她印象不甚好的,如今都成为他的优点,表示一个刚毅果敢的人喜怒不形于色。她觉得奥索颇有斐哀斯葛族人的气魄,胸怀大志而故意装得放浪形骸"。还有"仑倍古"(不报杀父之仇)、"巴拉太"(葬礼上做的挽歌)、"勃罗岂沃"(科西嘉的一种美食)、"摩弗仑野羊"(岩羊,非只科西嘉有)等,均以音译写出。帕特里克·贝尔吉埃说得好:"实际上,由于丽第亚小姐的缘故,作者很自然地将无数科西嘉的地理的、人种的、语言的细节放进作品中,倘在别的作品中,这往往会被视为过分的。"

《高龙巴》的主题是家族复仇,梅里美面对的读者并不是我们今天的读者,越多越好,而是为数不多的有文化的上流社会人士,所以讲一个吸引人的故事不是他的主要目的,他的主要目的是通过讲述一个家族复仇的故事引发读者对成文法和不成文法之间的矛盾及平衡的思考,用生气勃勃的野性和原始生命力冲淡七月王朝的追逐金钱的狂热气氛。早在1769年,苏格兰人詹姆斯·波斯维尔就说过:"一种特殊的复仇成为全社会的基础的一个严峻的捍卫者。"他是第一个对家族复仇进行公正评价的非科西嘉人。1822年,巴斯蒂亚的法院推事雷阿里-杜玛声称科西嘉人并非无缘无故地复仇:"应该对这个民族表示敬意。它从自然获得自己的优点,而从政府得到了它的缺点,政府从未好好地认识他们,总是很差地管理他们。"1840年,梅里美在《科西嘉纪行》中写道:"确切地说,科西嘉人的复仇是决斗的古老而野蛮的形式,我完全相信,这种决斗是民族的,在我们中间是生了根的。"他在《高龙巴》中更是明确而具体地写道:"水手认为奥索这番回高斯一定是去报仇,比哀德拉纳拉村上不久就会有新鲜肉上市。把这句通行全岛的俗话翻译出来,就是说奥索大爷预备杀死两三个犯嫌疑的凶手;固然这几个人也一度被司法当局怀疑;但法官,律师,州长,警察,他们都是夹

袋中人物,所以结果被认为清白无罪,一点事儿都没有。"正如
高龙巴·巴尔托里夫人所说:"巴斯蒂亚的司法像其他东西一
样,是可以出卖的。"梅里美的同情显然是在科西嘉的习惯一
方,其原因不是别的,而是把法国大陆的法律原封不动地移植
到科西嘉并不保护科西嘉的居民。非但如此,他对所谓"强盗"
和"绿林"的态度也是十分鲜明的,当高龙巴说:"勃朗陶拉岂沃
是规矩人;可是听说加斯德里高尼品行不端。"奥索回答:"据我
看,他不比勃朗陶拉岂沃差。他们俩都是公开地反抗社会。一
不做,二不休,犯了第一桩案子,别的案子也就跟着来了;可是
他们的罪过不见得比许多不住在绿林中的人更多。"他们的"荣
誉观念"是一种"野蛮的偏见",但是其根源不在于野蛮而在于
法律的不公,所以他们"决不放弃"那种可以"发号施令"、可以
"除暴安良"的"极道德、也是极有意思"的生活。梅里美本人吃
不了那个苦,但是他内心中未必没有一种对那种生活的向往。

不是迷恋,而是公正

《高龙巴》发表伊始,就好评如潮,是梅里美的最重要的文
学作品,但是,它虽然最重要,却不是最出名,最出名的是 1845
年发表的《嘉尔曼》。《嘉尔曼》发表之初,反应平平,它的出名,
是在二十年之后的 1875 年。1874 年,法国作曲家乔治·比才
为根据梅里美的《嘉尔曼》改编的剧本谱了曲,上演之后,《嘉尔
曼》顿时声名鹊起,不胫而走,风靡世界,与借以改编的原作似

乎没了关系。这部作品我国译作《卡门》，少有如傅雷先生译作《嘉尔曼》的。如今上演歌剧或舞剧时，均称作《卡门》，估计观众少有知道它是由梅里美的小说改编而成的。不像《嘉尔曼》，《高龙巴》没有任何形式的改编盖过了它本身的名声。可以说，《高龙巴》完全是以自身的品质赢得了它在法国文学史上的历久不衰的地位。第一个给予《高龙巴》以极高的评价的著名批评家是阿尔芒·德·朋马尔丹，他把《高龙巴》比作《科西嘉纪行》的一部分，如同《阿达拉》之于《墓中回忆录》，《保尔与维吉妮》之于《自然研究》。圣伯夫同样高度评价《高龙巴》，第一次把高龙巴与古希腊悲剧中激励其弟俄瑞斯忒斯为父报仇的厄勒克特拉联系起来，指出唯有那个"来自山里的姑娘"、那个"一心只想着父亲之死的小野人"才是真正的高龙巴，所以他的"结论"是："在这个词的真正的含义上，《高龙巴》是更为古典的……"1947 年，批评家彼埃尔·儒尔达说："如果故事如狄德罗所说，'其目的在于严格的真实'，如果它'想要让人相信、使人感兴趣、打动人、吸引人、激励人、使皮肤战栗和使人流泪'，那么，《高龙巴》就是我们的文学中最符合这一定义的中短篇小说之一。"时至今日，对《高龙巴》给予负面评价的不多，其中最为著名的是 20 世纪初年的夏尔·杜波斯，他认为《高龙巴》这部小说的"人物之清晰已经极尽了可能，但这没有用，他们没有化为血肉。他们的确有性格，但是他们缺乏一种任何活着的性格都具有的基本的控制力，我是说一种走出去的能力……《高龙巴》的人物全部和永远都在按照给定的性格活动"。杜波斯说的是,《高龙巴》中的人物之行动缺乏一种偶然性或意外性,他说得也许有道理,但是我们注意到,他提到《高龙巴》时总是说"长篇小说",而从不说"中短篇小说",这说明他是按照长篇小说的标准要求中短篇小说,把人物的塑造放在了首位,而随后才是情节的组织。对夏尔·杜波斯的观点做出响应的是法国著名批评家彼埃尔·萨洛蒙,他在1964年的《高龙巴》的一个版本的序言中说:"高龙巴,人们会说什么? 在她的复仇的激情的周围我们不是看到了组织了其他的性格特点吗:对家庭和传统的爱,当局的习惯,透彻的智力,对利益的农民式的关切,强力人物的肆无忌惮,富于战斗性的处女的纯洁? 但是让我们就近看一看。所有的细节巧妙地装配而不是融汇在和谐的整体之中。……梅里美似乎想在高龙巴这个人物身上放进他对科西嘉的灵魂所知道的一切。这是一种理想的再现,一种纯粹的智力的工作。梅里美以一个优秀的工人的专注构成他的人物,让他们按照他的意愿行动,而不是给他们第一推动力,然后让他们自由地实现他们的命运。"两个人的观点,如出一辙,不过,"《高龙巴》的例子证明,当艺术家具有情趣和人心真实的感觉的时候,智力的艺术可以取悦于人,甚至可以为大众喜爱"(萨洛蒙语)。我们已经知道,法国的中短篇小说首重情节,情节结束小说也就戛然而止,所以,杜波斯的评价并不能损害《高龙巴》作为一部中短篇小说在法国文学史上的位置。在法国,中短篇小说的作者又被称为讲故事者,与长篇小说的作者被称为小说家不同,例如1844年梅里美成为法兰西学士院的候选人时，圣伯夫写道："杰出的小说家和完美的讲故事者，他将取代和赞扬最优美最神奇的讲故事者（诺迪埃）：他们是一派的。他甚至还要高一级，他的几个故事，例如《马蒂奥·法尔哥奈》《夺堡记》等，都是杰作。显然，《高龙巴》在这种中短篇小说中更为展开，更有趣，更深刻，更坚实，一句话，更完美，尽管他通常是在中等的篇幅上施展身手，梅里美先生是一个大师。"如他所说："当一部有厚度的、具有强烈的诗意的美的、含有奇特和过分的作品摆在读者面前时，他会承认；但是，当一件完美的作品呈现的时候，他会立刻说：就是它！"《高龙巴》就是这样的一部"完美的作品"。1854 年，著名的批评家居斯塔夫·普朗什预言道："很容易理解为什么《高龙巴》的声望没有过时。这本很美的书的成功与时尚没有什么关系，它不害怕众人的口味的变化。高龙巴的性格始终是思想家的研究对象，作家的竞赛目标……一部像《高龙巴》一样的作品的每一页都证明了真实，能够长久流传。公众会同意我们的观点，因为他们像第一天那样欣赏《高龙巴》：不是迷恋，而是公正。"今天，距离普朗什的预言又过去了一百五十五年，他的预言看来还是有效的。

V 象征派的歌唱

一只逃出樊笼的天鹅

——读波德莱尔的《恶之花》

我今天要给大家讲一讲法国 19 世纪的诗人波德莱尔和他的《恶之花》。没有什么深刻的东西，只是想让大家对波德莱尔和《恶之花》有一个基本的了解。其实，说到底，还是直接去读一读《恶之花》更为重要。

谁是最伟大的法国诗人

1905 年，有人问纪德，谁是法国最伟大的诗人，纪德以无可奈何的口吻回答道："唉，雨果呗！"从纪德的口吻中，人们可以听出，他不大情愿地承认雨果是法国最伟大的诗人。雨果生于 1802 年，逝世于 1885 年，他长达八十三年的人生旅途几乎占满了整个 19 世纪。他在文学的所有领域中都做出了第一流的贡献：小说，他写了《巴黎圣母院》《悲惨世界》《九三年》《笑面人》等；戏剧，他写了《艾那尼》《克伦威尔》《玛丽蓉·德洛尔墨》《路易·布拉斯》等；文学评论，他写了《〈克伦威尔〉序》《莎士比亚论》等；政论，他写了《小拿破仑》《教皇》《至高的怜悯》等；诗歌，他写了《颂歌集》《东方集》《秋叶集》《黄昏之歌》《心声集》《光与影》《惩罚集》《凶年集》《历代传说》等。雨果是一个集大成的人，但是，诗歌是他毕生从事的、一刻也没有停止的事业，他十五岁进入文坛，到八十三岁去世，整整六十八年的人生旅途，贯穿始终的是诗歌。他在自己的祖国被视为民族诗人，最伟大的诗人。不过，在 20 世纪的法国人看来，谁是法国最伟大的诗人，却成了一个颇有争议的问题，有资格与雨果争当法国最伟大的诗人的，是一个只有一本诗集的诗人，这位诗人就是夏尔·波德莱尔，他的诗集的名字是《恶之花》。瓦莱里说："《恶之花》这本不足三百页的小书在文人的眼中，是与那些最杰出的、最渊博的书不相上下的。"如果有人问我，谁是法国最伟大的诗人，我也许会仿照纪德，以无可奈何的口吻回答道："唉，雨果呗！"但是在我的内心深处会不时地冒出波德莱尔的名字，可惜的是，他只活了四十六年，只有一本诗集，写诗的年头满打满算也不过二十五年，与雨果八十三年的人生旅途，六十八年的写诗经历，不下二十本诗集相比，波德莱尔简直算不了什么，但是从诗歌开掘现代世界的广度、把城市的主题引入诗的写作中、探测人的灵魂与肉体之冲突的深度、发扬人在诗歌创作中的思辨能力、扩大诗歌语言和日常实用语言之间的距离等方面，波德莱尔有雨果不能相比的优势。瓦莱里说："在波德莱尔最好的那些诗里，有一种肉体和精神的结合，一种庄严、热烈与苦涩、永恒与亲密的混合，一种意志与和谐的极其罕见的联合，这将他的诗与浪漫主义的诗清楚地区分开来,也与巴纳斯派的诗区分开来。……魏尔仑和兰波在情感和感觉方面发展了波德莱尔,马拉美则在诗的完美和纯粹方面延续了他。"日内瓦学派的开创者马塞尔·莱蒙发展了瓦莱里的观点,说:"如今人们一致同意把《恶之花》视为当代诗歌运动极具活力的源头之一。第一条线,即艺术家的组合,从波德莱尔到马拉美,再到瓦莱里;另一条线,从波德莱尔到兰波,再到寻找奇遇的后来的探索者。"瓦莱里和马塞尔的话一方面表明波德莱尔的诗的特点,一方面指出波德莱尔开辟了现代诗歌发展的道路,因此,我们可以说,波德莱尔是最后一位古典诗人,同时是第一位现代诗人,他是继往开来、连接古今的诗人。总之,波德莱尔如果不是法国最伟大的诗人,也是法国19世纪最重要的诗人,是一位与现代人最为亲近的诗人。

文与人

"文如其人"是中国古典文论的一个聚讼纷纭、争论不休的问题,也是现代中国人的一句口头禅,其实,法国也是一样,文如其人,还是文不如人,或者相反,人不如文,历来是个讨论但无解的问题:前有布封的名言"风格乃是人本身",中间有圣伯夫的"传记批评法",后有瓦莱里的诗人生平"无用论",更有普鲁斯特的《驳圣伯夫》,从根本上否定了圣伯夫的批评方法,即从作家的生平了解其作品,或者从作品推知作家的生平,声称

"一本书是另一个自我的产物,而不是我们表现在日常习惯、社会、我们种种恶癖中的那个自我的产物"。但是,到了 20 世纪末,有人指出:"普鲁斯特所以能写出《驳圣伯夫》,是因为圣伯夫的许多文章他并没有读。"言下之意,假使普鲁斯特多读一些圣伯夫的文章,他就不会写反驳圣伯夫的批评方法的文章了,至少火力不会那么猛了。进入 21 世纪,2004 年,更有人编出了厚厚一本圣伯夫的批评文选,声称"重新发现圣伯夫,愉快地阅读圣伯夫的时代到来了"。2013 年,巴黎四大的教授多那提安·格罗还出了一本书,叫作《一切都反对圣伯夫》,说明圣伯夫的影响存在于普鲁斯特的全部作品中。作家的生平与作品之间的关系,看来是一个纠缠不休的问题,我们只能说,它们有一致的时候,也有不一致的时候,但是,无论一致还是不一致,总要在研究之后才能得出结论。至于这种研究是否必要,不同的批评流派有不同的看法,不过我想,读过一个作家的作品之后,产生了了解他的生平的想法是很自然的,不必回避,也不必生硬地用生平去套作品,或者相反,用作品去解释生平。作家与作品是一个双方关系极为复杂的统一体,无论文如其人,还是文不如人或人不如文,都是出现在这个统一体中的现象,问题在于如何解释。其实,即便是普鲁斯特,也不能完全避免回到作家的生平上去,例如他对奈瓦尔和巴尔扎克的批评。

对于波德莱尔和他的《恶之花》应该作如是观。

风格乃是人本身

波德莱尔的朋友阿斯里诺说："波德莱尔的生平值得一写，因为他的生平是他的作品的评论和补充。……人们常说，波德莱尔的作品就是波德莱尔本人；然而他的作品并不是他这个人的全部。在写出和发表的作品的后面，还有整整一部说过的、经历过的、用行为表现出的作品，这是必须要了解的，因为一部作品解释了另一部作品，如他自己所说，是另一部作品的渊源。"让我们来看看波德莱尔的生平以及他的生平如何解释了《恶之花》，即他的生平如何成了《恶之花》的渊源。

我们可以发现，在波德莱尔的一生中，有几个重大的事件在他的人生旅途中树立了里程碑，对他的人格的形成产生了重大的影响，这种重大事件，我想有十个，它们是：一、幸福的童年；二、父亲去世，母亲再嫁；三、继父让他做外交官，他却要当作家；四、远行印度；五、父母强行要他接受一个公证人来管理他的财产；六、发现爱伦·坡；七、1848年革命中，波德莱尔参加了街垒战斗；八、与三个女人的爱情；九、《恶之花》引起的诉讼；十、比利时演讲遭受冷遇。我们可以稍许深入地讲讲这十大事件如何塑造了波德莱尔的人格，如何在《恶之花》中得到了或明或暗的反映。

一、幸福的童年。1825年前后，一个六十多岁的老人领着一个四五岁的孩子，在卢森堡公园里散步，一边给他讲述许多雕像的神话和历史。这个六十多岁的老人并不是他的祖父，而是他的父亲，波德莱尔后来回忆说："形象，这是我最初的爱好。"我们知道，这种爱好他保持了一辈子。他出生在一个颇有文化教养的家庭，父亲是一位绘画爱好者，并与当时著名的文人交往密切，如唯物主义哲学家孔多塞和爱尔维修。父亲的启蒙主义思想对童年的波德莱尔有很大的影响。比方说，他有一首诗叫作《人语》，里面就写道："我的摇篮啊背靠着一个书柜，/阴暗的巴别塔，科学，韵文，小说，/拉丁灰烬，希腊尘埃，杂然一堆，/我身高只如一片对开的书页。"在那个书柜里，放着一套《百科全书》，有普鲁塔克、拉伯雷、莫里哀、拉布吕耶尔、伏尔泰、孟德斯鸠等人的作品，还有一本卢梭的《社会契约论》，可以看出波德莱尔是在怎样一种文化氛围中成长的。在《恶之花》的第一首诗《祝福》中写道："他和风儿嬉戏，他与云彩说话，/在十字架的路上歌唱与陶醉。"在其他的诗，例如无题诗"我没有忘记，离城不远的地方，/有我们白色的房子，小而安详"，和"您曾嫉妒过那位善良的女仆，/她在卑微的草地下睡得正熟"，以及《头发》《舞蛇》《忧郁之二》等诗中，都不乏回忆的影子。

二、父亲去世，母亲再嫁。幸福的童年并不长久，他六岁的时候，父亲去世了，不到一年，母亲再嫁，嫁给一个颇有前途的军官。继父对他不能说不好，那是一个资产阶级家庭对子弟的爱，但是在一个儿童的心里，母亲的爱被剥夺了，母亲不再属于他，这无疑是一种精神上的"断裂"。他远离家庭之爱，一个人被放在一座寄宿学校里，他的心里产生了嫉妒、孤独、失望交织在一起的感觉。他曾经写道:"尽管有家,我还是自幼就感到孤独——而且常常是身处同学之间——感到命中注定永远孤独。"因此,虽然他对生活和玩乐有着强烈的兴趣,他却不曾体验过少年时代的幸福和欢乐。在《被冒犯的月神》中,最后一节诗中,他写道:"没落世纪之子,我看见你的母亲,/对镜俯下多年的重重的一堆,/给喂过你的乳房精心地擦粉!"《恶之花》的第一首诗《祝福》更是充满了怨恨与骄傲的情绪:"我要把你那将我压垮的憎恶/朝着你恶意诅咒的工具淋浇,/我还要扭伤这株悲惨的小树,/让它长不出染上瘟疫的花苞!"

三、继父让他做外交官,他却要当作家。波德莱尔是一个聪明的学生,成绩优秀却不守纪律,在写作上显示出非凡的才能。他曾被开除出中学,却通过了中学毕业会考。他进入大学,在法律系注册,却没有通过任何考试,原来他把精力完全投入到文学和艺术活动之中了。他的父母希望他当外交官,他却宣布要当作家。这不啻为一种叛逆,直接反抗资产阶级的价值观:有地位的资产阶级家庭历来鄙薄作家和艺术家,尤其看不起以此为职业的人。这是他与父母之间的一次巨大的冲突。他的母亲后来回忆说:"当夏尔拒绝了我们要为他做的一切、而想自己飞、想当作家时,我们惊呆了!"当作家也就罢了,他还要当诗人,而在他的父母的眼中,当诗人就意味着放荡不羁和不道德的生活。生活道路的选择,凸显了波德莱尔对资产阶级的反抗和敌视。于是,他沉湎在巴黎这座病城中,出入酒吧间咖啡馆,追欢买笑,纵情声色,混迹于一群狂放不羁的文学青年中。《恶之花》中的许多诗篇,如《祝福》《信天翁》等,都是这种思想和精神的反映。当外交官,还是当作家,是他和继父之间的第一次冲突。

四、远行印度。波德莱尔的"自由的生活"引起了家庭的不安,决定让他远行,离开巴黎,试图通过"改变环境"将其引入"正轨"。这是当时富有的家庭对不听话的子弟惯用的手段,称不上什么惩罚,波德莱尔似乎也没有表示不满。于是,1841 年 6 月 9 日,他在波尔多登上南海号客货轮,起碇远航,目的地是印度的加尔各答。计划中的旅行长达十八个月,可是不到九个月,波德莱尔就急匆匆地回来了,他只到了毛里求斯岛和留尼汪岛。可是他不无骄傲地宣称:"我口袋里装着智慧回来了。"的确,他看到了令人遐想无穷的大海,他感到了明亮炽热的热带风光,他闻到了各式各样浓郁的香气,他接触到了强壮快乐、接近大自然的男男女女,总之,他领略了异域的风光和格调,开辟了任想象力纵横驰骋的广阔空间。《给一位白裔夫人》《异域的芳香》《头发》《苦闷和流浪》《我爱那没有遮掩的岁月》《人与海》《从前的生活》《远行》等,都是旅行之后的产物。

五、父母强行要他接受一位公证人来管理他的财产。巴黎变了样,到处充斥着"发财"的喊叫声,散发着新贵的铜臭味。波德莱尔仿佛发现了一个新的巴黎,这时,他和继父的关系由于选择职业的分歧而迅速恶化,再说,他已成年,更加不能忍受家庭的束缚,于是他带着父亲留给他的遗产离开了家庭,去过他的挥金如土的浪荡生活了。他说:"做一个有用的人,我一直觉得是某种丑恶的东西。"有用，正是资产阶级社会最珍视的品质。他厌恶一切职业，决心不对这个社会有丝毫的用处。他开始了真正的文学生活，结识了一大批作家、诗人和画家，如巴尔扎克、圣伯夫、戈蒂耶、德拉克洛瓦等人。据他的朋友回忆，1842—1843 年间，他已写出《恶之花》中大部分诗篇，虽然他还没有发表一首诗，但在 1830 年代的诗人看来，他已是一个"有独创性的诗人"了，他们对他"寄望很高"。但是，波德莱尔挥霍无度，两年中花去了他的财产的一半，他的父母终于忍受不了了，不由分说，给他找了一个公证人管理财产，每月只给他区区两百法郎。两百法郎恐怕只够维持最基本的生活需要了。据斯丹达尔说，一个人每年需要六千法郎，才能不仰人鼻息，过比较独立、比较有尊严的生活。1844 年 9 月 21 日是个重要的日子，这一天公证人的到来意味着波德莱尔失去了成年人的资格，又被当成了不能自立的孩子。他不得不举债，过起了真正穷文人的生活。生活的窘迫使他更深入地认识和了解了巴黎这座大都会，在五光十色的、充满了英雄气概的表面之下，他看到了巴黎这座"病城"的真实面目，《恶之花》有整整一部分表现了这种矛盾，这就是《巴黎风貌》。

六、发现爱伦·坡。1847 年 1 月 27 日的《太平洋民主》杂志上刊登了美国作家爱伦·坡的短篇小说《黑猫》的译文，波德莱尔读到之后，立即被征服了，因为他在这位美国作家的身上看到了自己的思想、诗情甚至语言，也就是说，爱伦·坡的生平和作品证实了他的美学观念。他说："爱伦·坡从一个贪婪的、渴望物质的世界的内部冲杀出来,跳进了梦幻。"这说的不仅仅是爱伦·坡,还包括他自己:他不也是从资产阶级的内部冲杀出来的吗?方法统帅灵感和严肃的分析,想象力驾御梦幻。他关于诗的理解得到了爱伦·坡的呼应。他从此开始翻译爱伦·坡的作品,一直持续了十七年,使这位在美国穷愁潦倒、郁郁不得志的作家在法国成为一代诗人崇拜的偶像。与爱伦·坡的接触,加深了波德莱尔对资产阶级社会的痛恨,同时也助长了他的神秘主义和悲观主义倾向。他在 1864 年的一封信中说得明白:"有人指责我模仿爱伦·坡!您知道我为什么如此耐心地翻译坡的作品吗?因为他像我,我第一次翻开他的书时,我的心就充满了恐怖和惊喜,不仅看到了我梦想的主题,而且看到了我想过的句子,他在二十年前就写出来了。"

　　七、1848 年革命,波德莱尔参加了街垒战斗。1848 年 2 月22 日,人们筑起了街垒,起义爆发了。24 日,有人看见他背着枪,手上散发着火药味。有一个朋友问:"是为了共和国吗?"他只回答道:"枪毙欧比克将军!"欧比克是他的继父的名字,波德莱尔早已和他断绝了来往,在他的眼中,欧比克将军代表了资产阶级社会的法律、制度、道德和秩序,枪毙了他,就等于枪毙了这个社会,就等于他自己获得了解放。波德莱尔自己说:"1848 年之所以有意思,仅仅是因为每个人都在其中寄托了一些有如空中楼阁一般的乌托邦。"波德莱尔的乌托邦是"学者成为财富的拥有者,财富的拥有者成为学者"。这恐怕是永远的乌托邦。从 1847 年开始,波德莱尔陆续发表了一些他写的诗,还在咖啡馆里朗诵他的《腐尸》，故意地刺痛资产阶级的耳朵。1851 年 12 月路易·波拿巴发动政变，波德莱尔终于与政治彻底告别，但是，1848 年的革命教给他一个永远也不能忘记的东西，即艺术不能与生活绝缘，所以他写出了《天鹅》这样的充满了政治含义和社会同情心的诗篇，在诗的结尾，他说："在我精神漂泊的森林中，又有／一桩古老的回忆如号声频频，／我想起被遗忘在岛上的水手，／想起囚徒，俘虏！……和其他许多人！"

八、与三个女人的爱情。除了他的母亲，波德莱尔一生中爱过三个女人，她们是让娜·杜瓦尔、萨巴蒂埃夫人和玛丽·多布伦，分别代表了肉体之爱、精神之爱和家庭之爱。杜瓦尔是一个跑龙套的黑白混血的女演员，萨巴蒂埃夫人是一个贵妇人，多布伦是一位女演员。杜瓦尔启发他写出了许多交织着灵与肉的冲突、混杂着痛苦与欢乐的诗篇，如《女巨人》《异域的芳香》《头发》等；萨巴蒂埃夫人是他当作圣母一样追求的人，他写出了《精神的黎明》《黄昏的和谐》等诗篇；而多布伦则给予他充满温情的家庭般的爱，他的《乌云密布的天空》《毒》等诗就奏响了温柔和谐的曲调。1842 年，波德莱尔认识杜瓦尔，并与她生活在一起，二十年来，他始终没有离弃她，尽管其中也有欺骗、贪婪等事情，但波德莱尔一直与她保持着关系，像父亲一样照顾她，1861 年之后，这个女人不知所终。在那个始乱终弃成为惯例的社会中，波德莱尔对杜瓦尔的态度，倒是说明了他的人格。

九、《恶之花》引起的诉讼。1857 年 6 月 25 日，经过多年的准备,《恶之花》在书店里出售了。诗集包括一百首诗,分为五个部分:《忧郁和理想》《恶之花》《反抗》《酒》和《死亡》。很快,《恶之花》就引起了第二帝国当局的注意,《费加罗报》首先发难,于7月5日刊登了一篇文章,指控波德莱尔亵渎宗教,伤风败俗,说什么在《恶之花》中"丑恶与下流比肩,腥臭共腐败接踵"。果然,《恶之花》受到法律的追究,罪名有二:"亵渎宗教""伤风败俗"。诉讼是在1857年8月20日进行的。辩护人引证卢梭、贝朗瑞、巴尔扎克、拉马丁、乔治·桑等著名作家为例,说明"肯定恶的存在并不等于赞同罪恶",但是并未使充任起诉人的代理检察长信服,审判结果是:"亵渎宗教"的罪名未能成立,"伤风败俗"的罪名使波德莱尔被勒令删除《吸血鬼的化身》等六首诗,罚款三百法郎。审判的结果大出波德莱尔的意料,他不但认为自己会被宣告无罪,还觉得该为自己昭雪、"恢复名誉",尤其让他感到奇耻大辱的是:法庭居然以对待罪犯的字眼对待一位诗人!四年之后,波德莱尔亲自编定,出版了《恶之花》的第二版,删除了六首诗,增加了三十五首诗,并做了重新安排。《恶之花》第二版共有一百二十六首诗,其顺序如下:《忧郁和理想》《巴黎风貌》《酒》《恶之花》《反抗》和《死亡》。《忧郁和理想》,忧郁是命运,理想是美,在对美的可望而不可即的追求中,诗人走过了一条崎岖坎坷的道路。《巴黎风貌》,诗人把目光转向外部的物质世界,转向了他生活的环境——巴黎,打开了一幅充满敌意的资本主义大都会的丑恶画卷。《酒》,诗人希望从苦难、汗水和灼人的阳光做成的酒中产生诗,"飞向上帝,仿佛一朵稀世之花"。《恶之花》,诗人深入到人的罪恶之中,到那盛开着恶之花的地方去探险,然而,美、爱情、沉醉、逃逸,一切消弭忧郁的企图均告失败。于是,诗人《反抗》了,上帝对于人的苦难无动于衷,诗人愿自己的灵魂与战斗不止的反叛的天使在一起,向往着有朝一日重回天庭。《死亡》,诗人历经千辛万苦,最后在死亡中寻求安慰和解脱,以一首长达一百四十四行的诗回顾和总结了他的人生探险:"深入渊底,地狱天堂又有何妨,/到未知世界之底去发现新奇!"《恶之花》不是一本普通的诗的集合,而是具有精心安排的结构,逻辑清晰,浑然一体,有人将其比作一出五幕的悲剧,有序幕,开始,高潮,结局,表现了现代社会中的青年人精神上忧郁和理想之冲突交战的轨迹,正如波德莱尔1861年给维尼的一封信中所说:"我对这本书希望人们给予的唯一的赞扬是:它不是一本单纯的诗集,而是有开始和结尾。所有新增加的诗都是为了适应我所选择的特殊的框架而作的。"所谓"特殊的框架",就是一个现代青年的精神和心理的发展变化的脉络和结果。有评论家说,诗集"有一个秘密的结构,有一个诗人有意地、精心地安排的计划",结构是有的,秘密则未必,因为忧郁和理想之间的搏斗经过酒、恶之花、反抗等阶段,直至死亡,呈现出一条明显的下降的路线,透露出诗人的悲观主义的情绪。前面说过,《恶之花》经过多年的准备才最终完成,那么,究竟是多少年的准备呢? 可以说,整整十六年,《给一位白裔夫人》写于1841年,而《恶之花》的出版是在1857年。据他的朋友回忆,《恶之花》中的大部分诗篇在 1843—1844 年间已经写就,《恶之花》这个名字,也从 1843 年开始,经过了两次变化,才最终确定下来。1847 年之前,波德莱尔的诗集叫作《累斯波斯女人》,取女性同性恋的意思,有向资产阶级道德挑衅的意味。1848 年,他的诗集又改称《边缘》,边缘是当时社会主义者宣扬的和谐社会之前的阶段,即"工业灾难"的时代。到了 1852 年,他才接受他的记者朋友巴布的建议,取了《恶之花》作为诗集的名字。波德莱尔说:"我喜欢神秘或爆炸性的题目。"作为题目,《累斯波斯女人》具有爆炸性,《边缘》具有神秘性,而《恶之花》则既有爆炸性,又有神秘性。1857 年之前,波德莱尔的主要工作就是考虑如何根据他的思想轨迹和美学观念来对他的诗加以安排。"他在风格和思想上都是早熟的。"他关于诗的主要看法,例如"色彩""暗示""应和""惊奇""想象力""发掘恶中之美""富于启发的巫术"等,早在 1840 年代就已形成,所以,波德莱尔的思想和风格在发表《恶之花》时就完全成熟了,以后很少变化。

十、比利时演讲遭受冷遇。1861 年 12 月 11 日,波德莱尔突发奇想,居然提出申请加入法兰西学士院。然而,想当院士,并不是递一纸申请就能如愿以偿的,更主要的是一个一个地登门拜访院士,争取选票,也就是说,要当"不朽者",必须现有的"不朽者"同意才行。他只拜访了几位,先就厌烦起来,那些人只是敷衍他,并不当真,有的甚至拒而不见。他终于明白,他的位置不在学士院。最后,他接受了圣伯夫的建议,撤回了申请。贫病交加的波德莱尔把希望寄托在布鲁塞尔,想到那里去演讲,同时推销自己的作品。然而,演讲并不成功,比利时的出版商也拒绝了他的作品。甚至还有种种流言,他在信中就说:"我在此地被视为警察(好极了!)(因为我写了那篇关于莎士比亚的妙文),被视为同性恋者(这是我自己散布的,他们居然相信了!),我还被视为校对,从巴黎来看下流文章的清样。他们老是相信,我感到恼怒,就散布说我杀了父亲,并把他吃了;而人们允许我逃离法国,是因为我为法国警察效劳,他们居然也相信了! 我在污蔑中游泳真是如鱼得水!"这个时期,他发表的作品主要是散文诗,多作于 1857 年后的七八年间,发表于 1862年之后,这些散文诗 1863 年以《小散文诗》为名出版,波德莱尔死后结集为《巴黎的忧郁》。波德莱尔说,《巴黎的忧郁》"依然是《恶之花》,但是具有多得多的自由、细节和讥讽",他试图创造"一种诗意的散文的奇迹,它富有音乐性,却没有节奏和韵脚,相当灵活,对比相当强烈,足以适应灵魂的抒情性的起伏、梦幻的波动和意识的惊跳"。散文诗并非自波德莱尔始,但他确是第一个把它当作独立的形式,并使之臻于完美而登上大雅之堂的人。

考察波德莱尔的生平和《恶之花》的内容,我们可以看到,"波德莱尔的作品就是波德莱尔本人",但是,他本人并不和他的作品完全一致,这里边有作家本人的伪装,而这种伪装是出于一种写作的必要,或者是一种创作的本质。波德莱尔在 1866年写给他的公证人的信中,这样说出了他的秘密:"应该对您说吗,您并不比别人更能猜出,在这本残酷的书中,我放进了我全部的心、全部的温情、全部的宗教（伪装的）和全部的仇恨。的确，我写了相反的事情，我对着我的伟大的神发誓，这是一本纯艺术的书，是一本滑稽的书，是一本骗人的书，我像一个走江湖的拔牙者那样撒谎。"作品和人，表面上的不一致，甚至相反，恰恰是实质上的一致，所谓"风格乃是人本身"。

无韵律的诗意

——读波德莱尔的散文诗

分类的兴趣

　　伽利马版《波德莱尔全集》的编者克洛德·毕舒阿教授说："生为笛卡儿主义者的法国人不大喜欢一切不能界定的东西。这个古典主义者喜欢分类。"例如散文诗。虽然有波德莱尔的《巴黎的忧郁》，有他的先驱者，例如阿洛修斯·贝特朗和莫里斯·德·盖兰，有他的后继者，例如斯泰芬·马拉美、弗朗西斯·雅克布、列昂-保尔·福格、彼埃尔·让·儒弗和勒内·夏尔，一百六十年的历史阻挡不了散文诗成为一个"界定不清"的概念。"界定不清"的意思是，有韵为诗歌，无韵为散文，如今把有韵和无韵结合在一起，形成一个独立的文类，说它是诗歌，却无韵，说它是散文，却是诗，于是散文其形，诗歌其义，非驴非马，果然无从界定，难怪古典主义者怀疑其存在了。1737 年，奥里维神甫说："我不知道诗意的散文是什么，也不知道散文的诗意是什么：我只是在前一个中看到平庸的诗句，在后一个中看到一种散文，其中汇集了所有与朗吉努斯所论崇高相反的东西。"他们的意思是，要么是散文，无韵，要么是诗歌，有韵，而散文诗是无韵散行的，直呼散文，顺理成章，就不必提什么散文诗了。如今散文诗确实是一个独立的文类了，反对的人不是很多，但是在很少的人中颇有一些著名的人物，看来散文诗的存在还是有辩护的必要。

在中国，1930 年上海中华书局出版过邢鹏举先生译自英文的《波多莱尔散文诗》，1982 年漓江出版社出版过亚丁先生译的《巴黎的忧郁》，1991 年人民文学出版社出版过钱春绮先生译的《恶之花 巴黎的忧郁》，1992 年百花文艺出版社出版过怀宇先生译的《巴黎的忧郁》。上述四个译本中，邢鹏举和钱春绮都称所译为散文诗，亚丁和怀宇则称之为散文。

二十年前，我在《读书》杂志上写过一篇小文，略述散文诗在法国的发展历史，意在坚持散文诗是属于诗国的一个臣民，即一种独立的文类，而不是隶属于散文的属地，受到散文这棵大树的荫护。当然，这篇小文也不是突发奇想或心血来潮的产物，它的起因是读了该刊上的一篇文章《散文诗还是诗散文》。这篇文章否认《巴黎的忧郁》为散文诗，而应称之为散文，或诗散文，简言之，《巴黎的忧郁》"大多数还是具有叙事、议论的特点的散文"。我人微言轻，一篇小文不会影响后来的译者，果然，十年之后，即 1992 年，百花文艺出版社出版了怀宇先生译的《巴黎的忧郁》，与《人造天堂》等作品一起置于《波德莱尔散文选》这个总书名下，并且在《译后记》中说："这部散文集所选篇目基本上包括了他的作品中在译者看来可以被称为散文的文字。"看来，说《巴黎的忧郁》是散文集，并非信笔由之，而是有意为之，于是，《巴黎的忧郁》是否是散文诗就不可不辩了。

法国人是古典主义者，"喜欢分类"，中国人虽不称古典主义者，对分类的兴趣却未尝稍减，例如对于文章的分类，即文体。恰如钱钟书先生所言："吾国文学，体制繁多，戒律精严，分茅设蕝，各自为政。"明人吴讷在《文章辨体·凡例》中说："文辞宜以体制为先。"见出 15 世纪的中国人对于文体的重视。明人徐师曾在《文体明辨序》中有言："夫文章之体，起于《诗》《书》。"从曹丕开始，中国人就对文体有了粗浅却准确的认识，经过陆机、挚虞，直到刘勰的"论文叙笔"，其对于文体的分类已经有了理论的模样。所以，徐师曾又说："盖自秦汉而下，文愈盛；文愈盛，故类愈增；类愈增，故体愈众；体愈众，故辨当愈严。""辨当愈严"的结果，就是清人梁光钊所谓的"文笔之分"。散文诗在中国的大地上诞生之前，大部分中国人认同刘勰的话："今之常言，有文有笔，以为无韵者笔也，有韵者文也。"像金圣叹那样，谓"诗何可限字句，诗者人之心头忽然之一声耳，不问妇人孺子，晨朝夜半，莫不有之"（《与许青屿书》），何其少也。故有韵也者，诗也；无韵也者，散文也。散文诗者，有韵乎，无韵乎，有无相克，合二而一，未之见也，无从想也，故不存也。这就是大部分中国人的看法，虽然数百年之后，他们人数已然不多了，但究竟还代表了一种看法，而且这种看法不会消失净尽。

显而易见，在法国，在中国，散文诗的诞生都是不平静的。

诗取决于别的东西

散文诗的历史并不长，大约19世纪中叶产生于法国，却不妨碍有人追溯到很远的古代，例如有些批评家居然在公元1世纪的《福音书》中找到了它的踪迹，事虽不至此，却也为钱钟书先生的论断增加了一个例证："这种事后追认先驱的事例，仿佛野孩子认父母，暴发户造家谱，或封建皇朝的大官僚诰赠三代祖宗，在文学史上数见不鲜。"法国中世纪有一种半是散文半是诗歌的文学样式，叫作"la chantefable"，意为歌唱的寓言，诗歌的部分要唱，散文的部分要说，说说唱唱，译作弹词，倒也贴切，代表作是产生于13世纪初的《奥卡森与尼柯莱特》，其散文部分抑扬顿挫，铿锵悦耳，被称作"节律散文"，从发展的链条上看，与现代散文诗有某种联系，但是，它们中间的一个根本的区别是，节律散文是散文，而散文诗是诗，而且散文诗的特点并不表现为"抑扬顿挫，铿锵悦耳"。这种半诗半散的"弹词"进一步发展，便出现了一种界于日常语言和诗歌语言之间的散文，很快流行开来，并于1540年获得了"诗意散文"这一名称。17世纪的古典主义者是严格区分诗与散文的，作家们被告诫要"十分注意在散文中避免用韵"，只有莫里哀例外，他不仅在剧中应用这种文体，并且用过"诗的散文"一词。进入18世纪，法国诗歌呈现出一片衰败的景象，诗人的感情倾诉不再能忍受诗的节奏和格律的束缚而寻求一种自由的表达，于是散文乘虚而入，出现了一种交织着史诗的雄浑和抒情的委婉的作品，发表于1699年的《忒勒马科斯历险记》就是一个典型。费奈龙的这部作品又被称作"大散文诗"，这说明诗意散文有了进一步的发展，进入一种散文与诗纠结不清的状态。法国古典主义的理论家布瓦洛在1700年写给他的对手贝洛的一封信中，也不得不承认散文中同样有诗意，他甚至说出了"散文诗"这个名称："……有不同种类的诗，这方面拉丁作家不但没有超过我们，他们甚至不知道还有散文诗，我们叫作小说……"他说的散文诗指的是小说中的诗意。正是从《忒勒马科斯历险记》开始，小说的创作才毫不犹豫地追求诗意，不但在"古今之争"中现代派把这部小说当作一面旗帜挥舞，向诗律发起猛烈的进攻，就是费奈龙本人也公开地宣称：他的作品是一种"像荷马和维吉尔一样的神话故事，其形式是英雄的史诗"。他在致学士院的一封信中说："我们的文章在那些绝无诗句的痕迹的地方充满了诗意。"在1719年，人们终于认识到，并非只有节奏和韵律才能造成诗意，杜波斯神甫说："有不用诗句写成的美丽的诗篇，正如没有诗意却徒有美丽的诗句。"这就意味着，诗还是非诗，形式上的节奏和韵律并不是决定的因素。有节奏、有韵律的，可以为诗句，但不一定是诗，诗取决于别的东西。

在法国诗人非诗律化的斗争中，翻译起了决定性的作用，例如贺拉斯、塔西佗、弥尔顿等人的作品，都被译成了散文。普莱服神甫指出，"有相当数量的翻译，把诗译成诗意散文，成功地不借助于韵律而在我们的语言中传达了外国诗歌的全部的美"。可以说,是翻译家首先进行了散文诗的尝试。1756 年,马莱翻译了芬兰史诗《埃达》,1760 年,图尔格翻译了苏格兰史诗《奥西昂》,1762 年,于贝尔(即图尔格)翻译了瑞士当代诗人格斯内的诗,1769 年,勒·屠尔纳翻译了英国当代诗人扬格的诗,这些翻译都采取了散文的形式,但是都传达了自然、荒蛮和田园生活的诗意,在当时影响很大,甚至出现了模仿的热潮。谈到这些翻译,人们经常说它们对法国人的感受性和"真正的诗的概念"的形成,起到了至关重要的作用。同时,这些翻译及其产生的影响也给了法国散文以积极的推动,"散文诗从此也有了决定性的方向"(苏珊·贝尔纳语)。简言之,以节奏圆融、韵律严格著称的法国古典诗不能传达外国诗的急迫、艰涩的节奏和原始、野蛮的诗意,就是流畅、华丽、高雅的法国古典散文对于外国诗的古朴、苍劲的风格亦不能应付裕如,所以,以散文译外国诗逼得散文要走另外一条路。

直到 1760 年,在法国存在着两种散文,一种是雄辩的散文,从 17 世纪继承下来,以《忒勒马科斯历险记》为代表,其继承者以华丽、婉转、和谐著称;一种是简洁的散文,以伏尔泰和孟德斯鸠为代表,其特点是平实、朴素、理智。对狄德罗来说,节奏、句子的运动和词汇的音响不应该服从复杂的修辞,也不应该产生纯粹形式上的和谐,而应该和生命的存在之最深刻的运动相一致。他说:"真正的和谐其对象不单纯是耳朵,而是它所来自的灵魂。"卢梭则以表达方式的抒情性打开了文学的新局面，其标志是 1761 年问世的《新爱洛绮斯》。他的文体和谐，极富音乐性，不仅仅诉诸智力，而且诉诸感受性，在呈现出一片风景的同时，又唤起一种如海浪般汹涌的感情。他的文章具有强大的暗示力，展现了一种真正的诗意。他在一篇手记中问道："如何成为一个散文诗人？"作家们不再容忍严格而武断的规则的束缚，他们渴望着无拘无束地表达自己的感情，只愿意服从自然和自己的天性。他们的作品走向了另一个极端，即无序的、混乱的灵感，虽有诗的充沛和灵动，却与散文诗的致密和紧张背道而驰。如苏珊·贝尔纳所言："于是，人们看到一个双重又相悖的现象：一方面，真正的诗意出现在自诉、日记、书信、没有文学意图、不讲结构的文字里，而它们不能被看作是诗；另一方面，一旦作家想要做一件艺术品，诗学规则的束缚、修辞的常规就凝固和枯竭了一切诗意。有诗意却没有诗，或者有诗却没有诗意……"总之，"两者都未能接近这个平衡点：在那里结晶成真正的散文诗"。

　　进入 19 世纪，夏多布里昂以他优美抒情的文体为法国散文注入了一股新的活力，他特别善于写作简洁、充满激情的文章，其间往往有自成篇章的短小段落，几百万字的《墓中回忆录》其实就是由这样的段落构成的，难怪有人不无夸张地称这部著作为"一首散文诗"。圣伯夫责备夏多布里昂写"一页"的文章，实行的是"美丽的片段的方法"。正是《阿达拉》中的印第安歌曲对阿洛修斯·贝特朗关于散文诗的观念有着直接的影响：印第安歌曲分段，每段的结尾互相重复，作为副歌使段落首尾呼应,成为一个整体。夏多布里昂说《阿达拉》是"一种诗",但是又说:"我根本不是将散文与诗句混为一谈的人。"这说明,在夏多布里昂的心目中,散文是可以有诗意的,虽然他并没有提出"散文诗"的概念。同一时期的斯达尔夫人也表示,法国最好的抒情诗人可能存在于法国最大的散文家之中,并说:"漂亮的诗句并不等于诗。"夏多布里昂的模仿者不少,但是没有人能够突破他的影响,形成独特的、个人的语言,也就是说,在 19 世纪头二十年中没有产生真正的诗人,不过,散文诗形成的时机已趋成熟,到了法国浪漫主义运动的后期,它终于应运而生了。

法国的浪漫主义始于一本叫作《沉思集》的小书。1820 年 3 月 13 日,巴黎塞纳路 12 号的希腊-拉丁-德意志书店开始出售一本没有署名的薄薄的小册子,名叫《沉思集》,收诗二十四首。整部诗集的语言清新流畅,对爱情、时光、孤独等的咏唱缠绵悱恻,同时,宗教虔信的主题也表现得浓厚而深沉。第二天,一个叫作阿尔弗莱德·德·拉马丁的年轻人就不断地收到王公大人们的手札、短笺和任命,甚至以"国王的名义"送来的书籍。拉马丁一夜成名,居斯塔夫·朗松如此描述:《沉思集》的成就"日益高涨,溢出了为它挖掘好的所有渠道,淹没了首都,淹没了外省,淹没了整个欧洲。全世界的读者都为之欣喜若狂"。这种狂热来自于法国古典诗歌的衰颓和苍白,"法国社会渴望诗歌已有一个多世纪了"。与此同时,"直到 1820 年,这种诗情只是在散文里才大为显现:让-雅克·卢梭和夏多布里昂

已经以他们的抒情色彩使几代读者陶醉了"。法国的诗情从此
有了两个方向：一是破除古典诗歌的僵化及其对智力活动的桎
梏，代之以感情的喷发和情绪的宣泄；一是在散文中寻求出路，
打破格律音韵的束缚，在灵活的散行文字中抒发情感。前者以
拉马丁、维尼、雨果、缪塞等人为代表，后者则以阿洛修斯·贝
特朗和夏尔·波德莱尔为代表。

贝特朗与散文诗的诞生

阿洛修斯·贝特朗本名雅克·路易·拿破仑·贝特朗，于
1807 年出生在意大利的皮埃蒙省的塞瓦，后来到了法国的第
戎，二十一岁时从第戎来到巴黎，出入雨果的浪漫主义文社。
他体弱多病，既无名气，又乏靠山，既无钱，又少朋友，是一个典
型的"波西米亚人"，又是一个苦吟派的诗人。贝特朗是一个运
蹇命乖的诗人，在巴黎，他被看作是一个外省人，在他的家乡第
戎，他被看作是一个巴黎人，毕生不知道自己的位置。"失败的
浪漫派"，"早产的鹰"，"空有将才，死的时候却是一个中尉"，这
就是人们对他的评价。关于第一次出现在浪漫主义文社的贝
特朗，圣伯夫写道："他没有过多的推脱，就以一种不连贯的语
气朗诵了几首以散文体写成的小叙事诗，其准确的段和节相当
好地模拟了某种节奏的韵律……""段"和"节"正是贝特朗的创
作的基本特点之一，圣伯夫的耳朵没有欺骗他。1841 年 3 月
11 日，他死在医院中，年仅三十四岁，可谓英年早逝。他死后的

第二年,即 1842 年,他的《黑夜的卡斯帕尔》在一个出版商手中搁了数年之后,终于出版了。这本薄薄的小书没有产生轰动,却以潜在的方式在诗人中寻求知音,发生影响,确立了贝特朗在诗国的星空中的特殊地位,有人甚至说,波德莱尔试图"达到贝特朗的综合的高度,却未能成功"。这个特殊的地位,是说贝特朗是法国散文诗作为一个文类的创始者。

《黑夜的卡斯帕尔》的全名是《黑夜的卡斯帕尔,仿伦勃朗和卡罗的想象》,共有五十二首诗,分为六大部分:《佛拉芒学派》《老巴黎》《黑夜和它的魔力》《传闻》《西班牙与意大利》和《短诗集》。贝特朗完全舍弃了诗的韵律和节奏,用散文的段取代诗的节,文句的节奏不再依赖分行而呈现散文式的分布。每首诗大致分为五六个很短的段落,有时采取排比或回环的句式,造成反复咏叹的气势。大量地使用破折号,在节奏上产生一种断裂,避免古典诗的圆润,甚至光滑。在用词上讲究简练精确,甚至取用很古老的词汇,竭力避免冗长的描绘,以图获得言简意赅的效果。在主题方面,则包括了民间、鬼怪、宗教、习俗、中世纪等内容,显得光怪陆离。这种清醒和眩晕、写实和诗意、恐怖和嘲弄的统一,使他的诗具有一种绝对独特的想象力。贝特朗在 1837 年的一封信中说:"我试图创造一种散文的新品种。"他的意图实现了,他果然创造了一种新的散文品种:散文诗。苏珊·贝尔纳说:"他(阿洛修斯·贝特朗)的独特的作用是给予一种还未完全摆脱诗意散文的文类以自主性,是使一种散文诗的文类与其他相临的'诗'的文类(散文的史诗,小说,道

德或抒情的沉思）毫不含糊地区别开来。可以说,他从散文的
成分中'滗析出'了散文诗,这种散文的成分他一直是驱赶的,
也许他驱赶的没有他引入的多,他把散文引向一种文学的种类
的存在。"她总结散文诗的特点为:有机的统一性、无功利性和
简短性。"统一性"说的是,一首散文诗无论多么复杂,表面上
多么自由,它必须形成一个整体,一个封闭的世界,否则它可能
失去诗的特性;无功利性说的是,一首散文诗以自身为目的,它
可以具有某些叙述和描写的功能,但是必须知道如何超越,如
何在一个整体内、只为诗的意图而起作用,换句话说,一首散文
诗没有时间性,没有目的性,并不展现为一系列的事件或思想,
它在读者面前呈现为一个物,一个没有时间性的整体;一首散
文诗不进行脱离主题的道德等的论述或解释性的展开,总之,
它摆脱了一切属于散文的特点,而追求诗的统一和致密。散文
诗诞生在一个运蹇命乖、英年早逝的诗人的手中,听来真让人
扼腕叹息。

　　这就是散文诗在波德莱尔之前的简要的历史。1842 年,我
们要记住这个日子,这是《黑夜的卡斯帕尔》出版的年份,法国
的文学研究者公认,这本书的出版标志着法国散文诗作为一个
独立的文类诞生了。迄今为止,在法国散文诗发展的一百六十
年中,出现了不少辉煌的大师,他们的代表人物就是夏尔·波
德莱尔,其代表作就是《巴黎的忧郁》。

散文诗大师波德莱尔

波德莱尔第一次发表散文诗是在 1855 年，发表的诗作是《薄暮冥冥》和《孤独》，1857 年，又发表了包括《薄暮冥冥》和《孤独》在内的六首散文诗，取名为《夜景诗》。此后陆续发表了近四十首诗，总题先后分别取名为《孤独的漫步者》《巴黎游荡者》和《巴黎的忧郁》。总题的变化，说明了主题的变化，也说明了任何一个题目，也不能涵盖整本书的形式和内容。直到 1869 年，波德莱尔逝世后两年，散文诗结集出版，冠名为《小散文诗，巴黎的忧郁》，全书的形式为"小散文诗"，内容为"巴黎的忧郁"。波德莱尔把阿洛修斯·贝特朗的《黑夜的卡斯帕尔》称作"神秘辉煌的榜样"，充满了景仰之情，但又满怀信心地说，他"做出了特别不同的玩意儿"，并提出了他心目中散文诗的特征："没有节奏和韵律而有音乐性，相当灵活，相当生硬，足以适应灵魂的充满激情的运动、梦幻的起伏和意识的惊厥。"同时，他把《巴黎的忧郁》看作"整条蛇"："去掉一节椎骨吧，这支迂回曲折的幻想曲的两端会不费力地接上，把它剁成无数的小块吧，您将看到每一块都可以独立存在。"他以贝特朗为榜样，"以他描绘古代生活的如此奇特、如此别致的方式，来描写现代生活，更确切地说，一种更抽象的现代生活"。

波德莱尔的散文诗一经发表，就受到泰奥多尔·德·邦维尔、泰奥菲尔·戈蒂耶、约里斯-卡尔·于斯芒斯、保尔·布尔热等人的高度评价。例如,邦维尔说:"一千年来,人们满怀怜悯地对我们说:'没有诗句,没有节奏,没有韵律,没有这些物质的魔力,你们会变成什么呢?这些东西首先可以保证我们的感官的共谋,在一种音乐的陶醉中安抚我们的灵魂,在它们的富有旋律的修饰的丰富中隐藏你们的思想的贫乏和简单。'好了,夏尔·波德莱尔的散文诗可以回答这一切;剥夺诗人的诗句和竖琴吧,但是留给他笔;剥夺他的笔吧,但是留给他声音;剥夺他的声音吧,但是留给他动作;剥夺他的动作吧,捆住他的胳膊吧,但是留给他用眨眼表达的能力吧;他就永远是一个诗人,创造者,如果他只能呼吸,那么他的呼吸也会创造出某种东西。"戈蒂耶说:"应该承认,我们的诗歌语言还没有准备好表达多少有些罕见的、详尽的东西,特别是有关现代的、日常的或者豪华的生活的主题,尽管新的流派为使其灵活、柔顺而做出了英勇的努力。《小散文诗》来得及时,弥补了这种无力……波德莱尔突出了他的天才的可贵的、精致的、怪异的一面。他能够抓住不可表达的东西,描绘漂浮在声音、色彩和他的思想之间的转瞬即逝的那些细腻的差别,这些差别很像阿拉伯式的装饰图案或者乐句的主旋律——这不仅仅是面对物理的自然,也是面对灵魂最隐秘的运动,面对反复无常的悲伤,面对神经官能症的有幻觉的忧郁,这种形式适于表现这些东西。《恶之花》的作者从中得出了奇妙的效果,人们惊奇地看到,语言时而通过梦的透明的薄纱,时而通过阳光的突然的清晰(这种阳光的清晰在远方的蓝色的缺口画出了一个倾颓的塔、一片树、一座山峰)而让人们看到一些描绘不出来的东西，直到现在，这些东西并没有被语言简化。使风格能够表现未被伟大的词汇分类者亚当命名的一系列东西、感觉和效果，这将是波德莱尔的荣耀之一，如果不是他最大的荣耀的话。"至于《巴黎的忧郁》从出版到今天，一直受到诗人和批评家的推崇，这里不及细表。总之，波德莱尔虽然不是散文诗的创始人，但他是第一个把它当作一种独立的形式并使之趋于完善的人。

自《黑夜的卡斯帕尔》出版以来，人们一方面承认阿洛修斯·贝特朗的开创之功，一方面又略感不足，认为他为散文诗规定了过于严格的限制，例如为什么要有五或六段，而不是四段或八段，或者更少，或者更多，为什么每一首诗一定要有类似于序和跋的句子，等等。在贝特朗的手中，这已经成为一种束缚，在他的一些模仿者手中，这种束缚就变成了一种铁模子，成批量地生产出"散文诗"作品。于是，散文诗等于从古典诗的模子里跳出来，又进入了一种新的模子，成了一种类似于商籁体或回旋诗的东西。波德莱尔则不同，他不是模仿贝特朗，而是有所创造，他先是"试着写些类似的东西"——类似《黑夜的卡斯帕尔》，然后他果然"做出了特别不同的玩意儿"，虽然他"至少是第二十次翻阅阿洛修斯·贝特朗的著名的《黑夜的卡斯帕尔》"。他的特别不同之处在于，《巴黎的忧郁》更加自由，完全舍弃了机械呆板的分段，短可数十行，长可十几段，或取对话，或加描绘，或用叙述，形式极其灵活，主题则是日常的事物、内心的活动、哲学的思考和大城市的景观，总之是一种"更

抽象的现代生活",贯穿着这种现代生活的是一种愤世嫉俗的
情绪、悲观主义的思想、深厚的人道主义关怀和浓重的象征主
义手法。

约里斯-卡尔·于斯芒斯于 1884 年发表了小说《逆行》,其
中有对散文诗这一文体的赞美和推崇:"在所有的文学形式中,
散文诗是德·艾散特最喜欢的形式。由于天才的炼金术士的
操作,根据他的要求,在血肉丰满的状态下,散文诗在其短小的
篇幅中应该包含着小说的力量,它舍弃其分析的冗长和多余的
描绘。……于是,词汇的选择如此不可更动,以至于能够代替
其他的一切词汇;形容词的安放如此巧妙、如此斩截,同样是不
可移易,它打开了广阔的前景,读者可以整星期地对其既准确
又多样的意思展开梦想,确认现在,重建过去,猜想人物的灵魂
的未来,而这些人物是通过唯一的形容词展现出来的。……一
句话,对于德·艾散特来说,散文诗是具体的精华,文学的精
髓,艺术的精油。这种凝结成一滴的美味已经存在于波德莱尔
的身上……"德·艾散特的感受,就是于斯芒斯的感受。一百
五十年后的今天,读者再读《巴黎的忧郁》,会与德·艾散特和
于斯芒斯有同感吗?

在中国,散文诗的出现是 20 世纪初外国文学的翻译和介
绍大潮之后的产物。自 1918 年始,刘半农即开始发表散文诗,
且第一个使用了"散文诗"这个名称。从 1924 年到 1926 年,鲁
迅完成了《野草》的写作,成就了中国文学史上辉煌的一页。给
予鲁迅的《野草》以最深刻的影响的诗人不是别人,正是夏尔·

波德莱尔,是他的《小散文诗,巴黎的忧郁》。散文诗在鲁迅以后的中国的历史,不是一两句话可以说得清的,笔者可能会另写一篇文章,略叙一二。

VI 多元时代的传奇

谁是伪币

——读纪德的《伪币制造者》

一条线变成了一个面

裴奈尔一个人在家准备中学毕业会考,无意中发现自己是私生子,他的父亲不是当法官的普罗费当第先生,于是他留下一封"漂亮的信",离家出走了……这是纪德的小说《伪币制造者》的开头。读者会以为他将读到一本教育小说,将看到裴奈尔如何在人生的道路上跋涉、挣扎、拼搏,或者登上成功的顶峰,或者跌进失败的深渊,然而不,裴奈尔很快淹没在人海中,小说离开了他的足迹。

稍晚,在下班回家的路上,普罗费当第法官向法院院长莫里尼哀先生谈及一个有不良行为的青少年团伙,十五个人中倒有九个是未成年的……他们闪烁其词,说得朦朦胧胧,读者以为会读到一本侦探小说,几经周折,教唆犯终于被揭露,"无知误犯"的孩子们终于得到解救,然而不,事件一闪即逝,仿佛池

195

水中冒了一个泡,随即无声无息地破了,连一圈涟漪也没有激起。小说很快放弃了这条线。

紧接着,莫里尼哀先生的长子文桑快步朝一座"富丽的爵府"走去,他抛弃了情人、新婚不久的萝拉,他想筹措一笔钱供她分娩用,不幸在赌博中输了个精光,他结识了巴萨房伯爵,爱上了格里菲斯夫人……读者以为会有一个凄切哀婉的言情故事好看,痴情女和薄情郎或是终成眷属,或是劳燕分飞,然而不,文桑和萝拉的恩怨已经了结,小说又有了新的方向,例如爱德华,他正在开往巴黎的快车中重读萝拉的求援信。

爱德华期待着碰见他的外甥俄理维,手提箱意外地落在裴奈尔手里。手提箱里有他的日记,其中提到他憎恶的作家巴萨房,他自己的写《伪币制造者》的计划……读者会以为将要读到一本日记体的社会批判小说,会看到假钱,然而不,爱德华的日记杂乱无章,时而说他遇见一个企图偷书的少年,时而大谈一座寄宿补习学校的事,时而讲述年老的拉贝鲁斯夫妇间的龃龉,时而讲述萝拉结婚的前前后后……裴奈尔竟按照日记中夹着的一封信提供的地址,去找萝拉,试图帮助她。于是小说又回到裴奈尔身上,随后又转向俄理维,又转向爱德华……这样,小说渐渐从一条线变成一个面,不是延伸,而是展开。教育小说、爱情小说、社会批判小说、侦探小说等,时而齐头并进,时而交叉重叠,分分合合,终于变得如同生活之海,迷茫一片,无际无涯……

的确,初读《伪币制造者》,往往使人感到惶惑,仿佛目迷五色，如堕五里雾中，足将进而趑趄，抬起的脚不知会落在什么地方。众多的人物，三个家庭两代人，上有功成名就的父亲，中间有已踏上"正途"的兄长，下有摸索反抗的少年，然而都不具面目，不知道谁的眼睛是蓝的，谁的眼睛是灰的，谁的头发是金色的，谁的头发是棕色的；繁复的情节，相互交叉，盘根错节，每个人都有一个故事，却又都无头无尾，不知其所至，不知其所往，密匝匝纠结缠绕在一起，仿佛一个多头的大线团；极不确定的空间和时间，远至非洲的达喀尔，近则巴黎的第六区，中间还有瑞士的沙费，时间则被切割成小块，若不相连缀，每一章都像是一个新的开端；模糊的主题，既分散又似乎有一条看不见的线贯穿，小说号称"没有主题"，却又说"没有一个唯一的主题"，实则反抗家庭、两代人的冲突、同性恋、自然、真诚、宗教、善恶、艺术与生活等，诸多主题，都隐藏在小说危机的浓重气氛之中；面对崭新的小说观念和技巧，"血肉丰满、生气灌注""性格鲜明、栩栩如生""结构严谨、曲折动人"等评价小说时常见的评语竟用不上了，叙述与日记交叉，间接的人物或事件的介绍，长篇大论的对话，小说观念和技巧的系统陈述，都搅在一起，完全不见19世纪小说的明晰和秩序；更奇的是，小说中的一个人物，名爱德华者，自己就是一位小说家，正准备写一部小说，名字正是《伪币制造者》，他的日记几乎占了全书的三分之一，不过，我们似乎看不出这本很难写成的小说会是我们正在阅读的《伪币制造者》的缩影。

谁是伪币制造者

然而我们最大的惶惑也许是这样一个问题：谁是伪币制造者？何谓伪币？在小说中，确有一个叫作维克多·斯特洛维鲁的人，他操纵着一帮中学生，通过他们使伪币流入市场，这该是一个实实在在的伪币制造者。不过此公行踪飘忽不定，只是偶尔露一下面，丢下几句惊世骇俗的怪论，随即不见。而小说中却分明写道："实在说，爱德华所谓伪币制造者，最初指的是他的某些同行，而特别是巴萨房伯爵。但不久含义转移得很广，随着灵机来自罗马或是别处，他的主人公或成神甫或成党羽。如果让他的脑筋自由活动，立刻它就在抽象中活跃起来。逐渐，兑换、贬值、通货膨胀等意象侵入他的书中……"这样，伪币及伪币制造者的含义便大大地扩展了。巴萨房伯爵已被判定为一个"趋附时尚"的"投机"的作家，惯于哗众取宠，利用年轻人抬高自己的地位，视艺术为手段而非目的，其为美学上的伪币制造者无疑。那么其他人呢？一心只想维护"有面子的家庭"的法院院长莫里尼哀，恪守虚伪的信仰而不自知的浮台尔牧师，潦倒不堪却仍坚持"和谐"的钢琴教师拉贝鲁斯，始乱终弃的文桑，产自美国的没有"灵魂"的格里菲斯夫人，委曲求全的菠莉纳，迷信弗洛伊德的方法的女医生莎弗洛尼斯加，离家出走终于又浪子回头的裴奈尔，结成"壮士同盟会"的那几位中学生，甚至准备写作《伪币制造者》的爱德华，他们是否是有意或无意的伪币制造者？他们的软弱、虚伪、盲目，他们的矫揉造作、夸夸其谈、不切实际，他们的以金钱为轴心的婚姻、以血缘为纽带的关系、以虚无为灵魂的个人主义等，是否为成色各异的美学的、道德的、社会的伪币？

这种种的惶惑，读者到哪里去寻求解答？纪德的纯净明晰的语言只是一种假象，时断时续的情节似乎不要求读者有身临其境之感，扁平的人物形象仿佛不大想"跃然纸上、呼之欲出"，大段的小说理论更会吓退那些只求感动与陶醉的读者。纪德意不在此，于是读者受到了严重的挑战。他的信心、耐心、思辨能力、主动精神，都面临着一种前所未有的考验。他不能坐等一个现成的引人入胜的故事，他不能消极地承受一种感情的冲击，他更不能谦卑地接受某种道德的教诲。他必须参与、合作、分析，甚至重构。他不必区分哪些是作者所赞成的，哪些是作者所否定的，他要自己得出结论。纪德同时写有一本《伪币制造者日记》，其中颇具挑战意味地写道："懒惰的读者活该倒霉，我要的是别样的读者。使他们不安，这是我的作用。"因此，刺激读者，令其坐卧不宁；打破他的习惯，令其不能舒舒服服地阅读；不时搅乱他的思路，令其不断地重新梳理其分析和思考。如果说纪德有什么意图的话，这便是他的意图，而他的意图基于这样一种认识："应该让读者胜过我，应该设法使他相信他比作者更聪明、更有德行、更具洞察力，他能在人物中发现不为作者所知的更多的东西，在叙述中发现不为作者所知的更多的真理。"读者能接受这样的挑战、不辜负作者的期望吗？

对于《伪币制造者》，可以有两种读法。一是专注于小说的观念和技巧，一是专注于小说的主题和含义。

新小说的先驱

从观念和技巧的角度看，《伪币制造者》不止于别致，它实在是一次小说危机的产物。在法国，自 20 世纪初年，批评界就开始大谈小说的危机，甚至争论小说的前途，其中不乏小说已经死亡的诊断。《伪币制造者》是纪德费时六年在 1925 年方始完成的，他以前所写的、我们现今称为小说的《背德者》《窄门》《梵蒂冈的地窖》和《田园交响乐》，他或称为"傻剧"，或称为"故事"，唯此《伪币制造者》他才称为"小说"。这其中的缘由当然在于小说观念的变化。《伪币制造者》面世的时候，的确首先是以一种全新的面貌引起了读者的惊奇。它放弃了 19 世纪小说的直线式的叙述和全知的视角，几乎没有环境的描写，人物的对话也不追求声口的惟妙惟肖，全书只有贯穿始终的人物却没有真正的主人公。人物和事件的介绍多取间接的方式，或通过日记，或通过书信，或通过对话，因此书中经常出现偷读日记、偷看书信、偷听谈话的场面。英国菲尔丁的小说中作者出面议论，俄国托尔斯泰和陀思妥耶夫斯基小说的芜杂，甚至音乐的对位理论都被当作一种技巧加以吸收。其实，孤立地看，这些方法和技巧并不自纪德始，包括那最为人称道的"戏中戏"手法，都是前人早已用过的，然而，在《伪币制造者》之前，没有一本小说这样集中地运用这些新方法新技巧。可以说,《伪币制造者》具有一种整体的新颖,它全面地体现了一种新的小说观念。它甚至不惜在小说中通过各种方式阐明这种新的观念。用小说谈小说,就其全面、系统、自觉而言,《伪币制造者》是始作俑者。于是,它成为小说的小说,仿佛一位魔术师当场向观众讲解刚才的魔术是怎么变的,小说的读者也能亲眼看见他手上的小说是如何产生、发展,甚至解体的。这种小说观标榜"纯小说",提出"不与户籍争雄","取消小说中一切不特殊属于小说的元素"。不过,这做起来很难,"纯小说"也像"纯诗"一样,永远是实现某种追求的一种努力。《伪币制造者》当然也未能成为"纯小说",因为它不能排除取消生活。这种结果是很奇妙的:小说家越是强调艺术要与生活分开,或曰"使生活文体化",就越是使小说融进生活的原生态,或者说,越是使小说不纯。用爱德华的话说就是:"我要把一切都放入这本小说内,决不在材料上加以剪裁。自从我开始干这工作,一年以来,一切我所经历的我全放在里面,或是设法使它加在里面:我所见的,我所闻的,一切由我自己或是由别人的生活中所知道的⋯⋯"这正是马丁·杜·加尔讲的那个故事:"纪德拿了一张白纸,在上面画了一条直线。然后,他又拿了一支手电,让光点慢慢地从一端移向另一端,说:'这是您的《巴洛亚》,而我呢,看我如何写我的《伪币制造者》。'他把纸翻过来,画了一个大大的半圆,把手电放在中央,原地不动地转动。"这手电的光所形成的扇面就是《伪币制造者》。这当然不会是兼容并蓄,模拟现实,而是所谓

"使现实文体化"，是爱德华所说的"不离现实，同时可又不是现实，是特殊的，同时却不是普遍的，很近人情，实际却是虚构的"，是"现实所提供的事实与理想的现实之间的一种斗争"。因此，小说的问题，无论是观念的改变还是技巧的更新，归根结底是艺术与生活的关系问题。一种真正关注于观念和技巧的阅读，最终会超越观念和技巧，回到生活本身。批评家往往把《伪币制造者》看作是法国的第一部"新小说"，然而新小说的主将们没有一个承认受到过这部小说的影响。其实这并不说明什么问题，我们有充足的理由认为《伪币制造者》是一部后现代主义小说。这就是说，在艺术与生活的关系这样的根本问题上，《伪币制造者》划了一个时代。因此，对于《伪币制造者》这样一部小说，观念技巧和主题含义是不可分割的，对于前者的关注必然会转向对于后者的挖掘。

作为"生命本质"的"悲剧意味"

《伪币制造者》号称"没有主题"，而所谓"没有主题"，其含义是"没有一个唯一的主题"，即小说并非如自然主义所宣称的那样是"生命的一切片"。在爱德华看来，自然主义"最大的缺点就是把刀始终切在同一方面，也即时间的纵面"，而他则要"切在幅面"或者"深的方面"，或竟"根本不愿动刀"。这也正是他对现实主义或自然主义小说的批评："直到如今文学中似乎忽视了某种悲剧意味。小说一般只注意到故事的起落，艳遇或是厄运,人情或是欲情,再是人物特别的性格,但完全忽略了生命的本质。"那么,这种作为"生命的本质"的"悲剧意味"究竟是什么呢?

《伪币制造者》的第二部第七章题为《作者对其人物之检讨》,颇为奇特。读过之后,我们不胜惊骇地发现,作者对其人物的评价竟全然是否定的,并且声称今后若"再有创作一个故事的机会,其中应是些受过生活锻炼的人物,不是为生活所消沉,而是为生活磨尖了的人物"。读者到此或许会有如梦初醒之感:书中诚然有些为作者所不喜的人物,但也有些分享着作者的好感的人物,缘何都遭此根本的否定? 细想亦不为无因,原来说到底,书中各色人物都是程度不同的,或有意或无意的伪币制造者。他们不能不是,因为他们生活在一个"人人欺蒙的社会中",伪币驱逐良币,"真实的人反被看作骗子"。这些形形色色的人物,年老的一代,在传统的道德观念的熏陶下,已经登上高层的台阶,转而成为各种虚伪的维护者;稍长的青年一代,也许有过不满,却已在父辈的管束下就范,正在走上正轨;尚未成年的小弟弟们试图反抗,却在善与恶的争夺中瞎撞。年轻的中产阶级知识分子虽然认识到传统道德和宗教观念的腐朽,却因读书太多行动太少而在抽象的分析和浮夸的词句中看不清身边的现实,更因人人都极力扮演某种角色而失去了真诚和自然,非但父子两代之间壁垒重重,就是兄弟之间也难以沟通。更不必说格里菲斯夫人那种"无法、无主、无疑惧、逍遥自在"的没有灵魂的人了……这中间我们不要忘记一个鼎鼎大名的重要人物,它的名字叫作"魔鬼"。它在《伪币制造者》中举足轻重,出场十余次,可谓战功赫赫:是它诱使裴奈尔打开抽屉,发现了母亲旧日情人的书信;是它让文桑踏进赌场,又投进格里菲斯夫人的怀抱;是它把裴奈尔带进一个狂热的政治集会;等等。总之,"在这世间,上帝总是默然无言,说话的唯有魔鬼","在最美的动机后面也每每隐匿着一个机巧的魔鬼"。什么是"生命的本质"? 是"自然",而生活一旦失去了自然,充满了人为的清规戒律(例如资产阶级的道德、文化等),就等于"盐失去了盐味"。《福音书》中说:"如果盐失去了盐味,可用什么叫它再咸呢?"爱德华说这句话"令人深省",那么,如果生命失去了自然,可用什么来恢复它的本质呢? 这不也是令人深省的吗? 这就是悲剧意味的所在啊。《伪币制造者》不是一本令人感动的书,它是一本让人思考的书。

纪德完成《伪币制造者》时,已经五十六岁,然而他二十八岁写作《人间食粮》时的那种对于自然和生活的激情似乎还在他的胸中冲荡,他那颗渴望自由的心还时时在字里行间跳动,他那怀疑的反抗的精神更因找不到富有成果的出路而不断地撕扯着他的灵魂。五十六岁的纪德仍然有着一颗年轻人的不安分的灵魂,他没有占据《伪币制造者》中父辈人物的位置,也没有走上稍大的兄长们的道路,似乎还在那些对现实不满而竭力反抗的少年人的队中。他在《人间食粮》1927 年重版的序言中写道:"当我写这部书的时候,文学界有一股非常强烈的造作和封闭的气息;我觉得迫切需要使文学重新接触大地,赤着脚随便踩在地上。"这段话难道不也是为《伪币制造者》写的吗？

《伪币制造者》，对于"懒惰的读者"，这是一枚难以下咽的酸果；而对于肯读第二遍第三遍的读者，却是一枚愈嚼愈有味的橄榄。

曾经沧海难为水

——读阿兰-傅尼埃的《大个儿莫纳》

啊，童年……

倘若你有机会与一位法国人攀谈，你不妨问他，在 20 世纪的法国小说中，有哪些值得一读。十有八九，他会提到阿兰-傅尼埃的《大个儿莫纳》。你若再问他，这部小说好在哪里，他多半会带着一种无限向往的神情回答说："啊，童年……"

那略带惆怅的口吻（可能还有些淡淡的悲哀）也许会打动你，令你生出无限的遐想。童年，的确是个美妙的时代，即便那些精神上、肉体上遭受许多痛苦的孩子，也会有他们自己的欢乐和幸福的时刻。假如你是身在其中的少男少女，你可能对未来充满了种种神奇美妙的幻想，对身边的人和事都睁大着一双充满无止境的好奇和探求的眼睛；假如你已人到中年，你也许会对自己那遥远的往事投去善意的一瞥，感到那种渴望冒险的天真和幼稚多少有些可笑，或者已经感到自己曾经有过的幻想面临着破灭的危险；假如你已垂垂老矣，你大概会真正体会到"一去不返"这句话的真正含义，从而生出种种惆怅和依恋之情：可笑的不复可笑，幼稚成了纯洁的近邻，那好奇和探求的目光也一变而为一生事业成败的杠杆。这是人们阅读《大个儿莫纳》可能会有的感触。这一切中凝聚着的感情，是惊喜，是沉醉，是悲哀，是惶惑？这一切中充塞着的思绪，是向往，是品味，是怀念，是探询？因人而异，因时而异。这也许是《大个儿莫纳》风靡法国八十年，历久不衰，男女老幼人人爱读的原因吧。

曾经沧海难为水，除却巫山不是云

小说写的是一个十七八岁的少年的故事。奥古斯丁·莫纳是个倔强、憨厚、浑身散发着泥土气的农村小镇上的少年。他寄宿在小学教师索莱尔先生的家里，与其子法朗索瓦同学，并结下了亲密的友谊。一次，他赌气自己驾车去车站接人，中途迷路，走进了一座神秘的庄园。那里正准备举行婚礼。一个新奇而迷人的新天地展现在他的面前：古老的房屋，穿戴奇特的男女，五花八门的马车，古色古香的器具……那简直是一个童话的世界啊！最使他惊奇的是，那儿是孩子们称王称霸的天下。就在这个庄园里，他见到了美貌绝伦的伊沃娜·德·加莱小姐。她的弟弟弗朗兹·德·加莱正准备举行婚礼，新娘却突然不见了，随后，弗朗兹也失踪了。第二天夜里，莫纳离开了庄园。从此，这次奇遇就像一个不可追寻的梦一样缠住了他。他绞尽脑汁，无论如何也回忆不出通往庄园的路径。他失踪的那三天，成了他和法朗索瓦的一个大秘密。后来，弗朗兹来到镇上。他已成了到处流浪的"吉普赛人"，正苦苦地寻找失踪的未婚妻。他把伊沃娜在巴黎的住处告诉了莫纳，却对自己的家——那"神秘的庄园"——佯装不知。莫纳许下诺言，要帮他找回失去的幸福。不久，莫纳借故去巴黎上学。只有小法朗索瓦知道他是去找伊沃娜。然而，人去楼空，他始终未能等到伊沃娜。这期间，他认识了瓦朗蒂娜。正在他心灰意冷准备与瓦朗蒂娜结婚的时候，却突然发现瓦朗蒂娜正是弗朗兹的未婚妻，她因为胆怯而不敢相信自己的幸福，就在要举行婚礼的时候逃走了。莫纳觉得自己在精神上犯了错误，下决心找到弗朗兹。正当他准备出行的时候，法朗索瓦找到了他，告诉他，踏破铁鞋无觅处的伊沃娜其实就近在咫尺。然而，爱情虽在，莫纳却不能心安理得地享受它所给予的幸福了，因为他对法朗索瓦许下了诺言。于是，新婚的第二天，他就告别妻子，出门去找弗朗兹和瓦朗蒂娜。两年之后，他找回了那一对恋人，他自己的爱人却已经去世了，给他留下一个女儿。"夜阑人静，他把女儿包在一件大衣里，同她一起出发去开始新的历险。"小说在法朗索瓦的这个意味深长的想象中结束了。

"大旨谈情"，一语可以概括全书。这"情"，是爱情，是友情。莫纳的两次追寻，一次是为了爱情，一次是为了友情。情，正是这部小说的生命线。那是一种纯洁的、真挚的、只有阅世未深、童心未泯的少年人才会有的情；它不容有半点的虚伪，*丝*

毫的妥协；它需要的是不懈的追求，忘我的牺牲。"曾经沧海难为水，除却巫山不是云"，这是唐人元稹的两句诗，如果我们把原意稍加扩大，拿它来作《大个儿莫纳》的题词，是极为恰当的。

在法国文学史上，以纯真的爱情为主题而打动了万千读者的心的作品不少，如贝纳丹·德·圣彼埃尔的《保尔和维吉妮》，夏多布里昂的《阿达拉》，杰拉尔·德·奈瓦尔的《希尔薇》，都是传世的名作。但是，它们虽有美丽的海岛风光和淳朴的化外之民，却终不免使人感到有些缥缈；它们虽有诡奇壮观的密西西比森林和缠绵悱恻的情语，却终不免使人感到有些浮夸。它们虽有梦与现实的交融和迷离恍惚的诗意，却终不免使人感到有些肤浅。阿兰-傅尼埃的《大个儿莫纳》则不同。它没有引人遐思的异域风光可供铺陈，它只有平凡的乡村小镇作为活动的天地，但平凡中洋溢着诗意；它没有旖旎缱绻的柔情可资描绘，它只有小儿女们的奇遇可以略展想象与梦幻的翅膀，但奇遇中蕴藏着理想；它没有真真假假的回忆可以追诉，它只有现实中的悲欢离合活动在笔端，但离合中不乏令人深思的哲理。

孩子的眼光看世界

在这部像童话一般美的小说中写的都是日常生活中普通人的小事。然而，在成人看来是小事的，在孩子们的眼中则未必。现实和童话相互渗透，水乳交融。唯其如此，它才能给人一种亲切、真实、如临其境的感觉。小学生们的学习和嬉闹，家庭日常生活中的拮据,凄清的田野,小镇上人们的劳作,都写得逼真自然,毫无夸饰。这不是最平凡的现实吗?然而,这些寻常小事一经孩子们的眼光掠过,都发出熠熠的光彩,或欢乐,或神奇,或烦闷,或哀愁,或迷惘,五颜六色,闪现出童话一般的美。请看莫纳的奇遇。在局内人看来,那不过是溺爱的父母为任性的孩子举办的一次热闹得近乎荒唐的婚礼而已,而在局外人莫纳这个少年看来,那却是个神秘的所在,新奇的世界,精神的天堂,要毕生追寻其后的理想。这次奇遇又在他的伙伴中引起多少激动、向往,乃至于嫉妒的感情啊!再看"吉普赛人"弗朗兹在小镇上露面。那不过是一个丢失了未婚妻又思念家园的少年人在家乡附近徘徊而已,可他是怎样地激发了莫纳和法朗索瓦的想象力啊,当他向他们提供了"神秘的庄园"的一些线索后,又在他们心中点燃起多少支希望的火炬啊。常情常景和奇情奇景合而为一,正是"天下之真奇,未有不出于庸常者也",人是不能永远用孩子的眼光看世界的。然而,成年的人们,不是有时也会因为意识到失去了孩子的目光而感到一种无名的悲哀吗!我们在读这部小说时,恰恰是不知不觉地换上了一副孩子的目光,而从现实生活中看出一个童话世界,从而触动了我们深藏在心底的种种思绪。为什么会有这些联翩而至的思绪!我们不由得想起马克思在谈到希腊神话时说过的一段极有名的话:"一个成人不能再变成儿童,否则就变得稚气了。但是,儿童的天真不使他感到愉快吗?他自己不该努力在一个更高的阶梯上把自己的真实再现出来吗?在每一个时代,它的固有的性格不是在儿童的天性中纯真地复活着吗？为什么历史上的人类童年时代，在它发展得最完美的地方，不该作为永不复返的阶段而显示出永久的魅力呢？"我们在阅读《大个儿莫纳》时所感到的愉快，不正是我们"努力在一个更高的阶梯上把自己的真实再现出来"的愿望的一种反映吗？对于正在遭受着"异化"之苦的人们来说，这本薄薄的小书不啻一泓清凉的泉水，既可解他们一时的干渴，又可洗净他们心灵的灰尘，把他们的"真实"再现出几分来。

《大个儿莫纳》与一般的爱情小说不同，它描写的其实不是爱情本身，仅仅是对爱情的追求，而爱情又与"神秘的庄园"、孩子们"称王称霸"的世界等一起成为一种理想生活的象征。阿兰-傅尼埃说这本书是"一部历险和发现的小说"。这是夫子自道，我们不能不相信，我们也没有理由不相信。我们关心的是：什么样的历险？什么样的发现？他说的是惊险曲折的遭遇吗？不是。他说的是终成眷属的快乐吗？不是。他经历的是精神的危机，他发现的是生活的悲剧。莫纳只去过"神秘的庄园"一次，只见过可爱的姑娘一面，可这美妙的一瞬却成了他痛苦的根源。为什么？因为这偶然的奇遇犹如一道闪电，在他面前照亮了一个新的世界：他发现了一种新的生活，那里是欢乐，是光明，是孩子们的笑声。相比之下，眼前的生活，则是忧郁，是暗淡，是风和雨的统治。他精神上的觉醒催促他踏上追求理想的道路。这理想是他"活着的理由"，是他"希望的所在"。这条道路说漫长还不够，简直就没有尽头。我们沿着他东奔西闯的足迹，只看到一连串精神上的折磨和痛苦。他第一次追寻的结果，是"希望已成泡影"，是内心中负疚的感觉。他第二次追寻的结果，是用自己的爱人的死成全了朋友的幸福。当他千回百转、历尽磨难，回到那梦寐以求的"神秘的庄园"的时候，却发现自己已无心住在那里了。他并没有悔恨，他又去开始新的历险了。他怀里的女儿会给他带来幸福吗？会让他开始一种新的生活吗？大概不会。他已经清醒地意识到，他"再也达不到发现无名庄园时所具有的那种完美和纯洁的高度和程度了"。这就意味着，除非幸福已经贬值，否则他将永远得不到幸福。然而，贬值的幸福还能称作幸福吗？他心里明白："对于一个曾经跳进过天堂的人来说，此后怎么能甘心和一般人一样地生活呢？"他就是这样地不肯妥协，这样执着地追求绝对。我们可以想象，他在重新踏上"历险"的道路时，眼睛里一定会闪现出一种迷惘和惶惑的光。但是，他心中也一定会想："必须要有理想，否则不如死去。"这种矛盾，使小说笼罩着一层神秘、凄清的色调，透出一种扑朔迷离、惶惑不解的焦虑感。

这充满痛苦的追求，是作者本人经历的艺术再现，那要求人们用孩子的目光看看世界的愿望则是他毕生保存在心中的一股对故乡、对童年的依恋之情的流露。阿兰-傅尼埃的真名叫亨利·阿尔邦·傅尼埃，父母都是农村的小学教员。他在农村读完小学，却经常说自己是个农民，一生都对自己度过童年和少年时代的乡村保持着甜蜜的回忆。1898年，他到巴黎上学。1905年升天节那天，他在街上遇见一位姑娘，一见钟情，并在圣灵降临节那天跟她谈了话。两年后,他听说姑娘结了婚;八年之后,他又见到了她。这八年中,他对她一直不能忘怀,感情日甚一日。1913年5月11日,他最后一次见到她时,他交给她一封信,信中说:"我失去了您已经七年多了。从那时起,我一直在寻找您……我没有一个星期不到圣日耳曼大街的那扇窗下去,在1905年夏天的那短暂的日子里,您好几次出现在窗口……我什么都没有忘。"这不正是小说中莫纳在窗下苦等的情景吗?阿兰-傅尼埃在1913年9月写给朋友的信中承认:"她的确是世上唯一能给我以安宁和休息的人。"在这中间,他曾经与一个叫让娜的女人有过一段充满痛苦的恋情。我们在小说中的瓦朗蒂娜身上可以辨认出她的影子。此外,他也曾爱过一位叫西蒙娜的女人。但是,这后面的两个人,都不能使他忘却伊沃娜,都未曾带来他以为可以从伊沃娜身上得到的幸福。可以毫不夸张地说,这本译成中文不足十五万字的小书,是阿兰-傅尼埃孕育了八年的产物。小说于1913年首先发表在《新法兰西评论》上。一年之后,他死在第一世界大战的战场上。他在死前三个星期还吟诵过贝基的名句:

幸福啊,成熟的麦穗和收割过的麦子。

这个麦穗不是成熟得过早了吗?这棵麦子不是收割得过快了吗?不过,这些饱满的麦粒虽然不多,却足以提供给人们一份干净而清淡的精神食粮了。

包法利夫人的姐妹
——读莫里亚克的《黛莱丝·戴克茹》

法国文学中的"外省"

"外省",对一个法国文学爱好者来说,并不是一个普通的名词,它那丰富而深刻的含义,怕是在任何辞典里也查不到的。翻开巴尔扎克、福楼拜等人的小说,立刻会有一种异样的气息扑面而来。啊,外省!它与首都巴黎的区别何啻霄壤!那是怎样的一个世界啊。那里的天常常是阴沉的,那里的风常常是凄厉的,那里的雨常常是冰冷的,那里的路常常是泥泞的,那里的人们常常彼此投射出怀疑、嫉妒、觊觎的目光,那里的家庭常常是个小小的堡垒,里面的人低声谈论着财富或遗产,那里的男人们常常兴味盎然地阅读着小报上的飞短流长,那里的女人们常常因为"有人议论"就无地自容……闭塞,沉闷,保守,冷酷,这就是外省。如果说批判现实主义大师们笔下的巴黎和外省都曾是吃人的恶魔的话,那么,巴黎就像是张开了虎狼之口,将吕西安（巴尔扎克小说《幻灭》中的主人公）们咬住，吞噬；而外省却像是伸出了大章鱼的触腕，将爱玛（福楼拜小说《包法利夫人》中的主人公）们缠住，闷死。比诸巴黎，作家们对外省的观察更为细腻，描绘更为生动，揭露更为彻底，批判也更为深刻，因此，从中产生的杰作也为数更多。法朗索瓦·莫里亚克说得好："使巴尔扎克不朽的，是葛朗台们，而不是他的公爵夫人们。"

19世纪过去了，然而，外省作为小说家笔耕的沃土，其肥力并未曾稍减。进入20世纪之后，在这块土地上辛勤耕耘并获丰产者盖不乏人。法朗索瓦·莫里亚克就是其中的佼佼者。他的《黛莱丝·戴克茹》使我们想起了福楼拜的《包法利夫人》。如果说，使巴尔扎克不朽的，是葛朗台，使福楼拜不朽的，是爱玛；那我真想说，使莫里亚克不朽的，是黛莱丝！

读过《包法利夫人》的人都知道，福楼拜对外省资产阶级怀着怎样的憎恶。他曾经在信中写道："啊！我开始认识资产阶级这片化石了！怎样的半性格！怎样的半意志！怎样的半热情！"憎恶之情溢于言表。这个"半"字，就是福楼拜对外省资产阶级所下的最严厉的判词。"半"者，温吞水之谓也。四分之三个世纪之后，福楼拜的放大镜下的那片化石移到了莫里亚克的显微镜下，他看到的是同样的压抑、守旧、猥琐和平庸，禁不住慨叹道："哪怕烧死，也比麻木不仁强！"物质文明的发展似乎并未给外省的精神以多大的冲击，那里依旧是一派19世纪末的景象和气息。在莫里亚克看来，投毒害夫的黛莱丝远胜于她周围那些除了财富什么也不能使之激动的人们，黛莱丝的举动至少是她试图冲破家庭的束缚、摆脱环境的窒息的一种努力。她有罪，但她将得到宽恕，而那些"半性格""半意志""半热情"的人们，他们表面上可能是无罪的，但他们将永远也得不到上帝的恩宠。在莫里亚克眼中，这正是他们最可哀叹的命运。

哪怕烧死，也比麻木不仁强

黛莱丝其实是个很普通的富人家的女儿，她也有那种地主资产阶级所特有的财产欲，"生来就喜欢有产业"，"对贝尔纳的两千顷地，也并非完全无动于衷"。她异于周围的女人之处，也许就是她抽烟，喜欢读点儿书，有些"才情"，或者如她的未婚夫贝尔纳所说，脑袋里"很有些不对头的想法"。但是，仅仅这些就足以使她与父亲、与丈夫、与丈夫的家庭格格不入了。当她的父亲信誓旦旦地说什么"对民主忠诚不二"时，她可以当着众人拆穿其虚伪；当她的丈夫说"我们从来不拿家族的事打哈哈"的时候，她可以反唇相讥；正当举行婚礼的时候，她却可以"突然感到周围一片空虚——世界只剩下隐隐约约的痛苦和渺渺茫茫的欢乐"。对她来说，结婚是一条分界线，婚前是"皑皑白雪"，是人间"天堂"，婚后是"最脏的河水"，是"葬送余生的孤岛"。结婚粉碎了她的憧憬和幻想，使她跨进一个更广阔，也更真实的世界。她深深地感觉到，她所居住的阿什露兹"地处偏隅，到了那里，就前无去路了"，那是一块如此不适于人类居住的土地,她仿佛要被困死在那里;她清楚地看到,贝尔纳"一生中从来没有替旁人设身处地地想过一回,从来不会跳出小我的圈子用对方的眼光看问题",他感兴趣的只是"财产,打猎,车马,吃喝",他"最刻板,他把各种感情分门别类,孤立隔开,而不知相互能够沟通";她也冷静地意识到,她所过的生活就是:"烦闷无聊,既无崇高的使命,也无神圣的义务,除了日常琐事之外,生活中无可盼望——只有孤苦寂寞,无可告慰的孤苦寂寞!"她没有适应丈夫的粗鄙、狭隘和自以为是的满足,也没有被夫家的虚伪和贪婪征服,这就是说,她没有被他们"引上正道",相反,她不想"虚情矫饰,保住面子,改弦更张",不想"对一切习以为常,变得麻木不仁,躺在家庭的怀抱中昏沉睡去"。她向往着另一个天地,过另一种生活,"在巴黎做个单身女子,自食其力,谁也不靠……连家也不要!"这种尖锐的冲突,自然使她心中的不满渐渐积聚成隐隐的仇恨。她的丈夫服了过量的药物,产生了严重的后果,这不过是给了她一种启示罢了,舍此,她也会从别的事情上获得启示,从而走上那条黑暗的道路的。在黛莱丝身上,改变生活的强烈愿望是不可泯灭的,它敢于不惜一切手段冲破企图阻挡它的罗网。当然,这愿望实际上并没有战胜形形色色的障碍。虽然贝尔纳为了不使家丑外扬而出庭作了假证,使她免尝铁窗风味,但是,法庭可以"免予起诉",家庭却不会就此作罢,家庭的诉讼比法庭的诉讼更为残暴冷酷。黛莱丝遭到软禁,失去了行动的自由,最使她感到痛苦的是,她不能离开她所痛恨、鄙视的丈夫,必须在适当的场合与他同时露面,以维护家族的体面。这正是:"她没有能够毁掉这个家庭,那么就该她给毁了。"

但是,黛莱丝并没有失足者的悔恨,也没有失败者的屈服,她高昂着头接受了她的行为的后果,仍然向往着"活生生的人,他们营营逐逐的生活,他们胸宇里比狂飙还猛烈的激情",因为,"天地间生生不已的一切,最打动她情兴的,莫过于血肉之躯的人了"。最后,她告别了丈夫,独自留在巴黎,去体验另一种孤独,人群中的孤独。她并不确切地知道她要的是什么,但她确切地知道她不要的是什么,"她可以羞死,急死,恨死,累死,但绝不会无聊而死"。"哪怕烧死,也比麻木不仁强!"这就是莫里亚克送给黛莱丝的箴言。

熟悉《包法利夫人》的读者想必也知道,福楼拜曾就他的包法利夫人说过一段有名的话:"就在如今,就在同时,就在法国二十个乡村里,我相信,我可怜的包法利苦楚着,欷歔着。"莫里亚克也曾在《黛莱丝·戴克茹》的序言中写道:"黛莱丝,很多人都会说,像你这样的人根本就是子虚乌有的。但是,你确实是存在的,这我知道。我多年来一直在窥探你,常在半路上拦住你,揭去你用以遮掩自己的伪装。"她曾经"坐在空气闷塞的法庭里",她曾经出现"在乡间的客厅里"……

写到这里,不妨顺便说说小说的序言。序言里的文字以及它前面引自波德莱尔的一首散文诗的一段话,都不曾出现在莫里亚克这部小说的手稿中,但几乎所有的版本都将其列于卷首,以异体字排出。虽然并没有什么"序言"之类的名目,实际上起的是"序言"或"告读者"的作用,提供了理解这部小说的钥匙。但是,收有这部小说中译本的《外国中篇小说》(第二卷)却将这篇文字作为小说的开头,以同样的字体排入正文。这当然是一个很大的疏忽。这样一来,不唯令人读来有不伦不类的感觉,破坏了这部小说的严密的结构,还冲淡了这篇文字所具有的启发引导读者的作用,仿佛一把开门的钥匙放的不是地方,让人找不着,或竟视而不见。

莫里亚克在序言中肯定了黛莱丝这类人物的存在,更在一篇题为《论女孩子的教育》的文章中说:"没有暴露的、不为人知的悲剧为数更多。上帝知道被裹藏在家庭秘密之中的东西有多少!我的黛莱丝·戴克茹有众多的姐妹。"家庭是一座牢笼,"由一个个活人编成的栅栏,四周设有许多耳目的牢笼"。这座牢笼囚禁着多少爱玛、多少黛莱丝啊!她们的命运的不同,仅仅在于前者服毒自尽,而后者逃往巴黎。莫里亚克在上面提到的那篇文章中,对外省妇女(包括富裕的资产阶级妇女)的地位和命运做过令人震惊的描述,例如她们终年劳累,未老先衰,田野里到处是二十五岁的掉了牙的老太婆,"在一些家庭里,一个女人读书很多就会引起不安,被视为大逆不道";如果人们说某位太太"经常出门",那就是对她的品行的严重恶评;等等。这说明,20 世纪初年,在法国的外省,妇女仍然处于被压迫,被奴役的地位,她们仍然是男子的附属品,她们也往往成为所谓家丑的牺牲品。黛莱丝的命运就是她们的命运,她们为了过一种有个性的、有尊严的生活,不得不进行顽强的斗争,甚至要付出惨重的代价。黛莱丝这个形象的塑造，是有着充分的生活根据的。她不仅从莫里亚克早年的外省生活中获得了血肉，而且还被日后的见闻雄辩地证实了。

莫里亚克写过一篇文章，叫作《法弗尔-布勒案件》，报道了1930年巴黎重罪法庭审理的一宗情杀案：法弗尔-布勒太太杀死了她的情夫和情敌，因而被判处二十年苦役。意味深长的是，法弗尔-布勒太太活脱是一个黛莱丝·戴克茹。她们都有一个纯洁的童年，过的都曾经是安分守己的日子，而一旦走上犯罪的道路，又都是义无反顾，对资产阶级的伪善表示出极大的轻蔑。法弗尔-布勒案件表明了黛莱丝的命运的普遍性。更为深刻的是，黛莱丝所以企图除掉她的丈夫，并不是因为她又爱上了别人，而恰恰是"他们没有任何破裂的理由"。他们无论如何也想不到的是，她希望"世界上会有个地方，周围的人都能够了解她，甚至赞美她，爱慕她，使她可以像花朵一样盛开，充分发展自己"。当然，就莫里亚克的小说而言，《黛莱丝·戴克茹》的真实性和普遍性并不表现在它讲述了一件已经发生过或可能会发生的悲剧，而在于它揭露了一个怵目惊心的事实：资本主义社会（其小型化就是家庭）是戕害个性、扼杀幸福的刽子手。莫里亚克生长在这类家庭和环境中，熟悉并憎恶那些资产者的思想和行为，同情那些因种种原因遭到不幸的妇女。他无情地撕破了资产阶级蒙在家庭上面的有时神圣、有时温柔的面纱。

李健吾先生论到福楼拜对包法利夫人的态度，有过这样一段话:"我们敢于斗胆说,全书就是她一个人——一个无耻的淫妇!——占有他较深的同情。"关于黛莱丝·戴克茹,我们可以引述莫里亚克自己的一段话。他在《小说家及其人物》一文中写道:"我爱我的最卑劣的人物,他们越是卑劣,我越是爱他们,就像一个母亲出于本能爱她的最不幸的孩子一样。"然而,他之爱黛莱丝,不是出于本能,而是出于信仰,他也不是爱她投毒,而是爱她有一颗需要拯救的灵魂。福楼拜同情爱玛,因为她是资本主义社会的牺牲品;莫里亚克爱黛莱丝,因为她没有那种自以为是的满足和骄傲,在上帝的面前是谦卑的,更因为她是一个罪人,容易投入上帝的怀抱。从这里我们看出了福楼拜和莫里亚克之间的区别。

写小说的天主教徒

　　福楼拜"对宗教、特别是法国人所信奉的天主教,态度是客观的,科学的,这就等于说,他不相信"(见李健吾著《福楼拜评传·写在新版之前》)。他的爱玛也有虚幻的憧憬,强烈的情欲,反抗的意识,但是,她用幻想做了斗争的根基,错把淫乱当解放,反入了资产阶级道德的壳中,终于为黑暗的现实所吞噬。她没有上帝的恩宠来解救她的灵魂,自杀是她唯一可能的出路,死亡是她最后的解脱。她的悲剧是世俗的,更易于理解。莫里亚克则是个虔诚的天主教徒,声称他的小说中最好的东西都来源于"深刻的信仰"。罪孽与恩宠,这是他的小说的两大基本主题。如同"沉沉黑夜，有光明闪过"，那些掉进"最脏的河水"中的人，可以找到源头上的"皑皑白雪"。黛莱丝犯了谋害丈夫的罪孽，虽然她是不甘于环境的压迫而走上了这条黑暗的道路，她仍然受到了惩罚，因为她之到巴黎，实际上是一种放逐，从外省这座监狱被放逐到巴黎这座监狱，她所体验到的始终是孤独。但是，她并未因此而失去上帝的恩宠。对此，作品中表现得极为隐晦，只在"最脏的河水"和"皑皑白雪"的对立中露出端倪。明确的信息是由序言传出的："我愿你，黛莱丝，能以你的深痛巨创去见上帝，希望你无负于圣女乐谷丝特的命名。有些人，尽管相信苦难的灵魂堕落之后可以赎罪，却叫嚷这是亵渎圣灵。"他还没有给予黛莱丝任何明确的出路，但已暗示出，沉沉黑夜中的黛莱丝还有一段路要走，她的前面将会有光明。在《法弗尔-布勒案件》一文中，他写道："一个人不管犯了什么罪，他总是值得同情的，甚至值得尊敬，一个基督徒甚至敢于写上是值得爱的……世界上最可怕的，是脱离了仁慈的正义。"可以设想，一个写过《黛莱丝·戴克茹》的人在写这句话时，他的心中是有那个投毒害夫的女人存在的。惩罚而不乏仁慈，这就是莫里亚克对待黛莱丝的态度。

批评家们常常把莫里亚克称作"天主教作家"，莫里亚克本人并不以为然，他自称是一位"写小说的天主教徒"。这是玩弄文字游戏吗？不是。就莫里亚克而言，他首先是天主教徒，然后才是小说家。他以一个天主教徒的眼光观察、思考、分析和描绘周围的世界和这个世界的人。他从现实的生活出发，展现的是具体的环境和活生生的人物。他从不进行说教,只是在信仰的照耀下,希望上帝拯救那些堕落的灵魂。就读者来说,他们首先看到的是他所创造的想象世界及其人物,看那个世界是漆黑的,还是玫瑰色的,看那些人物是真实的,还是虚假的。在读者眼中,莫里亚克首先是小说家,然后才是天主教徒。他们可以接受他的见证,而对他试图指明的宗教的出路,却可以弃之,斥之,哂之,或竟浑然不觉。因此,关于莫里亚克的小说,我们就看到了一种可以理解的奇特现象:许多天主教人士认为他的"不健康的作品"培养了"坏教徒",不宜于青少年阅读;有的人却认为"他的跃动着罪孽的作品比那些卫道的作品和过于纯洁的灵魂更有助于皈依(天主教)";更多的人则认为他的作品是"时代的见证","在这个继信仰崩溃之后,人道主义也已崩溃的世界中,莫里亚克是个不可替代的见证人"。

　　莫里亚克擅长挖掘人物的内心世界,剖析人物的复杂灵魂,他因此而被称为"法国的陀思妥耶夫斯基";他从天主教的伦理观念出发,致力于表现灵与肉、善与恶的冲突以及人类所遭受的巨大痛苦,他因此又被称为"20世纪最后一位迷途的人道主义者"。他的小说蕴含着浓厚的诗意,贯穿着动人的抒情,于准确的细节描绘中见出古典式的明晰和严密,在当时方兴未艾的现代主义潮流的激荡中显示出现实主义的强大生命力。他的作品是值得重视的。

多余人·理性的人
——读加缪的《局外人》

今天，妈妈死了

　　翻开加缪的《局外人》，劈头就看见这么一句："今天，妈妈死了。"紧接着就是一转："也许是昨天，……"一折一转，看似不经意，却已像石子投入水中，生出第一圈涟漪……

　　《局外人》的第一句话实在是很不平常的。"妈妈……"这样亲昵的口吻分明只会出自孩子的口中，成年人多半要说"母亲……"的。然而说话人恰恰不是孩子，而是一个叫默而索的年轻人。他在临刑前，以一种极冷静极枯涩、却又不乏幽默、有时还带点激情的口吻讲述他那极单调极平淡、却又不乏欢乐、有时还带点偶然的生活，直讲到被不明不白地判了死刑。默而索不说"母亲"而说"妈妈"，这首先就让我们感动，凄凄然有动于衷。我们会想：他在内心深处该是对母亲蕴藏着多么温柔多么纯真的感情啊！

　　然而他竟没有哭！不唯接到通知母亲去世的电报时没有哭，就是在母亲下葬时也没有哭，而且他还在母亲的棺材（他居然没有要求打开棺材再看看母亲！）面前抽烟、喝咖啡……我们不禁要愤然了：一个人在母亲下葬时不哭，他还算得是人吗？更有甚者，他竟在此后的第二天，就去海滨游泳，和女友一起去看滑稽影片，并且和她一起回到自己的住处。这时，我们几乎不能不怀疑他对母亲的感情了。也许我们先前的感动会悄悄地溜走，然而竟没有。默而索不单是令我们凄然、愤然，他尤其让我们感到愕然：名声不好的邻居要惩罚自己的情妇，求他帮助写一封信，他竟答应了，觉得"没有理由不让他满意"。老板建议他去巴黎开设一个办事处，他竟没有表示什么热情，虽然他"并不愿意使他不快"。对按理说人人向往的巴黎，他竟有这样的评价："很脏。有鸽子，有黑乎乎的院子……"玛丽要跟他结婚，他说"怎么样都行"，要一定让他说是否爱她，他竟说"大概是不爱她"。最后，他迷迷糊糊地杀了人，对法庭上的辩论漠然置之，却有兴趣断定自己的辩护律师的"才华大大不如检察官的"。就在临刑的前夜，他觉醒了："面对着充满信息和星斗的夜"，他"第一次向这个世界的动人的冷漠敞开了心扉"。他居然感到他"过去曾经是幸福的"，"现在仍然是幸福的"。他似乎还嫌人们惊讶得不够，接着又说："为了使我感到不那么孤独，我还希望处决我的那一天有很多人来观看，希望他们对我报以仇恨的喊叫声。"这是《局外人》的最后一句话，也是一句很不平常的话。

默而索何等人也

以很不平常的话开头，以很不平常的话结尾，使《局外人》成为一本于平淡中见深度、从枯涩中出哲理的很不平常的书。我们的凄然，我们的愤然，我们的愕然，使我们不能不想一想：这位默而索究竟是何等样人。奇人？怪人？抑或是常人？多余人？畸零人？抑或是明白人？

有人说他是白痴。从他生活态度的萎靡消极，从他对人对事的反应的机械迟钝，从他对周围人们遵奉的价值观念的无动于衷，从他对本能的、即刻的肉体满足的强烈要求，从这些方面看，他确乎有些是。然而，他知道别人都为他失去母亲难过。他唯恐养老院院长因他将母亲送进养老院而责怪他，对于能否在母亲的棺材前抽烟也曾有过犹豫。他有敏锐的观察力，并且不乏判断力，例如他从那些看过电影回来的"年轻人的举动比平时更坚决"，推断出"他们刚才看的是一部冒险片子"。他尤其对太阳、大海、鲜花的香味等十分敏感。当神甫劝导他皈依上帝的时候，他可以揪住神甫的领子，把他内心深处的话、喜怒交迸的强烈冲动，"劈头盖脸地朝他发泄出来"。这样一个敏感、清醒、具有明确的自我意识的人怎么可能是白痴呢？

有人说他是个野蛮人。怕也不尽然，或竟可以说似是而非。在法国作家的笔下曾经多次出现过野蛮人或远离人类文明的化外之人的形象。他们纯朴善良，弃圣绝智，无知无识，不知有欺诈,亦不知有善恶,若一旦有机会进入文明社会,其结果不是逃离便是堕落。他们无例外地成为作家们歌颂的对象,如蒙田、卢梭、夏多布里昂等。默而索只有一点和他们相像,即与文明社会格格不入,而对阳光、大海、清凉的夏夜却如鱼得水,或者说"肉体上的需要常常使我的感情混乱"。然而默而索并非生活在北美印第安人的部落里,他是法国人,是法国殖民地阿尔及利亚首府阿尔及尔的一家船运公司的职员。他还读过大学! 只此一端就使他不但成不了野蛮人,怕连个平头百姓也做不得,他有文化,可以给同伴解释电影的内容,可以帮助邻居写相当微妙的信。他还读报! 而读报,按加缪(或他《堕落》中的人物克拉芒斯)的说法,是现代人的两大特点之一,另一个特点是通奸。因此,默而索之自绝于乃至见弃于人类社会,显然不是由于野蛮人的原因所致。他曾经有过符合人类社会的价值标准的"雄心大志",他对违反传统行为模式的举措经常有一种过火感,但他终于认识到这一切都"无所谓",并不能改变生活。这样一个有意识地拒绝文明社会的人怎么可能是野蛮人呢?

有人说他是"一个比一般人缺乏理性的人"。那么,一般人的理性是什么呢? 无非是认可并接受传统的价值观念,如感情,爱情,事业上的抱负,对地位和金钱的追求,对于过失的悔恨,以及信仰上帝等;无非是遵循习俗所规定的行为模式,如母亲下葬时要痛哭流涕,娶一个女人时要说"爱她",在法庭上要寻求有利于自己的辩护,在神甫面前要虔诚谦卑等。然而默而索恰恰是拒绝传统的价值观念，对由习俗所规定的行为模式不以为然。他不想说谎，而不说谎不单是不说假话，也包括了不夸大其词。他"不说废话"，而加缪认为："男人的丈夫气概并不体现在言辞，而是体现于沉默。"他被判死刑后，曾经进行过那么复杂微妙的思索，甚至在想象中"改革了刑罚制度"。他对神甫的信仰做出过最严厉的判断："他的任何确信无疑，都抵不上一根女人的头发。"他对人类的处境做出了"进退两难，出路是没有的"的悲观概括，这样的人，难道可以说是"一个比一般人缺乏理性的人"吗？

默而索既非白痴，又非野蛮人，更不是一个比一般人缺乏理性的人。他是一个有着正常的理智的清醒的人。然而他却不见容于这个世界。为什么？因为他杀了人。检察官指控："我控告这个人怀着一颗杀人犯的心埋葬了一位母亲。"

他怀着杀人犯的心埋葬了母亲

诚然，默而索埋葬母亲时没有哭，难道说他这就犯下了死罪吗？从习俗的角度看，表示悲痛只有哭泣，别无他途。死了人总是要哭的，连器具也有叫哭丧棒的，不独死者亲属哭，甚至可以雇人来哭，中国有，甚至科西嘉也有，如高龙巴。这种由习俗规定的行为模式，是生活在社会中，并与社会合拍的人所必须遵守的。从这个约定俗成的行为模式的要求来看，默而索之不哭便被看成了禽兽的行为，为人类社会所不容。

当然,法律不会这样愚蠢,径直将"不哭"判为弑母,它总要寻出"正当"的理由来要一个人的脑袋。这理由在默而索身上恰好有一个:他杀了人。我们从旁观者的立场看,默而索杀人实在是出于正当防卫的动机,只不过是他"因为太阳"(而他是那样的喜欢太阳)而判断失误,使正当防卫的可辩护性大大地打了折扣。尤其是辩护律师的"才华大大不如检察官",从"以习俗的观点探索灵魂"这一共同立场出发,他的所谓"正经人,一个正派的职员,不知疲倦,忠于雇主,受到大家的爱戴,同情他人的痛苦"之类的辩护,自然抵挡不住检察官的"怀着一颗杀人犯的心埋葬了一位母亲"的指控。从法律的观点看,检察官的指控无懈可击,律师的辩护软弱无力,默而索必死无疑。但从解除了传统价值观念的束缚和传统行为模式的制约的人性的观点看,默而索实在并没有多少可以指责的地方。他没有哭死去的母亲,但心里是爱她的,并曾努力去理解她。他"大概不爱"而愿娶玛丽,是因为他觉得人人挂在嘴上的"爱"并不说明什么。他对职务的升迁不感兴趣,是因为他觉得那并不能改变生活,而且他是曾经有过但后来抛弃了所谓"雄心大志"。他拒绝接见神甫,是因为他觉得"未来的生活"并不比他以往的生活"更真实"。然而社会为了自身的安定恰恰要求它的成员恪守传统的价值观念和行为模式。否则,一个人的灵魂就会变成一片荒漠,令检察官先生们"仔细探索"而"一无所获";就会"变成连整个社会也可能陷进去的深渊",令检察官先生们"意识到某种神圣的、不可抗拒的命令"。因此,站在维护社会秩序的法律的立场，量刑的标准其实并不在罪行的轻重，而在它对社会秩序的威胁程度，而所谓威胁程度，则全在于检察官一类人的眼力。法律的这种荒唐实在并非没有来由的。

荒诞者的幸福

加缪曾经把《局外人》的主题概括为一句话："在我们的社会里，任何在母亲下葬时不哭的人都有被判死刑的危险。"这种近乎可笑的说法隐藏着一个十分严酷的逻辑：任何违反社会的基本法则的人必将受到社会的惩罚。这个社会需要和它一致的人，背弃它或反抗它的人都在惩处之列，都有可能让检察官先生说："我向你们要这个人的脑袋……"默而索的脑袋诚然是被他要了去：社会抛弃了他，然而，默而索宣布："我过去曾经是幸福的，我现在仍然是幸福的。"这时，不是可以说是他抛弃了社会吗？谁也不会想到默而索会有这样的宣告，然而这正是他的觉醒，他认识到了人与世界的分裂，他完成了荒诞的旅程的第一阶段。

我们终于说到了"荒诞"。谈《局外人》而不谈荒诞，就如同谈萨特的《恶心》而不谈存在主义。加缪写过以论荒诞为主旨的长篇哲学随笔：《西绪福斯神话》。事实上，人们的确是常常用《西绪福斯神话》来解释《局外人》，而开此先例的正是萨特。他最早把这两本书联系在一起，认定《局外人》是"荒诞的证明"，是一本"关于荒诞和反对荒诞的书"。我们读一读《西绪福

斯神话》，就会知道，萨特的评论的确是切中肯綮的。加缪在这
本书中列举了荒诞的种种表现，例如：人和生活的分离，演员和
布景的分离；怀有希望的精神和使之失望的世界之间的分裂；
肉体的需要对于使之趋于死亡的时间的反抗；世界本身所具有
的、使人的理解成为不可能的那种厚度和陌生性；人对人本身
所散发出的非人性感到的不适及其堕落；等等。由于发现了
"荒诞"，默而索的消极、冷漠、无动于衷、执着于瞬间的人生等
顿时具有了一种象征的意义，小说于是从哲学上得到了阐明。
当加缪指出，"荒诞的人"就是"那个不否认永恒，但也不为永恒
做任何事情的人"的时候，我们是不难想到默而索的。尤其是
当加缪指出"一个能用歪理来解释的世界，还是一个熟悉的世
界，但是在一个突然被剥夺了幻觉和光明的宇宙中，人就感到
自己是个局外人"的时候，我们更会一下子想到默而索的。"荒
诞的人"就是"局外人"，"局外人"就是具有"清醒的理性的人"，
因为"荒诞，就是确认自己的界限的清醒的理性"。于是，人们
把默而索视为西绪福斯的兄弟，就是题中应有之义了。当然，
萨特评论的权威性，也由于得到了加缪的主观意图的印证，而
更加深入人心。加缪在 1941 年 2 月 21 日的一则手记中写道：
"完成《神话》。三个'荒诞'到此结束。"我们知道这三个"荒诞"
指的是：哲学随笔《西绪福斯神话》，小说《局外人》和剧本《卡利
古拉》。三者之间的关系于此可见。这种三扇屏式的组合似乎
是加缪偏爱的一种形式，例如哲学随笔《反抗者》、小说《鼠疫》
和剧本《正义者》。这是后话，不及细论。

阅读《西绪福斯神话》，固然有助于我们理解《局外人》，但是，如果《西绪福斯神话》对于《局外人》来说，不仅仅是一种理解的帮助，而且还是必不可少的一部分，我想这并不是作为小说的《局外人》的一种荣幸，而只能是它的一大缺欠，因为这说明，《局外人》作为小说来说不是一个生气灌注的自足的整体，充其量不过是一种哲学观念的图解罢了。幸好事实并非如此。《局外人》是一部非常成功的小说，它以自身的独立的存在向我们展示了一种关系：人与世界的关系。这种关系之所以如此强烈地吸引着我们，是因为它迫使我们向自己提出这样的问题：世界是晦涩的，还是清晰的？是合乎理性的，还是不可理喻的？人在这个世界上是幸福的，还是痛苦的？人与这个世界的关系是和谐一致的，还是分裂矛盾的？默而索不仅是一个有着健全的理智的人，而且还是个明白人，他用自己的遭遇回答了这些问题，而他最后拒绝进入神甫的世界更是标志着一种觉醒：他认识到，"未来的生活并不比我已往的生活更真实"。默而索是固执的，不妥协的。他追求一种真理，虽死而不悔。这真理就是真实地生活。加缪在为美国版《局外人》写的序言中说："他远非麻木不仁，他怀有一种执着而深沉的激情，对于绝对和真实的激情。"我想这话是不错的。我们甚至可以说默而索是一位智者，因为加缪在《西绪福斯神话》中写道："如果智者一词可以用于那种靠己之所有而不把希望寄托在己之所无来生活的人的话，那么这些人就是智者。"默而索显然是"这些人"中的一个，他要"义无反顾地生活"，"尽其可能地生活"，相信"地上的火焰抵得上天上的芬芳",因此,他声称自己过去和现在都是幸福的,这虽然让人感到惊讶,却并不是不可理解的,因为加缪认为"幸福和荒诞是同一块土地上的两个儿子",幸福可以"产生于荒诞的发现"。当然,默而索是在监狱里获得荒诞感的,在此之前,他是生活在荒诞之中而浑然不觉,是一声枪响惊醒了他,是临近的死亡使他感觉到对于生的依恋。于是,默而索成了荒诞的人。局外人就是荒诞的人,像那无休止地滚动巨石的西绪福斯一样,敢于用轻蔑战胜悲惨的命运。而加缪说:"应该设想,西绪福斯是幸福的。"

《局外人》的读者可以不知道默而索什么模样,是高还是矮,是胖还是瘦,但他们不可能不记住他,不可能不在许多场合想到他。默而索将像幽灵一样,在许多国家里游荡,在许多读者的脑海里游荡。如果说时代变了,环境变了,人际关系变了,那他们可以记住,在第二次世界大战期间或以后相当长的时间里,在法国或类似的国家里,有那么一个默而索……

平凡的英雄

——读加缪的《鼠疫》

用虚构的故事来陈述真事

奥兰,20 世纪 40 年代的某一年的 4 月 16 日,里厄医生在门口踢到了一只死老鼠,接着是三只,十二只,"一只装满死老鼠的箱子","邻居们的垃圾桶里也装满了",第三天,一个工厂里"清除出了好几百只",第四天起,"老鼠开始成批地出来死在外面",楼梯口,院子里,市政大厅内,风雨操场上,咖啡馆的露天座位中间,到处是一堆堆的死老鼠,甚至不少夜行者在人行道上"会踢到一只软绵绵的刚死不久的老鼠"。4 月 25 日一天中收集和烧毁的老鼠就达六千二百三十一只,4 月 28 日,死老鼠达到八千只左右,人们不知道是什么原因,其心情由厌恶而抱怨,而慌乱,而忧虑,终于在 4 月 30 日,看门人死了,接着两天内死了十一个人,其症状是:腹股沟腺炎,淋巴结肿大,斑点,带谵语的高烧,四十八小时内死亡。城市的居民由"震惊逐渐

转变为恐慌"。医生们意见不一,但是各有各的疑虑,心里未必
不认为这是一场鼠疫。里厄医生说:"即使我们不确认这是鼠
疫的话,它照样会夺去半数居民的生命。"为了不惊动舆论,省
政府只是让人张贴白色的小小布告,宣布"奥兰地区发现了几
例危险的高烧症",报纸则"轻描淡写,对此事只作了些暗示"。
布告同时宣布了几项措施:在下水道中进行科学灭鼠,对用水
进行严格的检查,保持个人的清洁卫生,要求身上有跳蚤的人
到市医务所去,病人家属必须申报医生的诊断结果,同意把病
人送医院特设的病房进行隔离,病人房间和车辆必须消毒,以
及患者家属接受卫生检查。死亡人数从每天十六人、二十四
人、二十八人一直增加到三十二人,到重新达到三十人左右的
那天,省政府终于下了决心:"正式宣布发生鼠疫。封闭城市。"
从这时起,鼠疫可说已与每个人都有关了。在灾难面前,城市
变成一座孤岛,正常的经济活动停止,黑市买卖日益猖獗,游乐
场所空前热闹(人们过一天算一天),道德风纪日渐颓丧,谣言
四起,迷信横行,有人试图通过各种非法的手段冲破警戒,甚至
发生了几起骚乱。鼠疫像个大实验室,检验着每一个人,医生
里厄,知识分子塔鲁,神甫帕纳卢,政府职员格朗,新闻记者朗
贝尔,商人科塔尔,都以自己的方式表明了对待鼠疫的态度,最
后他们组织了志愿防疫队,除了商人科塔尔。次年"2月的一个
晴朗的早晨",城门重新开放,鼠疫几度浮沉,终于过去了。这
时,里厄医生承认,他就是故事的叙述者,他要告诉人们:人的
身上,值得赞赏的东西总是多于应该蔑视的东西。同时他也警

告人们：鼠疫杆菌永远不死不灭，它能沉睡在家具和衣服中历时几十年，它能在房间、地窖、皮箱、手帕和废纸堆中耐心地潜伏守候，也许有朝一日，人们又遭厄运，或是再来上一次教训，瘟神会再度发动它的鼠群，驱使它们选中某一座幸福的城市作为它们的葬身之地。

这就是加缪于 1947 年发表的《鼠疫》，这本小说以冷静的、平淡的、纡徐不迫的口吻叙述了一场惊心动魄的大灾难。小说"用虚构的故事来陈述真事"，寓意深远，因为 20 世纪 40 年代并未见有鼠疫在奥兰流行。真理是客观的，当以一种平淡的口吻说出的时候，往往更加动人。《鼠疫》的叙述开门见山，又如话家常，有时近乎单调，然而读者只觉得它朴素，而不觉得它呆板，这是因为行文的质朴使读者解除了精神上的抵抗，完全为小说的真实性所征服，从内心深处相信作者所说的话是真的。平淡的口吻不会降低小说所述事件的重大性和严酷性，相反，由于口吻和事件之间的不协调，还会在无形中使事件给予读者深刻的印象，从而使小说具有一种史诗的气魄。加缪深知此中奥妙，他说："斯丹达尔的秘密在于口吻和故事的不成比例。"他从不用慷慨激昂的笔调描绘人与鼠疫之间的斗争，而是不动声色地铺叙事实，反衬出一场生死搏斗的悲壮；相反，他把激烈雄辩的口吻送给了帕纳卢神甫，并且有意唤来狂风暴雨以加强神甫布道的威势，其结果是使他的第一次布道显得那么笨拙、空洞和可笑。因此，《鼠疫》虽然是一份客观的见证，却并非无动于衷的叙述，它饱含着作者的爱憎，能够使读者浮想联翩。

今日读《鼠疫》,当别有一种滋味。

人类该如何走出荒诞

　　这本小说出版之初,好评如潮,迄今为止怕已销售了六百万册,但是也有一些自以为进步的人指责这本书用细菌取代了纳粹,而未直呼其名,他们说加缪宣扬了一种红十字会式的道德,回避历史和真正的问题,与鼠疫的斗争没有明确的政治目标,没有指出传染病的"社会-经济的根源",因此,加缪的世界是一个"朋友的世界,而非战士的世界",等等。半个世纪过去了,除了极个别的死硬派,这种议论已经不见坚持。加缪曾说:"我希望人们在几种意义上阅读《鼠疫》,但是它最明显的意义是欧洲对纳粹主义的抵抗。证据就是,敌人虽未指名,但是人人,在欧洲所有的国家中,都认出了它。"的确,他在绘形绘影地描绘一场传染病,其真实准确达到了令读者身临其境、仿佛受害的程度。实际上,鼠疫的发生和演变处处都与法国在德国法西斯占领期间的种种现象相呼应、相对照,使读者于不知不觉中将鼠疫和纳粹视同一体。历史的面貌和鼠疫的面貌惊人地重合在一起,从而使虚构的事件反映出真实的生活。再向上一层,《鼠疫》揭示了人类和荒诞的关系以及人类面对荒诞应取的态度。加缪的荒诞哲学认为,荒诞不在世界,亦不在人,而在二者的关系,这种关系是敌对的,不协调的,然而二者又是不可分的,因此才是荒诞的。加缪把人发现了和获得了荒诞感称为

"觉醒",而觉醒在加缪的哲学中只是一个起点,更为重要的是,人一旦认识到这种荒诞性,获得了觉醒,就应该设法寻求解决的途径,而解决的途径就是反抗。《鼠疫》提出的最根本的问题是:人类如何走出荒诞的状态。加缪在一篇生前未发表的文章中指出:"在一个大火熊熊、哀鸿遍野、监狱林立的欧洲,我们应该立即寻到一种清晰的理性和一种行动的准则。"《鼠疫》表明,这种清晰的理性和行动的准则,作者已经找到了,那就是人在面对恶的时候,应该正视恶,承认恶,抵抗恶,战胜恶;恶虽败而不能绝迹,人虽胜而不能止步,幸福总是存在于相对之中。《鼠疫》是一个神话,说的是人与恶之间的反复不断的斗争,不同的层次就有不同的阅读。但是,我们抛开小说的寓意,单从它的寓体来看,即小说描绘了一场传染病及人们在传染病面前的态度,是否就减弱了小说的力量呢?小说出版已经半个多世纪了,我们终于明白,鼠疫本身就是人类最凶恶的敌人,与鼠疫作斗争就是一场没有硝烟的战争,它与我们每个人有关,并不需要什么政治目标,人的生命健康就是至高无上的目的。人的生命至大无疆,政治只不过是其中的一个范畴而已,甚至我们可以说,政治不是最重要的范畴。加缪强调人们要"在几种意义上阅读《鼠疫》",看来他对这本书的第一种意义即原本的意义也不是很有信心的。其实,鼠疫象征着纳粹,象征着恶,人与鼠疫的斗争象征着欧洲反法西斯的战争、象征着人类与恶的反复不断的较量,而这一切的象征都必须建立在小说原本的意义之上,也就是建立在人与鼠疫这种自然灾害的斗争之上,唯有这种斗争才是真正值得人们团结一致、和衷共济、全力以赴的斗争。

鼠疫中的人间百态

鼠疫,对于奥兰人来说,是一场突如其来、与人人有关的灾害,所以说"突如其来",是因为"这个城里的居民根本不会预见到发生在那年春天的那些小事件是此后一连串严重事件的先兆";所以说"与人人有关",是因为人们"发觉大家、包括作者在内,都是一锅煮,只有想法适应这种环境"。然而,面对这一场灾难,不同的人采取了不同的态度,最后陆续地趋于一致,即团结起来,共同打退鼠疫的进攻。作者选取了几个人物,他们都是普通人,生活在一个平凡的世界里,面对着一个不寻常的事件,却有各自的表现,然而他们的表现终究证明了"人的身上,值得赞赏的东西总是多于应该蔑视的东西"。

贝尔纳·里厄是一个务实而充满同情心的人,从社会的底层(工人的儿子)经过奋斗而成了医生,他的老师是"贫困",他第一个提出奥兰城发生了鼠疫。他的信条是:日常工作才是可靠的,要紧的是把本位工作做好。如果他有哲学信念的话,那就是"同客观事物作斗争",而"同鼠疫作斗争的唯一办法就是实事求是"。所以,当神甫对他说:"您也是为了人类的得救而工作。"他可以回答:"人类的得救,这个字眼对我说来太大了。我没有这么高的境界。我是对人的健康感兴趣,首先是人的健康。"塔鲁说:"使我感兴趣的是怎样才能成为一个圣人。"他则回答说："我感到自己和失败者休戚相关，而跟圣人却没有缘分。我想我对英雄主义和圣人都不感兴趣。我所感兴趣的是做一个人。"他所说的"人"，其实就是"那些既当不了圣人，又不甘心慑服于灾难的淫威，把个人的痛苦置之度外、一心只想当医生的人"，所谓"当医生"，就是憎恨"疾病和死亡"，让人们获得他们力所能及的东西："人间的柔情"。所以，他能够一直关心和爱护他的病人，而不管病人的穷富；他能够瞪着神甫帕纳卢说自己"至死也不会去爱这个使孩子们惨遭折磨的上帝的创造物"；他能够珍视塔鲁的友谊，让海水温暖着他们共同的幸福感；他能够体谅别人的需求，例如对新闻记者朗贝尔，他一直同情朗贝尔为了爱情而准备逃离；他能够理解纠缠着公务员格朗的修辞问题，并亲自在自己家里照料患病的格朗；他也能够怀着悲悯的心情对待商人科塔尔："想到一个犯罪的人比想起一个死去的人可能更不好受。"他知道，"要是说在这世上有一样东西可以让人们永远向往并且有时还可以让人们得到的话，那么这就是人间的柔情"。总之，里厄医生是一个普通的人，谦逊的人，兢兢业业地做着普通的事，在与鼠疫进行的殊死搏斗中尽了一个医生的职责，他达到了一个真正的医生的境界：治病救人，"获得安宁"。

让·塔鲁是新近才来奥兰定居的，是发生在奥兰的事情的另一位见证人，在与鼠疫的斗争中和里厄医生建立了真挚的友谊。他是小说披露了生平的唯一的人：他家境富裕，父亲是代理检察长，他十七岁那一年，参加了父亲的一次审判活动，"只见他的嘴巴在频繁活动,一大串一大串的长句子不停地像一条条毒蛇从嘴里窜出来",原来他要"以社会的名义要求处死这个人,他甚至要求砍掉犯人的脑袋"。他受到了极大的震动,几个月后,他"离开了富裕的环境",开始同社会作斗争,成了国际主义的战士。但是在斗争中,他意识到这样的事实:"在自己满心以为是在理直气壮地与鼠疫作斗争的漫长岁月里,自己却一直是个鼠疫患者。"这句话的意思是,他的斗争不过是小鼠疫患者和"穿红色法衣的大鼠疫患者"的斗争,"我们的一举一动都将导致一些人的死亡"。于是,他拒绝"当一个合理的杀人凶手",而"决定在任何情况下都站在受害者一边,以便对损害加以限制",从而"获得安宁",力图成为一个不信上帝的"圣人"。塔鲁看破了红尘,但是这场鼠疫告诉他,应该和里厄医生"在一起同它作斗争"。为了内心的安宁,他组织了卫生防疫队,加入了抗击鼠疫的斗争。"塔鲁认为,人是无权去判任何人刑的,然而他也知道,任何人都克制不了自己去判别人的刑,甚至受害者本身有时就是刽子手,因此他生活在痛苦和矛盾之中,从来也没有在希望中生活过。"最后,在鼠疫即将全线崩溃的时候,他"输了",没有当成圣人而被鼠疫夺去了生命。里厄医生并不赞同塔鲁的态度,他不要做"圣人"而只要做一个"人",脚踏实地,出于理智和经验而对客观事物采取一种有病治病无病防病的态度。当塔鲁说他的雄心没有里厄的大时,里厄以为他是在开玩笑,但是他"只看到一张忧伤和严肃的脸"。我认为,加缪在这里指出了一种严肃的真实,即作为知识分子的塔鲁可以接受各种意识形态的影响,可以把做一个不信上帝的圣人作为自己的理想,但是他想做一个不受政治影响的医生,一个普普通通的本真的人,却是很难很难的啊! 他们追求的目标是一致的,可是他们走的道路是不同的。他们之间最大的不同在于:一个是"圣人",一个是"人";一个是"站在受害者一边",眼下是一片芸芸众生,一个是融于受害者,自己就是受害者的一分子。这里,我们可以同意加缪的说法:"最接近我的,不是圣人塔鲁,而是医生里厄。"

真正与里厄医生的态度对立的,是神甫帕纳卢所代表的天主教对于鼠疫的认识。在第一次布道中,帕纳卢神甫以一种超然而严厉的口吻说,眼下流行的鼠疫是天主对奥兰城的居民的惩罚,因为他们有罪:天主在这样长的时间里以慈悲的目光俯视着这城里的人们,已不耐烦再等了,在他永久的期待中已失去了信心,他已掉转脸去了。鼠疫的深处隐藏着"美妙的永生之光","今天这道光又一次通过这条充满着死亡、恐慌、号叫的道路把我们引向真正的宁静和一切生命的本原"。天主在一切事物上都安排好两个方面,"既有善,也有恶,既有愤怒,也有怜悯,既有鼠疫,也有得救。这场鼠疫,它既能把你们置于死地,也能超度你们,向你们指明道路"。帕纳卢神甫的唯一的希望是,"这个城市的人不要管这些日子的景象多么可怖,垂死者的悲号多么凄惨,都向上天发出虔诚教徒的心声,倾诉爱慕之情。其余的事,天主自会做出安排"。在第二次布道中,眼看着居民遭受着鼠疫的折磨,帕纳卢神甫在说话中已不称"你们"而称

"我们"了。他说，"不要试图去给鼠疫发生的情况找出解释，而是要设法从中取得能够汲取的东西"。他警告人们，要"做出抉择，要么就是全盘接受信仰，要么就是全盘否定"。"孩子们的痛苦是我们的一块苦涩的面包，但是没有这块面包，我们的灵魂就会因缺乏精神食粮而'饿'死。"所以，"我们应当主动去'要'这种痛苦，因为天主愿意'要'它"。他反对"俯首听命和放弃一切"，但是，他又主张，"我们只要能开始在黑暗中略为摸索地前进和力争做些有益的事就行了"。终于，神甫病倒了，但是根据他的原则，一个神甫不能请医生看病，他死于一种没有"任何淋巴腺鼠疫和肺鼠疫的主要症状"的疾病，死前他对里厄说："教士是没有朋友的。他们把一切都托付给天主了。"加缪没有让神甫死于鼠疫，而是说"病情可疑"，是否是对天主教的一种客气的表示呢？因为神甫帕纳卢毕竟参与了对鼠疫的抗击，正如里厄医生所说："现在我们在一起工作是为了某一个事业，而这个事业能使我们超越渎神或敬神的问题而团结在一起。……现在就是天主也无法把我们分开了。"实际上，里厄听不到天主的声音或者他根本就不信上帝，因为连纯洁无辜的孩子都受到疾病的折磨，人何以能指望天主的眷顾呢！

真正代表里厄医生的思想的——如果他有思想的话——是公务员约瑟夫·格朗。如叙述者所说："笔者认为格朗比里厄或塔鲁更具有代表性，他埋着头默默地工作的美德推动着整个卫生防疫组织的工作。"格朗是一个极平凡的政府职员，他因不能用确切的语言确切地表达他的要求，而始终得不到加薪晋级的机会,他的妻子也终于离他而去,但是他的善良的感情和理解的精神,使他能兢兢业业地埋头于防疫斗争中的统计工作,不假思索地用"我干"来回答一切,同时,他又利用晚上的时间琢磨他要写的一篇小说的开头。在他已经写过的五十多页的稿纸上,其实只有一句话:"在五月的一个美丽的清晨,一位苗条的女骑士跨着一匹华丽的枣骝牝马在花丛中穿过树林小径……"他在"美丽""华丽""枣骝""小径"等词上犹豫不定,反复再三,而终于写不出第二句来。他追求的是完美,叙述者对他这"看来有点可笑的理想"抱有深切的同情,这不是让我们想起了加缪自己的写作吗? 他对他的平凡和善良则给予衷心的赞美:"如果人们真的坚持要树立一些他们所称的英雄的榜样或模范,假如一定要在这篇故事中树立一个英雄形象的话,那么作者就得推荐这位无足轻重和甘居人后的人物。此人有的只是一点好心和一个看来有点可笑的理想。这将使真理恢复其本来面目,使二加二等于四,把英雄主义正好置于追求幸福的高尚要求之后而绝不是之前的次要地位,还将赋予这篇故事以特点,这个特点就是用真实的感情进行叙述,而真实的感情既不是赤裸裸的邪恶,也不是像戏剧里矫揉造作的慷慨激昂。"所以,每当听到人们对奥兰城居民抗击鼠疫所采取的或进行的"歌功颂德的语调和词句高雅的演讲"时,"医生就觉得不耐烦"。他并不是觉得这种关怀是假的,而是觉得这种表示人与人之间休戚相关的"套话"不能"适用于例如格朗每日所贡献的一份小小力量,也不能说明在鼠疫环境中格朗的表现"。里厄医生和公务员格朗之间结成的友谊是一种纯真的、自然的友谊,与塔鲁的友谊却让人感到有些疲倦,因为前者是在目标一致、动力也一致的斗争中形成的,后者的动力就难说是一致的了。鼠疫是威胁到人的生命健康的灾难,与它的斗争容不得虚情假意、矫揉造作和哗众取宠,它需要扎扎实实地做好每一件平凡的、琐碎的、具体的事情。"使二加二等于四",就是里厄的英雄主义,也是格朗的英雄主义,这种英雄主义不是别的,不是鲜花、掌声和高调,而是"与鼠疫作战",是"实事求是",是"把本位工作做好",总之,"它只不过是理所当然而已"。

新闻记者雷蒙·朗贝尔不是奥兰人,他因一种偶然的原因来到了这座发生了鼠疫的城市,封城的决定也把他封在了里面。开始,他很不理解为什么一个外地人要同奥兰人一起面对鼠疫,他把里厄医生对他的劝告视为"大道理",说他"生活在抽象观念中"。他寻求各种办法,试图离开奥兰,官方的不行,就走非法的渠道企图偷越警戒线。里厄医生虽然同情朗贝尔的处境,却不能帮助他,还对他说:"从现在起,唉,您同大家一样,也算是这里的人了。"至于"抽象观念",里厄医生认为:"的确,这场灾祸中也有抽象或不现实之处,但当这种抽象观念涉及人的生死问题时,那就必须认真对待,不能掉以轻心了。"朗贝尔想到了爱他的女人,要追求个人的幸福,这本是天经地义的事,但是,如果个人的幸福一旦与"公众利益"发生冲突,那么,与鼠疫有关的那些抽象观念就要占据上风了。朗贝尔终于认识到,"要是只顾一个人的幸福,那就会感到羞耻",所以,他懂得,无论如何,他已经是这城里的人了,鼠疫成了与他有关的一件事。他留下了,与奥兰的居民共渡难关。然而,当城门重新打开之时,他与心上人重温旧情之时,昔日的盼望却已变成"一种烫嘴的、无法辨别其滋味的东西了",这是选择的结果,舍弃的结果,没有人知道其中的缘由,"他变了,经过这场鼠疫,他已有了一种心不在焉的习惯,尽管他拼命想驱除它,但它像隐藏在心底的忧虑那样继续缠住他"。叙述者尽管把幸福当作人生的第一需要,但在现实的斗争和生活中,他不能不把幸福与"羞耻""正直""尊严"等道德观念联系起来,在必要的时候,个人的幸福可以而且必须牺牲。这其实正是加缪本人在现实生活中所取的态度。

里厄医生应该并且能够"代表大家讲话",这个"大家"包括知识分子塔鲁,神甫帕纳卢,公务员格朗,新闻记者朗贝尔,以及形形色色的奥兰的居民。医生虽然与他们有思想上的分歧和认识上的差异,但是他理解他们,爱他们,赞赏他们的勇气和美德,他愿意和他们"爱在一起,吃苦在一起,放逐在一起",因为他们有一个共同的信念:与鼠疫作斗争。但是,"这些市民中间至少有一个人,里厄医生是不能代表他讲话的",这个人就是商人科塔尔。塔鲁在笔记中写道:"鼠疫对他有好处。鼠疫使这个不甘寂寞的人成了它的同谋者。"他是一个有前科的人,是鼠疫给了他"重新从零开始"的机会,别人在鼠疫中煎熬,他却在鼠疫中如鱼得水,大发横财。他实际上是和鼠疫站在一条战线上的,"具有一颗愚昧无知的心,即一颗孤独的心","他从心底里赞成那种导致孩子和成人死亡的东西",他是恶的化身。医生对他没有同情和理解。在加缪看来,"愚昧"和"孤独"是人类最严重的缺欠。他说:"世界上的罪恶差不多总是由愚昧无知造成的。没有见识的善良愿望会同罪恶带来同样多的损害。"而"孤独还是友爱?"这正是他毕生萦绕脑际的疑问。他在《鼠疫》中,以科塔尔的疯狂结束了这篇"纪事",是有着深刻的寓意的。

非做不可的事

《鼠疫》没有引人入胜的故事,没有瑰丽奇异的景色,没有慷慨激昂的音调,没有缠绵悱恻的情语,它的主要人物中甚至没有一个年轻的女性,这样一本情节并不紧张曲折、人物亦嫌平板单薄的小说凭什么能够成为一部深刻耐读的作品?人们可以对书中的观点有所保留,可以嫌它行文过于冷静平淡,也可以指责它的色彩有些阴暗,但是,很少有人读过它而无动于衷,更少有人否认它是一件朴素无华的艺术珍品。这是为什么?恐怕是加缪用了最简单的语言叙述了一些普通人面对一场灾难的一些最简单的行为吧。所谓"最简单",就是一些"非做不可的事",就是一些"理所当然"的事,唯其普通、平凡、琐碎,才使我们普通人读起来感到亲切,才具有持久长远的生命力。引人入胜,瑰丽奇异,慷慨激昂,缠绵悱恻,当然也会使我们感动,但是这种感动不大会持久。英雄,或英雄主义,只能引起我们的向往之情；真正能使我们的心灵深处燃烧起来的，还是战胜一场突如其来的灾难的平凡的、每日都在进行的工作。

20世纪70年代，一位文学批评家说加缪是一位"中学毕业班学生的哲学家"，语气中充满了讥讽与不屑，1980年代，这位批评家改口道："加缪如果不是唯一的、也是罕见的没有经过炼狱的一位20世纪的法国作家。"口吻中有一种悻悻的味道。不管左派和右派如何看待他，他不是一个"政治上正确"的作家，《鼠疫》是一个证明。

绝假纯真的童心

——圣-埃克絮佩里和《小王子》

再往前，就是地中海了

科西嘉。普罗旺斯。地中海。罗讷河谷。

盛夏。阳光灿烂。

1944 年 7 月的最后一天，早晨 8 点 45 分，在科西嘉岛的巴斯蒂亚附近的波尔戈机场上，灰色的光闪过，一架莱特宁 P－38F5B 飞机腾空而起，向北飞去，它要沿着罗讷河谷，经格勒诺布尔、尚贝里、里昂、安西等地，执行侦察任务。飞机上没有配机枪，没有装炸弹，只有进行战略侦察的照相机。对于飞行员庞大的身躯来说，驾驶舱显得太过逼仄了。

这位飞行员名字叫作安托瓦纳·德·圣-埃克絮佩里。这是他最后一次飞行，这是他一去不复返的飞行，这是他不知所终的归宿，他知道吗？

圣-埃克絮佩里已经四十四岁了，远远地超过了三十五岁这个驾驶战斗机的年龄上限。他太老了,而且身上有八处骨折,在危地马拉的一次坠机足足让他昏迷了一个星期,可是他曾写过:"如果我不参加那我会是谁?"他不想受到保护,受到照顾。他要去冒险,否则哪有资格谈论受苦受难的法国?他曾经与死亡摩肩擦踵,他不怕死,深信自己不能活着等到战争结束,他已经做好了"离开"的打算,但得在执行任务时"离开"。不让他飞行,无异于谋杀。他抱着不驾驶毋宁死的决心,软磨硬泡,敲遍参谋部所有的房间的门,终于使地中海地区空军总指挥官伊凯尔将军违心地在准许他执行五次飞行任务的命令上签了字,又在指挥官勒内·加乌瓦伊将军的默许下,第十次登上了莱特宁 P-38F5B。

飞机飞过了蓝色的地中海,进入罗讷河谷,一直往北,躲过了德国法西斯的战斗机,拍了照片:火车车厢、铁轨和坦克、阵地等等,直到安西湖,好熟悉的澄澈碧绿的湖水啊!返航的时候,圣-埃克絮佩里在六千米甚至一万米的高空向下瞭望,他看见了圣·莫里斯·德·雷芒古堡,他在那里度过了童年的美好时光;看见了卡布里的房屋,他的母亲住在那里,她听见了他的飞机的轰鸣声吗?看见了德·拉莫尔古堡,他在父亲死后被送到那里,那时他才四岁;看见了阿盖教堂,他在那里与萨尔瓦多雕刻家康絮哀罗举行了婚礼,十几年来,除了母亲,他的亲友都不肯接受她。再往前,就是地中海了……

他回到了他的星球

我想,此刻的圣-埃克絮佩里一定心潮澎湃,浮想联翩,万千形象蜂拥着,一个个在脑际闪过:

安托瓦纳·德·圣-埃克絮佩里 1900 年 6 月 29 日出生在里昂一个古老的天主教贵族家庭,他是伯爵爵位的继承人,其家庭古老的历史可以追溯到 13 世纪。他姐弟五人,在德·雷芒古堡的花园里奔跑,努力参透并嘲笑大人之间的神秘话语,或者依偎在母亲身旁,看她画画,听她讲故事。他忘不了保姆玛格丽特·沙拜,当大人们谈论金融、财产和地区政治的时候,她教孩子们认原野上的植物的名字,和他们一起采集果实做果酱。他三十二岁的时候,古堡被卖掉了,他望着"到处是童年的影子"的灰色的石头墙,感到他的童年一去不复返了。"唯一能使我精神饱满的源泉,我觉得就是童年的回忆:是圣诞夜的蜡烛味。"这是他在后来给母亲的信中说的话。

在芒斯的小学里,他的教育是在严格的宗教气氛中进行的,冬天很冷,但是没有取暖,孩子们穿着大衣喝着温吞的汤,水瓶里的水结了冰,星期一到星期六参加七点半开始的弥撒,星期日的弥撒则在八点半开始。学生五点半起床,课上到晚上七点钟,只有星期日的下午才能回家。课余时间就进行极有男子气概的运动,如足球。一片斯巴达的氛围。

他在十二岁的时候,著名的飞行员加布里埃尔·弗罗布莱斯基-萨尔维带领他,飞上了蓝天。尼采是他喜欢的"家伙",他的话"你要超脱自身,要走得更远,升得更高,直到看见群星在你的脚下"开启了他的视野,使他能够翱翔在万物之上。在瑞士弗里堡的圣让别墅中学,他阅读巴尔扎克、波德莱尔、陀思妥耶夫斯基等人的作品,并开始创作。

他到路易十四中学和博须埃中学学习,准备报考海军军官学校,但没有通过口试而以失败告终,也许海军只是传统的贵族家庭的意愿,并不是他本人的志向。他转而去美术学院学习建筑。

他二十一岁时被征入伍,编入斯特拉斯堡第二飞行大队当机修工,他自费学习飞行,终于拿到驾驶证,又取得军事飞行证。为了让未婚妻路易丝·德·维尔莫兰家人满意,他放弃了飞机驾驶员的职业,到布瓦龙制瓦公司谋了一份差事,可是不到一年,德·维尔莫兰就解除了婚约。

1927 年 10 月,他终于做了飞行员,在图卢兹—卡萨布兰卡—达喀尔航线上服务,后被派往非洲朱比角当机场场长,负责航线飞机在机场的中途停靠和救助失事的飞行员。朱比角的生活险象环生,始终受到摩尔人的威胁,不过他收养了一只"比猫还小"的沙狐,他第一次体验了孤独;两年以后,他来到阿根廷的布宜诺斯艾利斯,参与负责开拓南美洲大陆航线的工作。

1931 年 1 月,他不顾贵族的身份,在阿盖教堂与康絮哀罗结婚,婚礼上,康絮哀罗一袭黑色的长裙,如风中美丽的玫瑰摇曳生姿,可是,除了他的母亲,这桩婚姻受到了亲友的非议。1931 年 12 月,他的小说《夜航》获费米娜奖,他顿时声誉鹊起,以行动者和作家的双重身份征服了法国。

1935 年 12 月,他完成了从巴黎至西贡的飞行,在距开罗两百公里的地方,飞机迫降在利比亚的沙漠中,步行五天才获救于一个商队;1938 年 2 月,他试图开辟纽约至火地岛的航线,在危地马拉,飞机失速,他受了重伤。1939 年他出版了《人类的大地》,在美国出版的名字是《风、沙和星星》,小说获得了法兰西学士院小说大奖。

1939 年 4 月,他在图卢兹应征入伍,以上尉军衔任技术教官,千方百计地挤进了飞行大队,执行空中战略侦察任务。1940 年 12 月 31 日,他乘船到达纽约,他与康絮哀罗的婚姻出现了危机,他的不忠和长期的分离折磨着她,而她的任性和虚荣也使他不胜其烦。1943 年 4 月,《小王子》在美国出版,这使他更想念他的妻子,那个给他写作《小王子》灵感的带刺的玫瑰! 他想与她和解,与她白头偕老。

他想起了他在纽约的两难境地:一方面,他面对的是帮派林立的戴高乐分子,一方面,他面对的是贝当元帅的合作政策;一方面,他愿意跟随戴高乐抵抗德国法西斯,一方面,他又认为贝当是拯救法国于灭亡的救星。他不愿意将抵抗运动意识形态化,他希望戴高乐与贝当和解,不愿看到法国人打法国人的情景,总之,"民族和解"是他坚持的唯一的、最高的口号。

他想到了死亡,他说过:"在战争中死去,对我来说无所谓。"勒内·加乌瓦伊将军曾经对他说过一句话:"你总不会奢望活着走出战争吧,我的少校。"他想到了吗,这句话竟成了一句不祥的谶语!

地中海!

1944 年 7 月 31 日下午 3 点,在波尔戈机场,勒内·加乌瓦伊将军一边看表,一边来回踱步。他知道,再过半小时,圣-埃克絮佩里的飞机就没有燃料了,他的朋友就要失踪了!飞行记录本上,只有一个简短的记录:"执行法国南部高空飞行拍摄任务。未归。"未归,一条不动声色的记录!圣-埃克絮佩里果然从此杳无音讯,但是,《小王子》留了下来。

小王子说:"我好像是死了,但这不是真的……"又说:"路途太远了。我不能带着这躯壳走。太沉了。"又说:"这就像扔掉一块老树皮,不必为老树皮伤心……"且看《小王子》的描写:"他还犹豫了一下,站了起来。他走了一步。我,我连动也不能动。只见他脚腕旁闪出一道黄色的光。他一动不动地站了一会儿。他没有喊。他像一棵树一样慢慢地倒下了。因为是沙地,所以没有发出一点儿声音。"小王子死了吗?圣-埃克絮佩里说:"他回到了他的星球,因为天亮的时候,我没有发现他的躯体。"这就是说,"小王子出现在地球上,他又消失了",他被黄色的蛇带走了。文字简单得不能再简单了,语气平和得不能再平和了,节奏徐缓得不能再徐缓了,可是,任何人读过之后,都会有一种裹着薄薄的凉雾的忧郁涌上心头,慢慢地浸透全身,久久不肯离去。

绝假纯真的童心

《小王子》中的飞行员就是安托瓦纳·德·圣-埃克絮佩里，飞行员叙述小王子在六个小行星和一个大行星（地球）上的游历影射着圣-埃克絮佩里追求生命之真谛的过程。这个过程充满着圣-埃克絮佩里的快乐、烦恼、失望和失望中蕴含着的希望。他所追求的是毫无功利色彩的童年，四十四岁的他希望童年失而复得，然而，他失望了，甚至绝望了。圣-埃克絮佩里就是小王子，小王子回到了他的星球，圣-埃克絮佩里葬身在地中海，他们在"死亡"之上，一个在地中海，一个在撒哈拉沙漠，会合了，交融了，进入了童话世界，即永恒之境。他们是一而二、二而一的一个整体，是圣-埃克絮佩里的"我"与"非我"、童年之我与成年之我在撒哈拉大沙漠上的一次对话，是"非我"对"我"、成年之我对童年之我的一次回忆。对话和回忆的结果是"我"战胜了"非我"，童年之我战胜了成年之我，虽然"非我"仍旧是"非我"，成年之我仍旧继续着成年的道路。失望中有绝望，绝望中有希望，四十四年的岁月是希望和绝望交战的岁月。

童年的世界是没有功利之心的儿童和具有童心的成人组成的世界，是摆脱了尔虞我诈、充满谎言的绝假纯真的世界。成人津津自得的闻见道理之类，恰恰是有违于儿童的天真烂漫，而有心于参破生命之真谛的成人则千回百转，务以寻回童心为念也。

三百年前,中国明朝的思想家李卓吾说:"夫童心者,真心也。若以童心为不可,是以真心为不可也。夫童心者,绝假纯真,最初一念之本心也。若失却童心,便失却真心;失却真心,便失却真人。人而非真,余不复有初矣。"又说:"童子者,人之初也;童心者,心之初也。夫心之初曷可失也,然童心胡然而遽失也? 盖方其始也,有闻见从耳目而入,而以为主于内而童心失。其长也,有道理从闻见而入,而以为主于其内而童心失。其久也,道理闻见日以益多,则所知所觉日以益广,于是焉又知美名之可好也,而务欲以扬之而童心失;知不美之名之可丑也,而务欲以掩之而童心失。夫道理闻见,皆自多读书识义理而来也。……童心既障,于是发而为言语,则言语不由衷;见而为政事,则政事无根柢;著而为文辞,则文辞不能达。非内含于章美也,非笃实生辉光也,欲求一句有德之言,卒不可得。所以者何? 以童心既障,而已从外入者闻见道理为之心也。"

一个安逸富足、无忧无虑的童年,例如圣-埃克絮佩里的童年,可以是"绝假纯真"的世界,而一个生活贫困连一张写字的桌子也没有的童年又将如何呢? 法国作家阿尔贝·加缪的童年是在阿尔及尔的贫民区度过的,一家人靠母亲做佣工和一点点国家补偿(他的父亲在第一次世界大战中战死)生活,其窘迫可想而知,然而,他却说,"贫穷对我来说从来就不是一种不幸:光明在其中播撒着它的财富,甚至我的反抗也被照亮了"。又说:"这样,每一位艺术家便在他的内心深处保留着一眼唯一的泉水,在其一生中滋润着他之所是和他之所说。当这眼泉水干涸了,人们渐渐地看到他的作品萎缩,出现了裂纹,那不可见的水流不再灌溉艺术的贫瘠的土地了。艺术家的头发变得又少又干,覆盖着一重茅草,他成熟了,可以不说话了,即便在客厅里也是如此。对于我,我知道我的泉水在《反与正》之中,在这个交织着贫穷与光明的世界之中,我曾经长期地生活在这个世界之中,其回忆仍然对我保持着两种相互对立的危险,这危险威胁着每一位艺术家,那就是怨恨和满足。"加缪对于他的贫穷的童年没有怨恨,只有满足,因为伴随着他的童年的是"美丽的炎热":"我生活在窘迫之中,但也生活在某种快乐之中。我觉得我有使不完的力气,唯一需要的是为它找到运用的地方。并非贫穷为这些力气设置了障碍:在非洲,大海和阳光不费分文,障碍反倒在于偏见或愚蠢。"

圣-埃克絮佩里和加缪是两个读者最多的作家,其中的原因不言自明:在圣-埃克絮佩里,是作家与飞行员的结合,是思想者与行动者合二为一;在加缪,是贫穷与人的骄傲之间的搏斗,是清醒与冷静促生的战斗。《小王子》中的"我"在六岁的时候画了一张画,画的是一条蟒蛇正在消化一头大象,非常吓人,可是看了这张画的大人却无动于衷,说那是一顶帽子,并且说:"为什么一顶帽子会让人害怕呢?"成人和儿童对于同一种现象的观察竟有如此大的差别,为什么? 因为成人的童心被障蔽了,他只懂得"桥牌,高尔夫球,政治和领带",而后者只不过是"多读书识义理"而获得的"道理闻见"而已,前者却是"最初一念之本心"的"初"。所以,"大人总是自己什么也弄不明白,需要孩子们给他们解释呀解释",总之,"只有用心才能看得清楚。眼睛,是看不见本质的"。"本质"就是"初",有"初",就有人,这人就是"童子";有"初",就有心,这心就是"童心。"

圣-埃克絮佩里把《小王子》献给莱昂·韦尔特,莱昂·韦尔特何许人?是大人,还是孩子?原来,莱昂·韦尔特是个大人,但是他没有失去童心,所以他把这本书献给了"当他是个孩子的时候"的莱昂·韦尔特。一本为孩子写的书不献给孩子,却献给大人,这个大人显然有不同寻常的地方。

莱昂·韦尔特是一位无政府主义作家,和平主义者,比圣-埃克絮佩里年长二十二岁。一个是家世可以追溯到13世纪的天主教贵族后裔,伯爵封号的继承者,一个是满脑子革命理想的平民子弟,犹太人,他们怎么会结成超越偏见和年龄的友谊?虽然法国在1789年革命后打倒了贵族,但在民众的心理上贵族仍是一个值得尊敬的等级,而传统的贵族坚信共和不过是短暂的体制,所以,在20世纪初,贵族和平民之间仍然有着一道难以逾越的鸿沟。据韦尔特的儿子说,这是"一种建立在平等基础上的友谊,完全与父子亲情无关"。韦尔特是一位左派知识分子,毕生反对贵族的特权,而圣-埃克絮佩里出身古老的贵族,其祖上不乏出入宫廷如入无人之境者,他的家庭在传统上是反犹主义的,他们的友谊唯一的出发点乃是平等,这是人的天然的要求,即童心。除了平等,两个人的共同之处是反习俗的精神以及对帕斯卡尔的崇拜。《小王子》原本是献给康絮哀罗的,是康絮哀罗建议献给韦尔特的,因为韦尔特夫妇是圣-埃克絮佩里夫妇倾诉衷肠的对象，是没有失去童心的大人。圣-埃克絮佩里和韦尔特的交往常常是充满激辩的语言交锋，交锋的结果是前者的折服。圣-埃克絮佩里胸襟开阔，思想自由，富有包容性，常常被错误地认为是一个共产主义者，但是，他对韦尔特的革命思想、特别是反对贵族特权的思想不以为忤，反而常常甘拜下风。韦尔特回忆圣-埃克絮佩里，认为他是"最透亮也最不安的人，把非常牢固的快乐抛在途中。忠于一切，但不忠于任何幸福"。圣-埃克絮佩里忠于的是童年的世界，不忠于的是失去童心的世界，因为世上的幸福只是大人眼中的幸福，例如一座房子值"十万法郎"，而不关心房子是用"红色的砖砌成的"，"窗前开着天竺葵，屋顶上有鸽子"。

《小王子》1943 年在美国出版，1946 年在法国面世。2006年，当《小王子》出版六十周年的时候，法国举行了很多庆祝活动，著名的杂志和报纸，如《读书》《费加罗报》等先后出了专刊，强调《小王子》是一个"真实的故事"。据统计，六十年间，《小王子》已经售出八千万册，被译成一百五十多种外文，前后有四百多个版本，仅仅法国伽利马出版社就发行了一千一百万册，每年仍以二十五万到三十五万册的速度继续发行。

风雨兼程七十年

——《小王子》的命运

　　《小王子》是圣-埃克絮佩里在纽约写的一部童话。自出版伊始,这部童话就广获好评,有说法称:17 世纪有贝洛童话,18 世纪有格林童话,19 世纪有安徒生童话,20 世纪则有《小王子》。近七十年来,《小王子》被译成各种语言和方言一百六十种,如今已成为全世界范围内实实在在的家喻户晓的著作,据说其读者的数量仅次于《圣经》。在法国,圣-埃克絮佩里和加缪是拥有读者最多的两个作家,不过圣-埃克絮佩里较加缪还胜过一筹,因为他的小读者甚多,《小王子》号称适合八岁到八十岁的读者阅读。他和加缪一样,也在 20 世纪 60 年代经历过炼狱的惩罚,1980 年以后,才升入天堂,这其中薄薄的《小王子》贡献不小,起到了关键的作用。然而,炼狱者何? 基督教说,好人升天堂,恶人下地狱,常人进炼狱,炼尽罪愆,即可升天,得享永福。那么,圣-埃克絮佩里和加缪等人,有何罪愆要到炼狱中炼尽才能进入法国人的心,如果法国人的心是天堂的话?

赞誉中的《小王子》

1941 年 1 月到 1943 年 4 月,圣-埃克絮佩里流亡美国,应雷纳尔-希区柯克出版社之约,"为孩子们写一本书",于是《小王子》诞生了,并于 1943 年 4 月 6 日出版。有一种说法,圣-埃克絮佩里还在法国的时候已经动笔写作《小王子》了,伽利玛出版社也准备出版,但是 1940 年的图尔大轰炸摧毁了一切。这是一种还未得到完全证实的说法。《小王子》出版的时候,圣-埃克絮佩里已经离开美国,到阿尔及利亚准备驾机迎战德国法西斯。小说出版后不久,出版人居尔蒂斯·希区柯克写信给圣-埃克絮佩里,说:"孩子和成人最热情地欢迎《小王子》。……我们即将突破英文本三万册、法文本七千册之大关,尽管天气炎热,销售仍以每周五百至一千册的速度正常进行。"

出版当天,《纽约时报》登载了约翰·张伯伦的一篇文章,称《小王子》是"为了大人而写的一部充满激情的寓言"。尽管《小王子》是一部"为孩子们写"的书,尽管作者请孩子们原谅,他"把这本书献给了一个大人",尽管他声称献给"懂得给孩子们写的书"的大人,或者曾经是孩子的大人,然而,这本书究竟是为了大人还是为了孩子的问题还是提了出来,并且一直争论不休,迄于今日。

1943 年 4 月 11 日的《纽约先驱论坛报》刊登了 P. L. 特雷沃斯的评论,他说:"这是一本为小孩子写的书吗?问题本身并不重要,因为小孩子是海绵,他们吸收所读的书的内容,不管是否懂。……《小王子》以一种间接的方式使孩子们懂得一种道理。它击中了他们,深入到他们心中最隐秘的地方,当他们可以明白的时候,它就像一束小小的光亮闪现出来。……书不厚,但足以关涉到我们每一个人。"特雷沃斯关注的不是这本书为何人而写,小孩子还是大人,他关注的是无论小孩子还是大人,人人可得而读之,读之有益。

同一天,在《纽约时报书评》上,B. 谢尔曼也说:"《小王子》是乔装成讲给小孩子听的寻常故事的为大人而写的一则寓言。……故事本身很美,包含着一种充满温情的诗意的哲学;它不是那种含有清楚明确的道德教训的寓言,而是对于的确富有成果的事物之思考的一种总和。"谢尔曼注意到《小王子》的核心在于陈述一种"诗意的哲学",陈述的对象是大人。当然也有人于半年之后的 1943 年 11 月 19 日在一家天主教报纸《公益报》上撰文,说《小王子》并没有取得"辉煌的成功",只不过是"赚人眼泪"而已。

不过,从总体上说,《小王子》的出版获得了巨大的成功,很快就在法国本土有了反响,例如,战时在伦敦出版的、莱蒙·阿隆主编的《自由法国》上,泰莱兹·雷纳尔就在 1944 年 8 月 15 日发表了关于《小王子》的书评,指出"故事的口吻强调语言的温和所竭力掩盖的东西:习惯和性格的批判"。她问道:"这本吸引、感动一个大人并使之微笑的书是一本写给孩子的书吗?孩子不会反讽,他们是严肃的。他们漠不关心,不去看生活如此沉重的成人演戏。他们要么接受，要么拒绝。……当作者把这本书不是献给孩子而是献给他最好的朋友曾经是的那个孩子的时候，不正是体验到这种感情吗？"在她眼里，这本书是人和他的回忆之间的"对话"，也是两个主人公——小王子和飞行员——之间的"对话"。

阿德里安娜·莫尼埃的阅读经验最为动人，她在 1945 年 5 月的《喷泉》上写道："开始，《小王子》的幼稚有点让我失望，更确切地说，让我感到困惑，因为这种幼稚非同寻常。我读到花的故事，它有四根刺，它说谎，我开始感动了。他访问小行星，上面只住着一个人，我很喜欢这故事：那是一种非常迷人的反讽。狐狸来了，它想被驯化，我被感动了；我的感情越来越强烈，直到最后，小王子告诉飞行员，他要回到他的星球，他'好像是死了'。是的，最后，我热泪盈眶。"她看出来了，小王子后面隐藏着圣-埃克絮佩里："小王子是圣-埃克絮佩里——他曾经是的那个孩子，尽管存在着大人，他仍然是那个孩子；这是他本应该有的那个儿子，他显然也希望有的那个儿子；这是那个希望被驯化而终于消失的年轻伙伴。这是他的童年，世界的童年，温情的储备，在心爱的沙漠里不断被发现的温情的储备。"莫尼埃以富于质感的笔触描述了她的阅读经验，从"失望"到"困惑"，到"感动"，到"热泪盈眶"，我相信这样的过程许多人不会感到陌生。

在法国，《小王子》是 1946 年 4 月面世的，批评家 R. 康泰尔于 1946 年 4 月 27 日在《文学杂志》上发表评论，说："这本

《小王子》是写给孩子们的，天然地是缪斯的亲戚。……这本书的高超的艺术乃是创造了小王子，其用意和温情在于让小王子成为对于年轻的读者和还有幸未与那群大人为伍的人来说亲近和熟悉的人之一，其既深刻又脆弱的智慧同时呼唤我们的倾听与保护。"康泰尔认为，《小王子》既有诗意，又有智慧，对于一本刚刚出版的书来说，有如此的第一印象，已属难能可贵。

但是，法兰西学士院院士 Th. 穆尼埃就批评界对圣-埃克絮佩里的态度表示不满，他在 1946 年 5 月 2 日的一篇文章中说："我认为，从圣-埃克絮佩里神奇地消失之后，围绕着他及其作品的奇怪的沉默是不可原谅的，但是这并不能使我们忘记这种沉默的牺牲品是最伟大的作家之一，是最全面、最无可指责的英雄之一，受伤的法国今天足以为之感到自豪。……在这篇简单、清澈然而含义丰富、有着奇妙共鸣的文章中，安托瓦纳·德·圣-埃克絮佩里成功地放进了出自他的高超而平和的道德教训的所有基本告诫，这个时代一个人可能向其他人提供的最高贵的告诫之一：对无用的骚动和炫耀的鄙视，献身的高尚……但愿许多大人看看这本圣-埃克絮佩里写给小孩子的书。"作为作家，作为飞行员，圣-埃克絮佩里都是法国引为骄傲的一个人，尤其是"受伤的法国"，穆尼埃的告诫足以引起每一个活着的人警觉。

哲学家、诗人 P. 布坦在突尼斯南部的一个偏僻的角落读到了《小王子》，称赞这部小说为"有关温情和友谊的最后一本浪漫主义的书"，法国人不大善于讲述童年，但是童年的魅力对于他们并不陌生。他说:"只有一种办法,那就是试图体验我们的成人世界的真实性,也许以儿童为中介来去除来自虚假的严肃和最荒诞的成见的东西是一种办法:作为成人的成见。……真正的生活不再是缺席的了,在每日的行动中都有奇遇,诗人不再因表现温情和友谊而感到羞愧。"去除成见,还原本真,"儿童"是不可缺少的"中介",布坦的看法可称深刻。

　　L. P. 法尔格是一位著名的诗人,他在《汇流》上发表的文章对圣-埃克絮佩里的人格作了全面的描述,他说:"圣-埃克絮佩里是一个完人。很少有这样的人,但他是一个:自然地,不追求,具有出于自然的才能。他的面目是完整的:它具有一个学者的孩子般的、严肃的微笑;不事张扬的英雄主义和出于本能的想象力;眼睛的美和身体的灵活;在技术、运动、诗歌、政治、道德、友谊和灵魂的高尚方面游刃有余。跟他握手总是一件大事。人们远远地看见他,人们和他说话,总是有新的思想,坚实的感情,人们因此而感到幸福。这个独特的人就是这样呈现的。……对于那些在家庭中、在大学生的宿舍里、在战场上、在孤独中阅读他的作品的人来说,他总像一个天使走过白色的纸,走过我们脆弱的、还有可能的生命的第一页,这生命颤抖着,渴望着一种比他的死亡少些纯粹的死亡。"在法尔格的笔下,果然一个完人出现在我们面前!

　　1950 年,P. H. 西蒙在《争论中的人:马尔罗—萨特,加缪—圣-埃克絮佩里》中称《小王子》是一本"非常隐秘、含义深远"的书,他说圣-埃克絮佩里的哲学可以被归结为三个词:参与,关系和在场:"深刻的认识和圆满的道路是参与生命,潜入波浪。进行战争才能认识战争。"他指出:"他写了《小王子》是为了孩子,或更确切地说,是为了他自己,为了在一个成熟的、变得沉重、多少有些疲倦的人身上恢复清新的早晨、小小的早晨、快乐的小动物和开放的花的天堂。狐狸说:'这就是我的秘密,很简单:只有用心才能看得清楚。眼睛,是看不见本质的。'"的确,《小王子》是圣-埃克絮佩里的一份自白,一份忧郁的自白,他分身为小王子,试图找回失去的童年。

《汇流》是勒内·塔维尔尼埃主编的一本杂志,该杂志1947年出版了纪念圣-埃克絮佩里的专号,参与者有作家、将军、飞行员、医生、亲属、欣赏者等,塔维尔尼埃撰文说:"圣-埃克絮佩里是一位第一流的重要作家,他的作品不多,但光芒四射,影响深远,享有不同观点的人们的支持。他的书风格卓越,具有完全自然的和谐,仿佛从人和世界的罕见的接触中迸射出来:绝不做作,绝不人为,句子自然地流动。这是他的生活的风格,可以说,是生活本身的风格。圣-埃克絮佩里向知道如何阅读的人表明,他在当代文学中的地位是自然的,重要的:它来自人的敏感性,人们喜欢他的一系列品质,喜欢生活和作品、思想和行动、诗意和评价、天和地之间的一种和谐。"总之,"他的命运、智慧、内心的旋律在这个混乱的世界上构成了我们所希望的人的形象"。这可以说是《小王子》的命运的第一阶段的总结。圣-埃克絮佩里是飞行员,是作家,一身而二任,这在当时的法国是不多见的,而他正是以这种行动家和思想家相结合的形象在法国人的心中获得了极高的声誉,他被视为伟大的飞行员,伟大的作家,而他由于在对德作战中神秘消失而给他的辉煌生涯画上了一个完美的句号。二十年后的 1967 年,塔维尔尼埃问道:这样的话如今还说得吗? 他已经感觉到,老一代的人欣赏圣-埃克絮佩里如故,年轻的一代不再或很少阅读他的作品,对他还有从前的评价吗?

其实,早在 1954 年 5、6 月份的《新法兰西评论》上,M. 阿尔朗的一篇文章已经流露出质疑的口气,他说:"我得承认,我抵抗着《小王子》的魅力。我并不是不承认作者的想象力:它既不缺乏优美,也不缺乏创造性。但是他重复,突出其特点;他过分地利用。他说得太多,教训得太多,而最危险的乃是在这样的故事中过于明显地表现出意图,或者过于明显地执着于象征。除了过于自得的'诗意'之外,此外就什么也没有了。"在一片赞扬声中,以这样的口吻说话,可以看作是一种很严厉的批评了。

争论中的《小王子》

1967 年,勒内·塔维尔尼埃编了一本书,叫作《争论中的圣-埃克絮佩里》,书分两部分,一部分是 1947 年《汇流》上的部分文章,一部分是当时的文章:《争论中的圣-埃克絮佩里》。他在引言中介绍了著名作家 J. F. 勒维尔、J. 科和 G. 弗拉迪埃的观点。

一个说:"三十年来,(法国)取得的最大成功之一是创造了
圣-埃克絮佩里,一个老式的人,他用飞机发动机取代了人的大
脑。他赞美'大师傅'(这个词如果不加修饰语的话,专指厨师)
和指挥与掌握得很好的'团队',废话连篇,如螺旋桨般地转动
不已。圣-埃克絮佩里蔓及中学毕业班的学生、车站的售报亭、
袖珍版的书、豪华版的书、期刊和周刊(对一个如此贫乏的题材
不疲倦地炒作,出专号,得有天才才行),他超出了一个作者,他
是圣人,预言家。为了理解法国,必须看到有影响的作家不是
纪德,不是布勒东,而是圣-埃克絮佩里,他告诉法国人,如果使
啰唆的废话从地面上升到七千米的高空,它就可以成为深刻的
哲学真理。驾驶舱里的愚蠢作出了智慧的样子。"塔维尔尼埃
把勒维尔一类的人称为"我们国家的愤怒专家"。

另一个变本加厉,怒气冲冲地说:"一种让人烦得要死的散
文;一种自学者的精雕细刻的、无可挑剔的风格:战前的现代风
格;纪德式散文与瓦莱里式和谐的矫揉造作的变体;'写得好'
和写得'有诗意'的完全人为的方式。我还发现了什么? 一种
出奇的软弱的思想,一种水只到脚脖子的深刻思想。这个嘛,
我向您保证,您跟着圣-埃克絮佩里是绝不会失足的。您涉过
这条河时,不会有淹死的危险的! 我不能忍受的是他的'人'
'人性''友谊''热情''团队'和所有人都能接受的玄学。……
我还要补充:我建议把圣-埃克絮佩里的作品放在十四岁少年
的手中。他是'中介'作家的典型——丁丁和陀思妥耶夫斯基
之间,如果他们做不了好事的话,也绝不会做坏事,他们培养了

听话的年轻人。"让·科质疑圣-埃克絮佩里的,正是他的人道主义以及从人道主义衍生出的一切:人性、爱、友谊、团队精神等。

第三个出言相对的委婉,他说:"他(指圣-埃克絮佩里)已经死了二十年了。对他的回忆应该不设防地交给节日委员会、学士院、文学团体和其他地方,他们都以周年纪念为生。他们生活得很好。一种回忆从来也不是单纯的,简单的。《夜航》的老读者们,人们理解你们的警告;你们说:'当局,现存的秩序,官方的雄辩将纳入圣-埃克絮佩里,像可怜的社会主义者、德莱福斯分子贝玑一样,反动派无耻地利用他。'啊,是的,应该向这种死后的利用提出抗议。……对一位作家来说,道德的考虑是最高尚的,也是最危险的。如果他企图教训人,向他们揭示心灵的秘密,改变我们和世界及上帝的关系,那就是廉价的慷慨。只要他有一个故事、一个真正的传说和一桩冒险要讲述,那就一切顺利:他写就行,他的激情支持着事实。但是,如果他把自以为的思想当作格言、俏皮话或道德说教的寓言说出来,那他就危险了。……您将遇到最坏的事情。思想结合声音,观念存在于风格之中。作家摆架子,尼采化,原始的真理落在你手上,哪怕他自己没有请你抛掉书本。……我认为今天他对于无害的感情有影响。他的包含诗意的作品给予法国式的虔诚一种健壮的、航线的、天真的口吻:大学生朝圣的健康的卖弄,背包和军鞋的宗教般的运动。"弗拉迪埃指责的,似乎是主流社会对圣-埃克絮佩里的利用,然而,已经不在的圣-埃克絮佩里能说什么呢？

在文学界一片反圣-埃克絮佩里的声浪中，著名作家法朗索瓦·努里西埃于 1967 年发出了一种理性的声音，他说："不必在圣-埃克絮佩里的书中寻找文学的教训。他不是一位杰出的作家。……只有批评家和作家才相信大众需要文学教训；其实他们不需要，至多他们需要一种道德教训。今天，在阅读领域里，圣-埃克絮佩里占据的位置是一种小小的社会学和心理学现象，毫无令人气愤之处。正相反。我们有出了名的胃，精致的口味，喜欢毒药，我们觉得饮料有点儿甜。喝我们喜欢的吧。不必把它强加于全世界。"努里西埃说的有道理，不必把自己喜欢的口味硬说成大家喜欢的口味，但是，大众喜欢的作家未必不是"杰出的作家"，而如果这个大众同时包括大人和孩子，那么它喜欢的作家必定是一位"杰出的作家"。

进入 20 世纪 60 年代，法国社会上开始于 50 年代的一股反人道主义、告别崇高、藐视权威、不满现状、主张我行我素的后现代思潮渐成风气，愈演愈烈，文学界中有一些人掀起了一阵"反说教"的浪潮，对法国文学的伦理传统提出质疑，把一些作家轻蔑地称作"灵魂高尚的人"，加缪和圣-埃克絮佩里首当其冲。当一位著名的文学评论家要为圣-埃克絮佩里的人和作品做总结的时候，他单单挑出了《小王子》，说："我很愿意抛弃《小王子》，这本书的天真是假的，诗意是假的，哲理是假的，简单是假的，他使小学教师们兴奋，使孩子们厌烦。'只有用心才能看得清楚'是假的，星星会笑是假的，至于说寓意，也是缺乏厚重、可靠和真实。"这位批评家是彼埃尔·德·布瓦代福尔，我很尊重他，但是我不能同意他对《小王子》的评价。众所周知，《小王子》虽然是一本小书，是一本写给儿童和保持着童心的大人看的书，同时也是给失去童心却愿意找回童心的大人看的书，总之，是一本言辞浅显却内容深刻、富于哲理的书，是圣-埃克絮佩里的代表作。"抛弃《小王子》"，就等于抛弃圣-埃克絮佩里，他的其他作品，如《夜航》《人的大地》《城堡》等，其命运可想而知。在有些年轻一代的作家眼中，圣-埃克絮佩里不再是一位技艺高超的飞行员，不再是一位风格独特的大作家，他只是一位略显莽撞的普通飞行员，一位适合童子军、文字甜熟的过时作家。圣-埃克絮佩里理应走下圣坛，走下神坛，但是，我要问的是，他从此失去了往日的光芒吗？

无须进入炼狱

乔治·杜比主编的《法国史》说，20 世纪的最后一个二十五年"是一个恐慌和信心丧失的时代。……在这个时代，人民已经不再沉湎于过去的'乌托邦'，他们不再相信现在的社会精英，也不相信本该代表他们利益的人，他们备受各种内部威胁和外来危害的煎熬……由于社会生活充斥着不确定因素，很多法国人转而重新强调那些传统的价值观……"圣-埃克絮佩里和《小王子》的命运之沉浮证明了《法国史》所言不虚。

《小王子》创造了出版、翻译和销售的记录。1981 年，《小王子》还只有六十五种语言的翻译,到了1990年之后,翻译的语种就成倍地增加,据2006年的统计,翻译的语种已经达到一百五十九种。80年代初,伽利玛出版社已经售出两千万本,到2006年,六十年间,《小王子》已经售出一亿一千万本。1993年,五十法郎面值的货币印上了圣-埃克絮佩里的肖像和小王子的画像,1996年,日本建立了圣-埃克絮佩里纪念馆,2006年,法国举行了纪念《小王子》出版六十周年的盛大纪念活动。

1955年,一项问卷调查法国年轻人认为最好的书,其中《小王子》榜上有名,但是,在同一年,问到最理想的图书馆的时候,作家们的图书馆中《小王子》却只出现了一次,是名单的第二百七十二位!1999年,法国人选出五十本世纪之书,《小王子》位列第四;在1999年图书沙龙上,《小王子》排名第三,居《老人与海》和《大个儿莫纳》之后。2004年,一项"影响您一生的书"的调查表明,在一百本书中,《小王子》位居《圣经》和《悲惨世界》之后。

80年代之后,《小王子》不但在统计方面名列前茅,而且对它的研究也呈现出前所未有的深度和广度。1984年,德国人欧根·德莱沃曼出版了《眼睛是看不见本质的》,从宗教和精神分析的角度分析《小王子》。德莱沃曼是一个神学家和心理治疗师,他力排众议,认为《小王子》中的玫瑰花原型是圣-埃克絮佩里的"母亲",小王子与玫瑰花的关系象征着他对母亲的一种愧疚心理,他的希望是找回失去的童年。德莱沃曼像所有的精神分析学家一样,非常重视童年的回忆,认为童年的回忆乃是"蔓延许多年的童年被集中于一个生活状况的唯一场景"。欧根·德莱沃曼通过童话的加密的语言分析道:作为小王子的孩子不能理解玫瑰花,但是又非常爱这朵玫瑰花,以致他不能不把它作为母亲的象征来继续他的救赎之路。他说:"所有其他的假设都不能绝对地符合小王子的情况,即他的童年。"德莱沃曼的分析显然与大多数评论家不同,也与作家本人和亲友提供的材料不符,似乎不足以说服我们普通的读者,而且他自己的分析也显得牵强,论据也不充分,但是它提供了一种可能性,即玫瑰花的象征除了圣-埃克絮佩里的妻子之外,还可能是他的母亲。他的分析,对于《小王子》的研究来说,无疑扩大了探索的范围。

2006 年 5 月,为纪念《小王子》在法国出版六十周年,伽利玛出版社出版了阿尔班·瑟里西埃编辑的《从前,有一本书叫〈小王子〉……》,展示了这本小书六十年走过的坎坷之路。其中第一篇文章《这是一本为了小孩子的书吗?》,作者是巴黎七大的安妮·乐农霞,她从《小王子》的阅读对象、《小王子》的象征与哲学含义、战后法国儿童文学的演变、《小王子》引起的出版变化、图文之间的关系等方面阐明了一种观点:不存在什么为孩子写的书,也不存在什么儿童文学,为孩子写的杰作首先要使大人喜欢。哲学的思考、精神的至上性、从儿童到成人的过渡的悲剧性、死亡和永恒等,是圣-埃克絮佩里毕生都在思考的问题,可惜他只活了四十四岁。

2008 年,让-菲利普·拉乌出版了《给存在一个意义或为什么说〈小王子〉是 20 世纪最伟大的哲学著作》,这是自海德格尔以来第一部从哲学的角度来论述《小王子》的专著。德国哲学家马丁·海德格尔认为,《小王子》是他那个时代的法国最重要的一本书,在他保存的 1949 年瑞士出版的德文第一版《小王子》之封面上,有人写着这样一句话:"这不是一本写给孩子的书,这是一个伟大的诗人为缓解孤独而发出的信息,这个信息引导我们理解这个世界的巨大的秘密。这是马丁·海德格尔教授喜欢的一本书。"但是,《小王子》这本薄薄的小书所包含的哲学意义一直未受到文学家和哲学家足够的注意,直到《小王子》出版六十五年之后,让-菲利普·拉乌发表了《给存在一个意义或为什么说〈小王子〉是 20 世纪最伟大的哲学著作》,才出现了以《小王子》为论述对象的第一本哲学专著。让-菲利普·拉乌是保尔·塞尚中学的哲学教师,同时在埃克斯-马赛大学授课,他在这本书的前言中说,当初他选择《小王子》作为论文题目时,导师劝他选一个严肃的主题,言下之意是《小王子》是一本童话,不适于作为论文的内容,可是他最终以其对《小王子》这本书的哲学探索征服了评审团的诸位教授,他的论文获得了通过。他在一次采访中说:"和一切伟大的哲学家一样,圣-埃克絮佩里也由于对一个唯一的问题的意识而进行着哲学思考,这个问题就是孤独和良心的交流:小王子不理解玫瑰花,飞行员不能和孩子进行交流,国王、酒鬼、虚荣的人、商人、点灯人和小王子本人都是孤独的,每个人都生活在自己的星球上。小王子和飞行员之间的对话不过是一种内心的辩论而已,飞行员曾经是的那个孩子试图让他重新发现本质的东西,使他从他自

我封闭其中那个人物中走出来。在第二十一章中,在对话中已
经感觉到的回答形成了:"为了在一种相互的爱中契合,应该相
互驯化,花费时间与他人相遇,理解藏在表象后面的东西,或者
在成年人的解释面前不发一言。"在"一个恐慌和信心丧失的时
代",拉乌把《小王子》称为"20 世纪最伟大的哲学著作",与海德
格尔称"小王子是他那个时代法国最重要的书",不是有异曲同
工之妙吗?

　　《小王子》的道路是不平坦的,普通的法国人一直很喜欢
它,只是知识界对它时有微词,而声称"喜欢毒药"的文学界对
它的诗意、隐喻和人性则通常表现出不敬,例如,一些作家轻蔑
地称圣-埃克絮佩里为"圣人埃克",所谓"在知识界,觉得《小王
子》陈旧可笑是很高雅的"。在一个反人道、反崇高、反英雄的
口号叫得山响的时代,圣-埃克絮佩里必定还要在炼狱中接受
惩罚,然而,如果天堂是普通法国人的心的话,他还需要在炼狱
中炼尽其罪愆吗? 无论作家们说什么,想什么,在普通法国人
的心中,身为飞行员和作家的圣-埃克絮佩里始终是一个伟大
的人,原本无须进什么炼狱的。

后 记
——李健吾与文学批评

李健吾先生是小说家、剧作家、散文家、翻译家和法国文学研究者,他还是一个成就卓著的文学批评家。20 世纪 60 年代以后,不少新中国成立以后湮没不彰的著作重见天日,人们这才发现,《咀华集》和《咀华二集》的作者刘西渭原来就是李健吾。于是,李健吾的名字在许多青年批评家的口中流传开来。他们赞美他的文体的潇洒,他们欣赏他的语言的丰盈,他们心仪他的知识的渊博,但是,恕我孤陋,他们很少谈论他的趣味的纯正和心态的自由。

李健吾的批评被称作印象主义的批评,或者印象鉴赏的批评,他本人也乐于首肯,可是依我看,他的批评是法国的印象主义与中国的诗文评传统相结合的中国式的印象主义,用雷米·德·古尔蒙的话说,就是"把他独有的印象形成条例"。"印象"不是所有人的印象,而是他独有的、基于他全部个人的修养、经验、知识和人格的印象,"条例"即规则,即综合,要通过理性分析来完成。不妨说,李健吾的批评是一种以个人的体验为基础、以普遍的人性为指归、以渊博的学识为范围的潇洒自如的自由的批评。

李健吾的批评重在对于作品的整体的审美把握。首先是作品，首先是阅读，首先是体味。"批评的对象也是书"，"凡落在书以外的条件，他尽可置诸不问"。首先"自行缴械，把辞句、文法、艺术、文学等武装解除，然后赤手空拳，照准他们的态度迎了上去"。要用"全份的力量来看一个人潜在的活动，和聚在这深处的蚌珠"，要"像一匙白松糖浆，喝下去，爽辣辣的一直沁到他（作者）的肺腑"。否则，"缺乏应有的同情"，就"容易陷于执误"。他强调直觉，强调感受，"批评的成就是自我的发现和价值的决定"。据说如今有的批评家很少读作品，或是浅尝辄止，他们的批评隔靴搔痒，戳不到痛处，也就难怪了。

李健吾认为，批评"是一种独立的，自为完成的，犹如其他文学的部门，尊严的存在"。批评不是"武器"，更不是"工具"；批评家不以作家的是非为是非，更不必"伺候东家的脸色"。批评的是非不由作者裁定，批评者有阐释的自由。维护批评的尊严当然不以贬低创作的地位为代价，批评者和创作者是平等的，但更是谦逊的，采取对话的态度。批评者的谦逊并非意味着批评主体的丧失，恰恰相反，批评主体的确立不表现为教训、裁断，甚至判决的冰冷的铁面，而是以"泯灭自我"为条件，并且在与创作主体的交流融汇中得到丰富和加强。因此，对于批评者来说，作品并非认识的对象，而是经验的对象；批评主体在经验中建立和强化，并由此确立批评的独立性。

倘若批评是一种独立的艺术，那么批评也就是一种"表现"，表现"它自己的宇宙，它自己深厚的人性"，于是而有"所谓的风格，或者文笔"。风格即是"人自己"，表现自我，同时就"区别这自我"，"证明我之所以为我"，其难在于一个"诚"字。近年来批评界不时冒出一两声对文采的呼唤，李健吾的议论可以使我们免除种种的误解。批评要有文采，但这文采绝不是外加的甚至外人的"润色"，它"是内心压力之下的一种必然的结果"。

李健吾的渊博有目共睹，他的渊博显示出一种有节制的文本间性，虽然为了一本小书可以拉来几个洋人或几位国人作陪，但是他从不深入过远，点到即止。他只是设立参照，激起联想，于无意间扩大读者的思维空间。因此，他的渊博不唯成不了他的绊马索，反而成了他的刺马针，激励他"叙述他的灵魂在杰作之间的奇遇"。在李健吾身上，学识的渊博不曾妨害想象的丰富。他喜欢并且善于在批评中运用想象，把朦胧的感受化为鲜活生动的比喻。比喻作为表达的手段，既是古老的，又是现代的。他说："比喻是决定美丽的一个有力的成分。"而批评是"美丽的"。

李健吾已经在中国现代文学批评史上占有不容忽视的一席之地，国内的批评家，例如温儒敏在《中国现代文学批评史》、刘锋杰在《中国现代六大批评家》中给予了他恰当的论述和评价。我并不希望他的批评成为一种流行的样式，这不是它的命运，我只是希望有人来证明"它的可能的深厚"，往批评界吹进一股清新而自由的风。